IMPRESSUM
©2021 Inga Heilmann
Herstellung und Verlag
BoD – Books on Demand, Norderstedt
ISBN 9783754325148
Bibliographische Information der
Deutschen Nationalbibliothek
Die Deutsche Nationalbibliothek
verzeichnet diese Publikation in der
Deutschen Nationalbiographie;
detaillierte bibliographische Daten sind im
Internet über www.dnb.de abrufbar.
Umschlagfoto ©2021 Andrea Akkermann

Für meine Eltern
Olaf und Lena,
und auch für
Uli und Lydia

BORKUMBABY

Viele Personen in dieser Geschichte gibt es wirklich, bei manchen habe ich den Namen nicht geändert und hoffe, es stört sie nicht, in einem Buch aufzutauchen. Vieles andere kommt einfach so vor, wie ich es in Erinnerung habe oder wie die Borkumer es erzählten. Weder Schröder noch Joop habe ich jeh getroffen. Den Shanty-Chor „Oldtimer" Borkum kenne ich leider nur von zwei Cds, und bei der Recherche zu Gehörlosigkeit waren Annika aus Schweden und Hugo von der Buchhandlung „Horizonte" sehr hilfreich. Alles Russische kommt von Andreas. Gracias!

In dem dunkelroten Polsterrund saß eine Walküre und starrte auf den Monitor ihres Laptops. Die ostfriesisch gelben Haare trug sie in einem kurzen Pferdeschwanz, für den die vorderen Strähnen nicht gereicht hatten und ihr zerzaust ins Gesicht hingen. Sie klemmte sie hinters Ohr, als Karsten "Kaschi" Teepe an ihren Tisch trat um zu fragen, ob sie etwas dagegen hätte, wenn er sich hier mit hinsetzte.

"Nein, ich hab nichts dagegen."

Sie lächelte freundlich, woraufhin Karsten seinen Rucksack zu ihr auf die Bank schob und sich selbst dann auch. Während die junge Frau ihre langen Beine ausstreckte und einmal die starken Schultern kreisen ließ um sich dann stirnrunzelnd wieder Bildschirm und Tastatur zu widmen, zog sich Karsten die Jacke aus und seine Bordlektüre aus der Rucksackseitentasche: die "Borkumer Zeitung". Ein langsames Rütteln ging durch den Schiffskörper, alles vibrierte und ein motorisches Dröhnen aus dem Maschinenraum übertönte alle Gespräche. Die Schiffsschraube drehte sich, die Fähre hatte abgelegt. Karsten las gerne. Lokalnachrichten zur Entspannung, Juli Zeh zum Vergnügen, und Bonhöffer, um wieder auf dem Boden der Tatsachen zu landen. Probleme hatte es einzig mit der Pflichtlektüre aller Semester gegeben, die er jeweils nur mit größter Mühe zu Ende gelesen, die Bücher dafür aber mit vielen Anmerkungen und Beipackzetteln versehen hatte. Das lag nun alles weit hinter ihm. Zum erfolgreichen Abschluss des Studiums fehlte ihm lediglich die praktische Abschlussarbeit, ein umfangreiches Werk, selbstverständlich mit kompletter Partitur und Uraufführung im Beisein aller Professoren und interessierter Komilitonen. Die Borkumer Zeitung hätte er jetzt eigentlich gar nicht gebraucht, denn er fühlte sich auch so schon angenehm entspannt, wie er da neben der Walküre saß und sich nicht mehr um Bahn- oder Fährverbindungen zu kümmern brauchte. Er würde jetzt einfach auf Borkum ankommen, darum kümmerte sich schon der Kapitän. Recht schnell hatte die Fähre Fahrt aufgenommen und bahnte sich so gelassen wie zügig ihren Weg durch die Weser

Ems, die erst in einer knappen halben Stunde in die Nordsee münden würde. Das Dröhnen und Rumpeln des Ablegemanövers war in ein gleichmäßiges Motorengeräusch übergegangen und die Fahrgasträume wieder gesprächsfreundlich geworden. Karsten lehnte sich so weit wie möglich zurück, um besser aus dem Fenster sehen zu können, deren sechzig Zentimeter breite Fenstersimse bereits von mehreren Kleinkindern erklettert worden waren, die ihre Nasen und Kleinkinderhände begeistert an die Scheiben drückten. Karsten beneidete sie kurz und verdrehte sich auf seinem Sitz soweit, dass er wenigstens einen Ellenbogen auf den Sims stützen konnte. Draußen zog das Ufer an ihnen vorbei, mit Kühen, Radfahrern und etwas Industrieähnlichem. Zufrieden lächelnd setzte er sich wieder gerade hin.

"Zum ersten Mal auf die Insel?"

Karsten bejahte, und sie erklärte ihm, dass man auch auf Deck sehr gut säße und dort natürlich den besten Ausblick hätte, nur wehte der Wind etwas stärker, so hätte alles seine Vor- und Nachteile. Erfreut sagte Karsten schon wieder "Ja", und für sie wäre das wohl alles nichts Neues?

"Ich bin Borkumerin. Andrea."

Als sie Hände schüttelten- schöne Hände mit langen, starken Fingern- ertönte eine Lautsprecheransage: "Die 1 bitte." Und gleich darauf: "Die 2, bitte."

Karsten guckte Andrea, die Walküre, fragend an.

"Das sind die Bestellungen vom Bordrestaurant."

"Das guck ich mir mal an, vielleicht kann ich ja die 3 sein..."

"Darf ich solange die Zeitung haben?"

"Bitte, bitte."

Das Bordrestaurant entpuppte sich als eine Art Kantinenthresen, vor dem alle Tische mit offensichtlich erholungsbedürftigen Kurgästen besetzt waren. Dahinter war durch eine Schwingtür die Kombüse zu erspähen. Karsten stellte sich ans Ende der kurzen Warteschlange und bat um Tee und Streuselkuchen, als er an der Reihe war. An der Kasse bekam er die 6 auf einem gelben Papierstück. Ob es sich lohnte, für Tee und Kuchen wieder zur Sitzecke zu gehen? Neugierig schlenderte Karsten mit seiner 6 zwischen den Fingern durch den Fahrgastraum, den Raucher-salon und an zwei Daddelautomaten vorbei, die zwischen Gepäckregalen, Urlaubswerbung und den Treppen zum Ober-deck Platz gefunden hatten. Er freute sich über die nie zuvor gehörte Geräuschkulisse und schwankte in der Fährbewegung grade leicht nach rechts, da wurde er aufgerufen: "Die 6 bitte!" Die Schwankrichtung ändernd eilte er zurück zum Bordrestau-rant, wo er für sein Zettelchen ein Tablett erhielt.

"Oh ein *Kännchen* Tee!"

"Tee gibts immer nur im Kännchen."

"Wie schön! Danksehr!"

"Bidde."

Auch der Streuselkuchen machte einen sehr guten Eindruck, Karsten konnte das beurteilen, denn als Thüringer hatte er einiges an Kuchenerfahrung aufzuweisen. Er balancierte zurück zu Andrea.

"Das ist dann also dein erster echter Ostfriesentee?"

"Äh, ja ich denke schon!"

Karsten suchte Bändsel und Schildchen, die aus dem Teekänn-chen heraushingen.

"Thiele."

"Genau."

"Ja, ist mein erster Thiele Tee."

"Es gibt auch noch Bünting, aber darüber scheiden sich die Geister... Thiele ist auf jeden Fall gut."

"Zucker haben sie vergessen, aber dafür hab ich Sahne gekriegt..."

Andrea lachte.

"Da in dem Tütchen ist Kandis! Kluntje!"

Karsten sah sie groß an.

"Ach."

Dann freute er sich und begann, unter Andreas wachsamen Augen zu mischen. Intuitiv machte er alles richtig: Erst den Kluntje, dann den Tee, dann die Sahne, und kaum gerührt.

"Was hast du auf Borkum vor, wenn ich fragen darf?"

"Ich hab ein halbes Jahr Zeit, um meine Abschlussarbeit zu schreiben. Zu komponieren. Das muss mal fertig werden. "Haus

Polizeirat Bannier", kennst du das?"

"Ja-a!"

"Ich hab ein Stipendim der Bannier-Stiftung."

"Wie nett! Du machst also Musik? Was spielst du denn?"

"Klavier, Akkordeon, Fagott..."

"Wow... na bei Olli steht'n Klavier, glaub ich..."

"Wo?"

"Na in dem Bannier Haus. Polizeirat heißt das erst, seitdem das mit der Stiftung angefangen hat, da brauchte es'n Namen, aber eigentlich sagen alle nur "bi Olli". Dem Olli gehört das Haus."

"Ach so. Und was machst du so auf Borkum?"

"Nicht viel, eigentlich, meine Eltern wohnen da und möchten besucht werden, und es muss auch was am Haus repariert werden."

"Ich finde das viel."

Karsten rührte löffelklingend in seiner Tasse.

"Soll ich dir auch eine holen? Ich hab ja'n ganzes Kännchen voll Tee bekommen."

"Oh da sag ich nicht Nein!"

Die angewachsene Warteschlange, in der mehrere Kinder mit ihren Eltern über Eis diskutierten und eindeutig die besseren Argumente hatten, weil sie einfach nicht auf die Preise guckten, umschlängelte Karsten kurzentschlossen und fragte gleich an der Kasse nach einer zweiten Tasse, am besten mit Kluntjetütchen und Sahne.

"Bidde, ausnahmsweise..."

"Sehr freundlich."

Karsten strahlte die Kassendame herzlich und eine Verbeugung andeutend an, während hinter ihm dem Flutschfinger keine Chance gegebem wurde: "Cornetto Erdbeer! Nogger! Split!"

Die Fähre überholte Sportsegler und ein Plattboot, Möwen flogen ein Stückchen mit, das Ufer war auf Steuerbord schon nicht mehr zu sehen. Links lag Holland. Karsten beschloss, sich das Ganze nach dem Tee mal von oben anzusehen. Andrea hatte ihren Laptop weggepackt.

"Du hör mal, wenn du Musik studierst, singst du vielleicht auch gut?"

Karsten stellte ihr triumphierend die neue Tasse samt Zubehör hin.

"Ich war im Verbindungschor. Bass."

Andrea seufzte glücklich, als hätte sie soeben eine Offenbahrung erlebt und goss sich Tee auf den Kandis, der entzückend knisterte und Lust aufs Umrühren machte.

"Das ist genial! Ach wie schön! Da werden die aber staunen..."

Mit dem Mund voll Kuchen und ein paar Streuseln im Bart runzelte Karsten die Stirn, und Andrea lachte.

"Im Borkumer Shanty-Chor ist grade absolut Not am Mann! Ich weiss das, weil mein Bruder da singt und mir Jammer-Emails schickt. Sie haben wohl noch an die sechs Auftritte in der Nachsaison, so für die ganz Hartgesottenen, die nicht nur wegen Sonne und Sand an die Nordsee fahren, tja und jetzt sind gleich zwei Bassstimmen schwer krank und der eine Tenor mit Blinddarmentzündung im Krankenhaus, und alles absagen können sie auch nicht – boah da kommst du ja wie die Rettung in letzter Sekunde!"

"Ich hab aber noch nie Shantys gesungen."

"Ach Quatsch, macht doch nichts! Jetzt sag eben, darf ich meinen Bruder glücklich machen und ihm sagen, dass du mitmachst? Die kriegen auch Gage und so..."

"Wenn ich mal Zeit habe? Und wie sind die drauf, sind das alles ältere Herrschaften, so Volksmusikseebären? Obwohl, wenn dein Bruder-"

"Die sind nicht so alt!"

"Ha, na dann sag halt okey, sing ich halt mit!"

"Ja super. Du hast auch so schon eine schöne Stimme."

"Hmm."

Karsten brummte amüsiert und bassig. Dann entkrümelte er seinen gestutzten 10-Tage-Bart und band sich den Pferdeschwanz neu.

"Ich geh mal an die frische Luft."

Andrea lächelte mit dem Handy am Ohr, um ihrem Bruder die frohe Botschaft zu überbringen. Karsten erklomm alldieweil eine Metalltreppe, auf der die Schritte Lärm machten und von der aus man einen Blick ins Autodeck werfen konnte, wo die Stimmung

so gar nicht fahrgastmäßig sondern laut, zugig und zugeparkt war, und erreichte nach noch ein paar Stufen das Oberdeck. Eine sehr frische Brise empfing ihn, lud zum Durchatmen ein und erinnerte ihn daran, dass er seine Jacke vergessen hatte, aber daran war jetzt nichts mehr zu ändern. Er suchte einen Windschatten, fand ihn auch hinter der Kommandobrücke, in der sich unten ein Kiosk befand, und setzte sich neben einen Mann mit Schirmmütze, der eine ausgesprochen schöne Frau an seiner Seite hatte. Mit halbem Ohr hörte er noch, wie die beiden über "Jochen und die Kinder" redeten, dann schaltete er ab und genoss die Fahrt mit ausgestreckten Beinen und geschlossenen Augen. Brachte sich in Shantylaune. Nach einer Weile wäre er fast weggedöst, aber der Kopf fand keine Stütze und man selber lief Gefahr, auf den verschalten Plastikbänken nach unten zu rutschen. Schnell stemmte Karsten sich wieder in eine aufrechte Sitzposition. Es knackte in den Lautsprechern, und eine Männerstimme verkündete: "Halbe!" Das schin keine Aufforderung gewesen zu sein, kein Befehl von der Kommandobrücke, denn niemand reagierte irgendwie absonderlich, aber Karsten hatte schon immer gerne nachgefragt – den Schirmmützenmann.
"Halbe was?"
"Halbe Strecke."
"Ach so! So ist das also!"
"In eineinhalb Stunden sind wir da, es geht leicht gegen die Strömung."
Der Mann rollte die Rs beim Sprechen und klang herrlich norddeutsch, was Karsten freute. Er selber sprach fast akzentfrei, fast, wozu er sich eine lange Zeit gezwungen und es dann normal beibehalten hatte, denn Thüringisch brauchte man wirklich nur in Thüringen, wo Karsten aufgewachsen, zur Schule gegangen und zum Teil in Erfurt studiert hatte. Die andere Hälfte des Studium war er in St. Petersburg am Konservatorium gewesen und sprach auch ganz gut russisch, und den Zivildienst hatte er damals in Münster absolviert, wogegen er Rothenburg ob der Tauber kannte, weil die Punkband, die seine Freunde und er damals gegründet hatten, unerklärlicherweise dort hängen blieb und versiffte, ihre allererste Deutschlandtournee also ein jähes Ende

fand und die Band sich nach zwei Jahren auflöste – gerade, als die Rothenburger Jugend sich an Punk gewöhnt hatte. Diese zwei Jahre waren wie ein schwarzer, dumpfer Fleck in Karstens Laufbahn, und er erinnerte sich auch nur dunkel an die Zeit, aber sie hatten positiverweise zur Folge, dass er ein für alle Mal die Nase voll hatte von Besäufnissen, Zigaretten, Schlafsäcken und Haarewaschen in der Tauber. Seine Mutter hatte ihm bei seiner Rückkehr ganz gewaltig den Kopf geschrubbt und inständig gehofft, dass er jetzt anständig würde, und Karsten hatte angefangen, anständig Musik zu machen, zu jobben und zur Uni zu gehen. Und nun wurde es eben norddeutsch, und platt! Plattdeutsch. Karsten fand das sehr symphatisch. Er schielte zu der ausgesprochen schönen Frau auf der Bank. Also so eine Sonnenbrille würde er sich auch besorgen, das sah norddeutsch windschnittig aus. Mit hinter dem Kopf verschränkten Händen schloss er nocheinmal die Augen und hörte Stimmen, ein Lachen, den Wind, Schritte auf Metalltreppen und die Nordsee, wie sie um die Autofähre schäumte. Musikalisch kaum umsetzbar.

Andrea hatte das Teetablett weggeräumt und arbeitete wieder am Computer, als Karsten nach beendetem Deckspaziergang und Toilettenbesuch im Schiffsbauch zurückkam.

"Und? Wars schön?"

"Ja, sehr schön."

"Mein Bruder ist ganz aus dem Häuschen, du wirst sehnsüchtig auf Borkum erwartet!"

"Na wenn das man nicht zu hohe Erwartungen sind!"

Andrea grinste nur und tippte weiter.

"Arbeit?"

"Ja, ich mach Übersetzungen."

Karsten schnappte sich die Borkumer Zeitung, die noch auf dem Tisch lag, und vertiefte sich in Anzeigen, Hochwasser- und Veranstaltunskalender sowie den Bericht über das Fest der Freiwilligen Feuerwehr. Ihm wurde klar, dass er rein gar nichts über die Insel wusste, auf der er die nächsten sieben Monate verbringen würde. Gut, das hier war Ostfriesland, einzuordnen auf der mentalen Deutschlandkarte, aber diese Informationsflut aus der Zeitung war eine Überraschung. Nordseeheilbad, Naturschutzgebiet, Lenkdrachenrekordversuch, die Fußballmannschaft Deutsche & Albaner holt den Vereinspokal... Am Ende war das kein ödes Eiland, sondern eine Kulturmetropole mit Strand! Karsten sah sich im Fahrgastraum um und die anderen Passagiere in den dunkelroten Sitzecken und Tischgruppen genauer an. Normaler Durchschnitt, nur Jugendliche fehlten. Andrea arbeitete konzentriert, und Karsten widmete sich den Artikeln zu Kurverwaltung und Rathaus. Irgendwann zog es ihn aber wieder nach draußen, wo unter zunehmend bewölktem Himmel vor allem dunkles Wasser zu sehen war. Während er an der Reeling stand und sich von den fährproduzierten Wellen hypnotisieren ließ, kam auf Backbord Land in Sicht. Bis Karsten ihr Ziel bemerkte, waren sie schon fast an der Borkumer Reede und mitten im Anlegemanöver, für das die Fähre um 180 Grad drehen musste. Vom Maschinenlärm aufgeschreckt war Karstens erster Inseleindruck kein so guter, ziemlich unspektakulär sah das hier aus, aber dort standen lachende, winkende Leute, zwei Kinder, die total ausflippten, und eine Eisenbahn. Eine Spielzeugeisenbahn für Normalgroße. Karsten beeilte sich, wieder nach unten und an den koffertragenden Passagieren vorbei zu kommen, die bereits Gänge und Treppen verstopften, und fand Andrea seelenruhig in ihrer Ecke sitzend.

"Wir sind da!"

"Ach nee."

Karsten musste wider Willen grinsen. Manchmal benahm er sich wirklich zu albern, obwohl er das nicht wollte.

"Kannst ruhig noch sitzen bleiben! Guck, alle Insulaner sind noch hier!"

Das stimmte: Die crème de la crème packte erst jetzt zusammen, trank noch ein Bier aus und führte Gespräche im Aufstehen weiter. Karsten schulterte seinen großen Rucksack, dessen Kappe so grade eben noch den Fagottkasten umspannte, der oben heraustak, und auch Andrea war jetzt fertig zum Landgang. Sie holten ihre anderen Gepäckstücke, Karstens schwere und Andreas winzige Reisetasche, und verließen die Fähre über eine Art Fahrgasttunel. Karsten fand es ganz angenehm, dass er hier nicht alles alleine machen musste und Andrea ihm Auskunft geben konnte.

"Und die Eisenbahn?"

"Die bringt uns jetzt in die Stadt. Das ist die Borkumer Kleinbahn!"

"Einfach so? Ich meine-"

"Mit einem Dieselmotor, glaube ich... und ohne Schaffner, soweit ich mich entsinne. Die wird irgendwie über die Kurtaxe finanziert, oder das ist im Fährticket mit inbegriffen, ich weiss das gar nicht so genau."

"Dann ist das hier nur der Hafen."

"Genau, und die Stadt liegt auf der anderen Seite."

Karsten ärgerte sich, dass er immer so schlecht vorbereitet war. Eeben mal Google Maps gucken wäre echt nicht so schwer gewesen. Andererseits war er der Meinung, dass allzuviel Vorbereitung die Spannung zerstörte, und deshalb folgte er nun so ärgerlich wie gespannt den letzten Insulanern aus der Fähre in die Kleinbahn, während mit Gerumpel die Autos aus dem Schiffsbauch rollten und Richtung Stadt verschwanden. Weiter durfte man auf Borkum auch gar nicht, die Insel war im Grunde autofrei, was den Privatpersonenverkehr betraf. Aber einmal von der Reede zur Stadt, dort ausladen und dann auf dem großen Parkplatz verstecken, das ging. In Erfurt hatte Karsten sich, seit er achtzehn war, immer ein Auto mit seinem besten Freund Tobi geteilt. Sie reparierten es gemeinsam, quälten die Karre alljärlich durch den TÜV und respektierten die Autokassetten des anderen, aber bloß zum Vergnügen fuhr Karsten eigentlich nie, dafür waren ihm zuviele Idioten auf den Straßen unterwegs. Die Kleinbahnwaggons waren schon halbvoll, als er mit Andrea um den hintersten bog, den gelben Gepäckwagen. Die Schiebetür stand offen und der freundliche Gepäckwagenmensch fragte, ob das da mit rein sollte? Er meinte Karstens eklig schwere Reisetasche, und ehe der sichs versah, ward sie auch schon hoch geschwungen und verschwand im Wageninneren.

"Jou."

"Okey Danke!"

Der Mann tippte sich grinsend an die Mütze und setzte sich

beinebaumelnd in die Türöffnung. Andrea war ebenfalls verschwunden, weshalb Karsten schnell in den vorletzten Waggon kletterte. Jeder hatte vorn und hinten eine kleine umrandete Plattform, auf der man sitzstehen konnte, eifrige Hände schlossen die schwarzen Metallklapptüren der Umrandung, und eine Tür mit Glasfenster öffnete sich zu den Sitzplätzen. Karsten quetschte sich durch und nahm den erstbesten freien Platz und den Rucksack zwischen die Knie. Er saß umgeben von älteren Damen und fülligen Mittvierzigern, Frauen mit roten Gesichtern, grobporiger Haut und Arbeitsschuhen aus Gummi. Am anderen Ende des Waggons sah er den Schirmmützenmann und die schöne Sonnenbrillenfrau, dann ruckte es, die Kleinbahn pfiff und setzte sich in Bewegung. Karsten kam sich vor wie auf einer Weltreise. All diese Verkehrsmittel... wenn es jetzt noch einen Pferdetrack vom Bahnhof zum Polizeirat gäbe! Während der Kleinbahnfahrt gab es vor allem weites Watt, Schafe auf Grün, vereinzelte Fahrräder und drumherum flache Natur. Das Meer war nicht mehr zu sehen. Beim ersten Halt in der Kibitzdelle, bestehend aus ein paar Einfamilienhäusern, zwischen denen sich ein Drittel der Passagiere entfernte, war Karsten schon ziemlich durchgerüttelt, außerdem knurrte sein Magen. Pfeiffen, Anrucken, "Jakob-van-Dycken-Weg" konnte man auf einem Schild am Bahnsteig lesen. Das Vorstadtambiente hielt an, und nur wenig später kam die Kleinbahn dieselschnaufend am Borkumer Hauptbahnhof zum Stehen. Im Vergleich zur Kibitzdelle herrschte hier ein reges Gewimmel, und es gab soviel zu sehen, dass Karsten beinahe vergessen hätte, seine Reisetasche aus dem Gepäckwagen zu holen. Schließlich stand er aber doch an Rücken und Schulter schwer beladen da und machte den ersten Schritt – wohin wusste er nicht, dreißigjährige Stipendiaten wurden nicht abgeholt, die gingen selbst, wohin sie wollten, logisch. Da fragte er eben in der Touristeninformation nach dem Weg. Der wurde ihm auch sofort beschrieben. Kurze Beschreibung, kurzer Weg, und Karsten marschierte dankend los, die Bismarckstraße hoch, vorbei an Läden, Eisdielen und dem Postamt, dann an der Kreuzung rechts, da kam er in die Göthestraße. An dieser Ecke lagen eine riesige rote Boje und ein gewaltiger Admiralitätsanker, der von drei schmollmundigen Mädchen als Selfiehintergrund benutzt wurde, und Karsten grinste allwissend, weil vor dem Souveniergeschäft ein Planwagen mit zwei Pferden stand. Dann steuerte er zielstrebig das rote Backsteinhaus an, welches in circa hundertfünfzig Meter Entfernng an der nächsten Kreuzung zu sehen war. "Neben der Kirche, vor der Litfassäule, das können sie gar nicht verfehlen", hatte die Dame von der Turisteninformation gesagt, und richtig, so war es. Die autofreien Straßen hatten hier keine Bürgersteige, alles war durchgehend mit hellroten, fünfeckigen Granitpflastern bedeckt, durch die sich ein graublauer Pflasterstreifen schlängelte, was auf der großen freien Kreuzung um die Litfassäule mehrere Kinder zum Spielen und Nachlaufen einlud. Vier Telefonzellen bildeten hier einen Block neben ein paar Sitzbänken, dahinter erhob sich ein hohes, weißes Gebäude, das nicht nach Wohnung aussah – die Kurverwaltung. Von der Kirche war vor lauter Bäumen nur die Fassade zur Straße und der Turm zu sehen, und Karsten wusste, er war am Ziel.

"My sedes, skasal Nikita, no ne snajen gde."

Er zitierte Tolstoi. Wir sind am Ziel, sagte Nikita, wissen aber nicht, wo. Haus Polizeirat Bannier war von einer weiß-roten Gartenmauer umgeben, die aussah, als hätte man einen Zaun mauern wollen, dahinter ein zwei Meter breiter Grasstreifen und rechter Hand ein richtiger Garten mit Büschen und Bäumen zur Kirchseite hin. Soviel sah Karsten auf den ersten Blick, auch einen verschnörkelten Rosenstock, der zum Erker strebte ("Gruß aus Hannover", so hieß das Pflänzchen, wie Karsten später erfuhr, und unbegründete Abneigung empfand), und er öffnete die Gartenpforte, die er hinter sich wieder zuhebelte und dabei ordentlich Krach machte. Das lockte allerdings niemanden heraus, weshalb er Rucksack und Tasche auf die Eingangsstufen hiefte und nach einer Klingel suchte, die es an der Hauswand schonmal nicht gab. Weil die Tür unverschlossen war, suchte Karsten im Vorraum weiter.

"Vestibül. Schönes Wort. Wo issi denn."

Karsten hatte im Laufe des Studentenlebens gemerkt, dass Reden beim Suchen half, anfeuernd und bestätigend zugleich wirkte

und auch diesmal erfolgreich war: Links an der Tür zum Flur befand sich ein alter, kupferner Drehknopf. Lächelnd drehte Karsten, und drinnen klingelte es beinahe ohrenbetäubend los, denn er hatte recht herzhaft zugegriffen, und je kräftiger man drehte, desto kräftiger klingelte es. Am liebsten hätte er das gleich nochmal gemacht, beherrschte sich aber und wartete gespannt. Nichts geschah, niemand kam, diese Tür blieb zu.
"Tja."
Konsterniert aber nicht entmutigt setzte er sich draußen auf die oberste Stufe, um nachzudenken. Also Polizeirat war sein Urgroßvater auch gewesen, so ein langer, dünner Kerl mit beachtlichem Schnurrbart und Pickelhaube, der auf den uralten Familienfotos immer so ausgesehen hatte, als würde er im nächsten Moment losplatzen über einen eigenen Witz. Wie hieß der gleich – Wilhelm. Richtig. Und der Pickel auf der Haube war dazu da gewesen, dass die Säbelhiebe der anderen daran abrutschten und nicht gleich Helm und Kopf spalteten. So war es, Karstens Vater hatte ihm das vor Ewigkeiten mal erzählt, als er noch dachte, Urgroßvater Wilhelm hätte seine Gegner mit gesenktem Kopf aufspießen wollen. All dieses unproduktive Nachdenken hatte lediglich dazu geführt, dass Karsten jetzt gerne mal die Toilette vom Polizeirat Bannier benutzt hätte, und er drehte doch nochmal entschlossen an der Klingel, denn von drinnen waren plötzlich Geräusche zu hören, und über ihm ging sogar ein Fenster auf. Bevor Karsten aber ärgerlich werden konnte, kam klappernd und pechschwarz lackiert die Rettung von der Straße: Ein älterer Mann hielt mit dem Fahrrad vor der Pforte, "Oh! Moin!", kam an den Hauseingang und sagte, Karsten wäre wohl der zweite Stipendiat?
"Ja, hallo, ich bin Karsten."
Hände schütteln.
"Olli. Wartest du schon lange?"
"Nee eigentlich nicht, und ich hab auch geklingelt."
Olli stutzte kurz, lachte dann und meinte "Ja nee", das brächte nichts. Das Fahrrad schob er am Eingang vorbei zu einem Schuppen in der Ecke des Gartens. Pfeifend kam er zurück.
"Ich geh eben hinten rein und mach dir auf."

Karsten konnte nur weiter warten, allerdings schon leicht irritiert ob der Mitbewohner, die nicht aufmachten, des Hausherren, der hinten rein ging, und eigentlich konnte er nur noch an die Toilette denken – da schloss Olli von innen die Tür zum Flur auf.

"Nur immer rein!"

Karsten bepackte sich und folgte der Aufforderung, ganze fünf Meter weit.

"Olli, Verzeihung, die Toilette?"

"Ah, gleich da!"

Klo, endlich Klo, Klofensterchen, Duschkabine, Minimalwaschbecken, Spiegel, und links und rechts davon zwei Keramikfische mit Haken für Händehandtücher, wobei der eine kränklich gelbgrün war und Karsten vorwurfsvoll anglotzte. Der wusch sich die Hände, glotzte zurück und nahm dem Kranken das Handtuch weg. Er rubbelte sich über das Gesicht, fuhr sich durch die Haare und war erleichtert wieder er selbst. Jetzt war er bereit für Olli und das Haus. Der hatte nicht auf ihn gewartet, und Karsten ging den Geräuschen nach in die Küche. Die Nachmittagssonne schien durch ein großes Fenster auf die Spühle, wo Olli grade den Wasserkessel füllte, und beleuchtete auch den mit Einkäufen vollgestellten Küchechenarbeitstisch in der Mitte des angenehm riechenden und warmen Raumes.

"Oh diese Küche gefällt mir!"

Karsten sah sich hier in Gedanken sofort frühstücken und Zeitung lesen, allerdings fehlten dafür die Stühle, wie es schien...

"Ich mach eben Tee und dann setzen wir uns mit Romy in die Veranda und ich erklär euch ein bisschen."

Olli setzte den Kessel aufs Feuer.

"Vorher bringen wir die Sachen hoch, ich zeig dir dein Zimmer."

"Ja gut. Romy ist?"

"Aus Segeberg. Die hat Zimmer 4."

"Und hört nicht, wenn man klingelt."

"Romy ist taub."

Karsten ließ seine Tasche fallen.

"Im Ernst?!"

Olli hatte den Rucksack einseitig geschultert und zuckte mit der freien Seite.

"Macht doch nichts. Ist doch nicht so schlimm."

"Na mir macht das nichts, aber obs schlimm ist, kann ich nicht beurteilen."

"Ja hast Recht."

Sie stiegen die Treppe hoch in den ersten Stock. Die war ganz gerade, aus altem Holz mit neuen Stufenteppichstücken und knarzte unter ihren Schritten. Auf einem Zwischenabsatz drehte das Geländer eine Schnecke, vor einem Buntglasfenster mit Rattansofa davor ging es nach rechts nochmal vier Stufen hoch, dann waren Türen zu sehen, die von dem geräumigen Treppenhaus abgingen. Flure gab es in diesem Haus eigentlich nicht, Flure waren immer irgendwie lang, aber hier warem sie geräumig wie eine Halle, in der problemlos Platz für einen dunklen Holzschrank, zwei Sesselchen und eine Kommode war.

"Da vorne links, Zimmer 3, ist das Atelier, 4 ist Romy, daneben die 5 bist du."

Die Kommode von annodazumal stand genau zwischen Zimmer 4 und 5, über ihr ein gerahmtes Schiff im Sturm und auf ihr eine Kupferskulptur, die ein kleines Mädchen darstellte, das eine Gans im Arm hatte, worüber die nicht besonders glücklich schien, aber Karsten lachte vor allem deshalb, weil die Mädchenskulptur eine coole, rosa Kindersonnenbrille auf der Nase hatte. Die rumpeligen Geräusche, die er schon von draußen gehört hatte, kamen eindeutig aus Zimmer 3, dem Atelier. Olli kümmerte das nicht weiter, er stellte Karstens Rucksack gegen die Kommode, meinte, Karsten fände sicher alles, in einer halben Stunde also unten zum Tee und er sagte eben noch Romy Bescheid. Karsten nickte nur, "Alles klar", und fragte sich, ob der Hausvater wohl die ganze Zeit da wäre, ob der auch hier wohnte und ob er das gut fände... erstmal Tee konnte aber nicht schaden. Er hatte es noch nie gemocht, wenn man ihm Zeiten aufdrückte – pünktlicher Anfang der 6. Stunde, Seminarbeginn Punkt 13:20 Uhr, in zehn Minuten Treffen im Park – und das hatte sich auch in seinen Kompositionen gezeigt, da gingen die Tempi wild durcheinander und wurde ein adagio wie freejazz gespielt. Zur Verzweiflung einiger metronomliebender Professoren, aber Karsten lebte sich so richtig aus, wenn er nach eigener Zeit und Rhytmus Akkordeon spielte. Oder Klavier, oder Fagott. Beim Singen riss er sich zusammen, gerade im Chor. Zimmer 5 hatte einen Schrank, Tisch, Stuhl, Bett, Nachttisch und ein Waschbecken, und Karsten fing an, auszupacken und zu benutzen. Soviel wie er eben in einer halben Stunde schaffte, wobei ihm der Gedanke an eine taube Mitbewohnerin nicht aus dem Kopf ging. Als er nebenan eine Tür ins Schloss fallen hörte, beendete er sein Denken und Packen, verfrachtete eben noch den leeren Rucksack oben auf den Schrank und ging runter in die Veranda, eine Art Wintergartenzimmer mit zwei Seiten komplett Fenstern, dumpf quietschendem Linoleumboden und mehreren kleinen Sofa-Sessel-Ecken. In der Mitte ein Esstisch, darauf Tee, und daran Olli und Romy. Dann saß auch Karsten, lachend, grinsend, wie vor den Kopf geschlagen, er konnte nicht anders: diese Romy sah ja genauso aus wie er! Ihr Pullover war genauso grau wie seiner, sie hatte dieselbe Augenfarbe, genausoviele Sommersprossen und dieselben Haare wie Karsten, nur trug sie ihre offen. Grinsen musste sie nun auch, und sie strich sich über das Kinn, denn einen Bart hatte sie natürlich nicht, das war ja klar.

"Hallo ich bin Karsten."

"Romy."

Sie schüttelten sich über den Tisch hinweg die Hände und hätten Olli beinahe alles umgeworfen, der mit Teekanne, Teesieb und Tassen handwerkte und gar nicht mitbekommen hatte, was so witzig war. Er verteilte die vollen Tassen und begann mit seiner Willkommensrede, die er allen neuen Stipendiaten halten musste, das heißt, er redete über das Wetter, den Strand, den besten Bäcker, erwähnte nebenbei eine Putzfrau, die einmal pro Woche erscheinen würde, erinnerte sich an den chaotischen Studenten mit dem Literaturstipendium, den er letztes Jahr im Haus gehabt hatte, ermahnte zu Sparsamkeit an Klopapier, Strom und Wasser, bat nachts abzuschließen und die Küche sauber zu halten, und alles andere regelten sie bestimmt untereinander, nicht wahr? Romy hatte ihm die ganze Zeit auf den Mund gestarrt und tat leicht genervt, als ob sie mit ihrem Teelöffel auf dem Tisch schreiben würde, und Olli verstand den Wink. Ja, er würde gleich ein paar Punkte aufschreiben.

"Es gibt doch ein Klavier?"

Karsten hatte schon zwei Tassen getrunken und nibbelte an einem Keks, jetzt dachte er praktisch. Wenn es ein Atelier gab, was gab es dann für ihn?

"Ein Klavier gibt es, im Musikzimmer - "

"Genial."

"Und du brauchst auch ein Akkordeon? Hepp wi all. Kannst du gleich mal gucken, was da noch so alles steht. Die Tür links vom Eingang. Am besten, ich führ euch gleich mal rum."

Romy hielt ihn am Arm fest. Erst aufschreiben.

"Ach ja, ja gut."

Und Olli krikkelte eine erste Liste auf einen alten Einkaufszettel, den er in der Tasche hatte: Strand, Bäcker Nabrotzky, Putzfrau Frau Blume 1x Woche, Klopapier und Wasser sparen, Küche sauber. Romy schnappte sich die Liste, aber nur, um sie Karsten zu geben.

"Schreib dei-nen Namen."

Sie sprach langsam und bemüht deutlich, was Karsten faszinierte, denn was ging bloß in ihrem Kopf ab? Sie konnte sich ja selbst nicht hören, oder gab es da irgendeinen Wiederhall, ein inneres Gehör? Beim Lesen bewegte sie konzentriert die Lippen, "Kars-ten", und man verstand sofort, weshalb sie seinen Namen lieber schriftlich haben wollte, denn der sprach sich ja fast bewegungslos und war nur mit Lippenlesen sicher kaum verständlich.

"Karsten. Olli."

Romy lehnte sich in ihrem Stuhl zurück und hub an mit einer kleinen Rede, bestehend aus Mimik und rasant schnellen Gebärdenfolgen. Überrumpelt guckten ihr beide zu, die plötzliche Stille, die von Romy ausging, als ob ihre Bewegungen auch Geräusche erforderten, die aber nicht kamen, diese Stille war fast greifbar, und Olli und Karsten schreckten kurz hoch, als Romy die Hände auf den Tisch legte und leise lachte, zufrieden mit der Vorführung und sich selbst.

"Na Karsten, du lernst hier vielleicht noch Gebärdensprache, aber ich bestimmt nicht."

Olli stand auf.

"So Kinder, dann zeig ich euch jetzt mal das Haus."

Karsten streckte ihm stumm den Daumen der linken Faust hoch.

Am nächsten Tag war es windig und der Himmel wolken-verhangen. Olli verabschiedete sich von seinen Stipendiaten, auf der Fähre würde es sicher schön schaukeln, hängte den Haustürschlüssel bei der Klingel am Türrahmen auf und ging durch die Küche hinten raus. Romy und Karsten standen allein in der Eingangshalle, als warteten sie gespannt darauf, dass etwas passieren würde.

"Ich glaube, ich gehe auch hinten raus."

Karsten wedelte mit dem Hintertürschlüsselbund, das Olli ihnen eben übergeben hatte. Ein roter Plastikfisch baumelte daran, der eigentlich in eine Badewanne gehört hätte, und ein Stück Band, das sich ständig in den Schlüsselringen verhedderte. Romy nickte gedankenverloren, dann schüttelte sie die rotblonden Haare zurück.

"Einkaufen. Ich gehe jetzt einkaufen."

Sie war garantiert eine der ganz wenigen auf der Insel, die sogar das zweite T von jetzt aussprachen, während andere Konsonanten eher verschluckt blieben, vor allem die tonlosen wie zum Beispiel das H von gehe, was für Karsten zunächst behindert klang, wofür er sich aber sofort schämte und in Gedanken rügte. Sei du mal gehörlos und sprich perfekt! Den roten Fisch mit den Schlüsseln versteckten sie nach dem Abschließen genau nach Ollis Anweisungen im Toilettenfensterchen, obwohl er da nicht besonders gut versteckt sondern noch sichtbar war, und Romy schlenderte davon Richtung Stadtmitte, während Karsten sich den Strand ansehen wollte. Man ging um die Ecke und eine Straße hoch, schon war man auf der Strandpromenade, wo Karsten beinahe umgeweht worden wäre, so blies der Wind hier um die großen Kurhotels, die die Promenade säumten. Jetzt hatte er soviel Strand, wie er wollte, kilometerweit, und dazu Dünen, Strandzelte und die Nordsee, aufgewühlt, schaumspritzend und heute nur für einheimische Windsurfer geeignet. Karsten sah ihnen eine Weile zu, dann verzichtete er auf nackte Füße in

Wasser und Sand und wanderte nach links, dem Wind entgegen. Plötzlich kam ihm ein altes Funny van Dannen Lied in den Kopf und er summte vor sich hin. Rechterhand rollten die Nordseewellen gegen die Buhnen, die den Strand festhalten sollten, links vom Promenadenweg beschützte eine halbkonvexe Mauer wie von einer Skateanlage die Insel vor Hochwasser. Die Bänke davor waren von winderprobten Rentnerpaaren in wetterfesten Allzweckjacken besetzt, immer zweimal dieselbe Jacke, für ihn wie für sie, was Karsten total absurd und abartig fand. Partnerlook war modisch das Letzte, was er tragen würde. Eins der Rentnerpaare hatte sogar einen Hund in der dazupassenden Hundeallzweckjacke. Schnell schüttelte er das Unbehagen ab und guckte nur noch nach vorn, was außerdem viel interessanter war: zehn Meter weiter machte ein Mann in auffallend gelber Regenjacke einen einarmigen Handstand seitlich gegen die Hochwassermauer und bekam Applaus von einer jungen Frau in angenehmem weiß-rot-grün, farblich ein echter Höhepunkt auf dieser windigen Promenade! Geradeaus war auch ansonsten besser, sonst hätte er womöglich die Fahrradfahrerin nicht gesehen, die ihm entgegenkam wie der geölte Blitz mit dem Wind im Rücken. Eine eindrucksvoll große Fahrradfahrerin, die dem Wind ordentlich Angriffsfläche bot und deshalb wirklich einen Affenzahn drauf hatte, worum Karsten sie sofort beneidete. Olli hatte gesagt, sie dürftem die Räder aus dem Schuppen gerne benutzen, und Karsten freute sich, als ihm das einfiel. Dann wurde er im Vorbeifahren freudig von Andrea angeschrien, "Hey Karsten wie gehts tschüß!", und windschnellweg war sie, Karsten hatte nur Zeit für ein "Eyhallo" gehabt. Er blieb stehen, um sich kurz zu sammeln, Funny van Dannen war von Andrea verscheucht worden und machte überraschend Platz für deutsche Volkslieder; Karsten beschloss also, "Wenn ich ein Vöglein wär" summend nur noch bis zur nächsten Buhne zu gehen. Dort gab es eine Treppe in der Skatermauer zu einem Dünenweg, wo es sofort windstill war. An der ersten Weggabelung ging er nach links, denn rechts würde er bestimmt sonstwo landen und verloren gehen, und das wollte er wirklich nicht gleich am ersten Tag, vielmehr hatte er Lust auf Kuchen oder Thüringer Rostbratwurst. Oder Wurstbrot, er war ja nicht anspruchsvoll. Während er so an Essen denkend und von Vöglein summend durch die Borkumer Südstranddünen marschierte, bewährte sich mal wieder sein guter Orientierungssinn, der ihn schnurstracks zu Gezeitenland und Kulturinsel führte. Karsten verlief sich fast nie, er wusste so gut wie immer, wohin es ging, auch ohne Stadtplan. Kein Wunder, dass er zu wenig Geduld für Google Maps hatte. Vor Augen hatte er nun zwei moderne Gebäudekomplexe, von denen man auf den ersten Blick und zudem von hinten nicht sagen konnte, wozu sie da waren, und Karsten runzelte befremdet die Stirn. Das sah ja hässlich aus. Wie Rehaklinik auf dem Dorf. Als er sich das ganze aber von vorne angeguckt hatte, war er äußerst angetan von seiner Entdeckung: ein Gebäude-komplex war das sogenannte Kulturhaus, der andere die Schwimmhalle mit allem Pipapo, sogar Wellenzeiten gab es! Karsten fühlte in der Jackentasche nach, ob er sein Portemonnaie dabei hatte, und besorgte sich kurzentschlossen eine Halbjahreskarte. Er liebte schwimmen, und wenn die Nordsee weiterhin so aufgewühlt und kalt sein würde, was für Herbst und Winter ja vorauszusehen war, ginge er einfach ins Wellen-schwimmbad. In den Sauna-Wellness- und Erlebnisbereich lieber nicht, das klang in seinen Ohren nach Stress. Hochzufrieden besah er sich noch die historischen Eisenbahnwaggons, die die Borkumer Kleinbahngesellschaft hier ausstellte, dann hatte er zu allen Essensgelüsten auch noch Durst bekommen und lief schnell nach Hause zum Polizeirat.

In der Küche traf er auf Romy, die die Speisekamer inspizierte und ihre Einkäufe dazu stellte.

"Hi, hier guck mal, was es auf der Insel gibt!"

Stolz hielt Karsten ihr seine Halbjahreskarte vors Gesicht. Romy las kurz, dann lächelte sie.

"Ich will auch eine."

Vier abgehackte Wörter.

"Ja? Cool. Bisschen teuer, aber ich glaube, es lohnt sich."

Romy rieb Finger und Daumen der rechten Hand aneinander.

"Teuer."

Karsten nickte und zuckte mit den Schultern.

"Egal."

"Schwimmen ist gut für den Gleichge-wichts-sinn."

Romy teilte lange Wörter in Silben auf.

"Ja? Und bist du gut? Kraulst du?"

Karsten verdeutlichte das mit Armbewegungen und Romy lachte.

"Alles. Ich bin ein Fisch."

Sie vollführte eine irre Armbewegungsfolge von Kraulen über Brustschwimmen zu Schmetterling, und Karsten musste auch lachen.

"Ah, ganz neuer Stil. Machen wir mal ein Wettschwimmen, gehen wir zusammen hin!"

Zusammen war einfach mit Gesten darzustellen. Nachdem er sich mit den Resten, die Olli dagelassen hatte, ein paar Scheiben Brot geschmiert und auch ein angebrochenes Glas saure Gurken im Kühlschrank gefunden hatte, setzte er sich zu Romy an den Küchentisch, die dort ihren zweiten Jogurt löffelte. Es gab nämlich doch Stühle in der Polizeiratsküche, zwei an der Zahl, die links und rechts neben der schönen, großen Anrichte gewartet hatten. Der Arbeitstisch erwies sich allerdings als nicht sehr sitzfreundlich, denn er hatte auf Knöchelhöhe eine Abstellfläche, vollgestellt mit Plastikwannen und -schüsseln aller Art, weshalb man beim Sitzen nicht so recht wusste, wohin mit den Füßen, es war eben ein richtiger Arbeitstisch. Karsten hätte sich zu gerne normal mit ihr unterhalten, einfach um zu wissen, mit wem er hier das Haus teilte, aber er wusste nicht, wie er das anfangen sollte, was genau sie konnte oder verstand oder wie auch immer. Die Verständigung ohne Worte klappte auf jeden Fall hervorragend, Karsten musste schon wieder grinsen, weil er sich optisch so in Romy wiederfand. Zweimal rotblond gewellt, das war ja unnatürlich! Er zog sich das Haargummi heraus und Romy war mit Kichern an der Reihe. Sie nahm eine ihrer Strähnen und hielt sie an Karstens Haare, die sogar länger waren als ihre eigenen.

"Du hast schöne Haare."

"Und du auch!"

Romy nickte zufrieden und Karsten beschloss, einfach so zu tun, als wäre sie nicht taub, mal sehen, wie das endete.

"Was machst du eigentlich oben im Atelier? Was studierst du?"
Es war umöglich, einfach so zu tun als ob. Unwillkürlich hatte er mit den Augen nach oben gedeutet und mit der Hand auf dem Tisch herum gemalt, andeutungsweise. Romy war alles andere als blöd und verstand sofort.
"Ich male. Ich habe ein Kunst-sti-pendi-um von der Emil Nolde Akademie."
"Musst du was abliefern? Ein Abschlusswerk, ein super Bild oder so?"
Schon wieder hatte er in der Luft gemalt und mit den Armen großen Umfang angedeutet.
"Ja! Ich habe eine Aus-stellung im April."
Ihre Hand zeigte ihm top-class, erste Sahne, mit Ring aus Daumen und Zeigefinger, die anderen Finger abgespreizt.
"Deine Gesten sind super Kars-ten!"
Der ergriff die Gelegenheit und fragte alles, was ihm einfiel, auch wenn er sich dabei zum Teil dumm vorkam. Romy schob ihm Stift und Papier hin, Karstens Fragen waren zuviel Text auf einmal gewesen. Danach fing sie an, zu erzählen, Frage für Frage abhakend. Zu manchen Themen schien sie vorgefertigte Sätze zu haben, die sie wahrscheinlich schon oft hatte sagen müssen, bei anderen stockte sie und formulierte mühsam, bemüht, keinen Buchstaben zu verschlucken. Mit sieben Jahren hatte sie einen schlimmen Unfall gehabt und das Gehör verloren. Lesen und Schreiben konnte sie schon mit fünf, und weil sie bis zu dem Unfall ja auch normal gehört und gesprochen hatte, konnte sie auch weiterhin alles aussprechen und sich die Aussprache von allen neuen Wörtern vorstellen, aber es steckte viel Training dahinter. Gebärdensprache und Lippenlesen konnte sie ebenfalls. Und schwimmen und reiten und stricken.
"Leute wie ich bekommen immer alle mög-lichen Thera-pien damit wir uns besser fühlen."
"Stricktherapie? Reittherapie?"
Karsten zeigte beides mit großer Schauspielkunst, da sie ihn ja scheinbar so gut verstand...
"Zu Hause habe ich ein Pferd das versteht mich ganz ohne Worte."

Kommas waren nicht ihre große Stärke, aber Karsten staunte nur, wie gut sie sprach.

"Und was kannst du Kars-ten?"

"Ich kann auch schwimmen, und Auto fahren, Klavier, Fagott, Akkordeon, dann kann ich noch Russisch und Englisch."

Beide starrten sich gedankenverloren in die gleichfarbigen Augen. War es das? War man das, was man konnte?

"Eine Frage noch: Hörst du dich selbst, wenn du sprichst? Hörst du dich im Kopf?"

Er kritzelte die Frage auf den Fragezettel, und Romy wiegte den Kopf hin und her.

"Da ist etwas aber nicht richtig."

Karsten nickte. Er fand Taubheit inzwischen wahnsinnig interessant, grade auch deshalb, weil es so gegenteilig zu dem war, was er machte. Musik ohne Hören wäre schlecht!

"Romy, ich kann noch was: Kochen. Ok? Ich koche heute."

Rühren und pfannenschwenken in der Luft. Romy grinste, da vibrierte ihr Handy, sie winkte Karsten damit zu, "Mutter", und verschwand tippend in die Veranda. Logisch, telefonieren war Mist, aber chatten funktionierte.

Karsten sprang mega gut gelaunt die Treppe herunter und verschwand im Musikzimmer. Drei Tage waren vergangen, seit Olli die erste Liste in der Veranda geschrieben hatte. Das Wetter war nicht unbedingt besser geworden, nur etwas windstiller, zusammen mit Romy hatten sie den Bäcker Nabrotzky gefunden und am selben Tag die zweite Halbjahreskarte besorgt, und während im Atelier fleißig gemalt wurde, hatte Karsten sich auf dem Rudolph Ibach & Sohn, einem Überseeklavier, eingespielt und aus Spaß ein bisschen mit der Posaune experimentiert, die er im Musikzimmer gefunden hatte und die sogar einen Namen trug: "Karlo" war am Mundstück eingraviert. Mehrmals hatte er ahnungslose Passanten aus ihren Tagträumen gerissen, denn wenn Romy auch keine Notiz nahm von seinen stümperhaften Fanfarenstößen, so schreckten die Leute auf der Straße doch mächtig zusammen. Einmal war er mit Karlo ins Atelier gegangen und hatte sich direkt vor Romy aufgebaut.

"Du hörst das echt nicht? Das hier?"

Hatte tief Luft geholt und einen herrlichen Ton herausposaunt, aber Romy hatte nur die Backen aufgeblasen und ihn rausgeworfen. Das Atelier war mit fünf Fenstern das größte Zimmer des Hauses. Außer einem normalen Deckenlicht mit flacher Schale gab es eine Ikea-Stehlampe und zwei verloren wirkende Gründerzeitlämpchen an der Wand, deren Platz wohl ehemals über Nachttischen gewesen war, aber die existierten nicht mehr und die Betten auch nicht. Überdauert hatten dafür ein alter Kleiderschrank für Künstlerbedarf und Materialien, ein großer Tisch und ein noch größeres, imposantes Sofa mit extra hoher Rückenlehne, Regal darüber und geschnitzten Löwenköpfen an den Armlehnen. Und das obligatorische Waschbecken mit Spiegel, das gab es auch in Zimmer 3. Romy trug zum Malen ein altes T-shirt und darüber eine orange Küchenschürze, weshalb ihre Arme des öfteren Farbe abbekamen, aber das ließ sich nicht ändern, lange Ärmel störten sie. Bisher hatte sie viele kleinere Entwürfe gezeichnet und mit Ölkreide auf DIN-A 5 Blättern einzelne Objekte skizziert, Holzstücke, Steine, Möwen, Miesmuscheln, die sie allesamt an die dafür vorgesehene Holzleiste an die Wand zwischen den Nachttischlämpchen pinnte, als sie im Materialschrank einen vergessenen Klumpen Ton entdeckte. Der war so luftdicht eingepackt, dass er sich nach einigem Kneten und erheblichem Abmühen ganz gut modellieren ließ. Romy deckte den Tisch mit Plastikfolie ab und widmete sich mit Hingabe dem Klumpen. Unten klingelte es an der Haustür, dann wurde geklopft.

In der Tür zum Musikzimmer erschien Karsten, der sich die Haare zurückband und verdutzt guckte, als er dem erstaunlich gut aussehenden Mann öffnete, der da draußen wartete mit einem ganz kleinen Mädchen an der Hand.

"Hallo?"

"Hallo! Moin! Du musst Karsten sein, stimmts? Ich bin Dennis, der Bruder von Andrea."

"Ach so, ja klar! Du bist der vom Chor."

"Jaja genau."

Dennis strahlte über das ganze Gesicht, das kleine Mädchen

drängelte sich zwischen seinen Beinen hindurch, und Karsten ging in die Hocke.

"Haaai, und wer bist du?"

Die Kleine hielt ein Bein wie einen Baumstamm umklammert und rümpfte misstrauisch die Nase. In fast zwei Meter Höhe wurde gelacht.

"Meine Tochter Marie. Mariechen."

"Kommt doch rein! Kommt rein!"

Mit Mariechen am Bein humpelte Dennis hinter Karsten her ins Musikzimmer, wo sie sich schnell einig wurden. Die nächste Chorprobe war übermorgen um 17 Uhr, keine Bange, keine Sorge und nur Mut, Karsten kriegte das schon hin, hier die Noten und die Texte, er könne doch Noten lesen?

"Klar, und ihr singt echt nur Shantys?"

"Tja so ist das beim Shanty-Chor. Passt halt auch zur Insel, und wenn man sich da so'n büschn reinfuchst, dann steckt da auch mehr dahinter als bloß so maritimes Pseudogedusel. Hat halt auch Stimmung, wirst du ja sehen, und was meinst du, was auf den Konzerten abgeht!"

"Ach. Na dann bin ich mal gespannt!"

Mariechen hatte einen Schellenkranz gefunden und schlug damit auf den Boden. Oh das machte Spaß! Sie lachte fröhlich und laut, ein glucksiges Kleinkinderlachen, und bevor sie auch noch die Snaredrum und die Posaune entdeckte, blies Dennis lieber zum Aufbruch.

"Also dann bis übermorgen! Komm Hase, wir gehen jetzt Omi besuchen."

Omi, dagegen hatte der Schellenkranz keine Chance und wurde gegen Vaters Hand eingetauscht, und beide trippelten Richtung Ausgang, Mariechen Höchstgeschwindigkeit, Dennis in zwanzig Zentimeter Schrittchen.

Karsten verzog sich in die Veranda und legte in dem einen Ecksofa die Beine hoch. Herumlümmelnd und leider ohne Kekse in greifbarer Nähe blätterte er in den Chornoten. *So I say farewell to Carlingford.* Bah! Englisch auch noch! Oder das hier: *Frei wie der Wind.* Klang fast wie DDR-Liedergut... Er summte vor sich hin, "Geschichten erzählen die noch keiner weiss,

Geschichten erzählen von Freude und Fleiß, fragt doch die Leute, fragt doch - " Kekse. Karsten sprang auf. Er brauchte jetzt was zu Essen, die Shantys mussten warten, außerdem verspürte er Inspiration. Mit einer Packung Teegebäck aus der Speisekammer verkrümelte er sich wieder ins Musikzimmer. Zwei inspirierte Tage später hatte Karsten alles wieder zerrissen, was er notiert hatte, und Romy hatte ihr töpferisches Intermezzo ebenfalls ergebnislos beendet, den Tonklumpen luftdicht verstaut und sich verärgert die roten Reste unter den Fingernägeln weggekratzt. Also weder töpferisch noch schöpferisch, was ihr Anlass genug war, zur Frustbekämpfung ein bisschen Geld auszugeben. Sie ging shoppen, und Karsten hatte am Abend Chorprobe.

Unten in der Eingangshalle, an derer einen Seite die Treppe in den ersten Stock führte, gab es außer den Türen zum Musikzimmer, Toilette und Wohnzimmer noch eine Hutablage mit kleinem Spiegel darunter, ein Tischchen mit zwei harten Sesseln undefinierbaren Stils sowie einen sehr hohen Spiegel in einer Art Regalrahmen, der leicht vorgeneigt an der Wand befestigt war, so dass man sich von Kopf bis Fuß spiegeln konnte. Auf Meterhöhe war der Spiegel zu Ende und es begann das Regal des Rahmens, auf dem zwei große Vasen mit langem Hals standen, die so verschnörkelt und hellrosa-grün-weiß waren, dass man eigentlich keine Blumen hineinzustecken brauchte. Ziemlich antike Blumenvasen, die in zehn Stipendiatsjahren sogar heil geblieben waren, wahrscheinlich, weil niemand nah an den Spiegel heranging oder ihre Hässlichkeit alle vom Anfassen abhielt. Karsten hatte sich bisher einmal getraut, die riesigen Porzellanblumen zu befingern, mit denen die Vasen am Bauch dekoriert waren, und hatte jedesmal fast erwartet, von einer Biene gestochen zu werden.

Romy stand mitten in der Eingangshalle und drehte und wendete sich. Der Spiegel zeigte ihr ein tolles, leuchtend blaues Kleid, dessen Rock ihr beim Drehen um die Knie schlenkerte, und an den Füßen neue Sandalen mit Korkplateauabsatz. Sie freute sich. Die Töpferei war vergessen, das Wetter besser geworden, die Sonne schien. Die neuen Sachen hatte sie gleich im Geschäft angelassen und auf dem Rückweg durchs Dorf die Blicke der Einheimischen und Badegästen auf sich gezogen. Das Dumme war immer nur, dass Romy nie merkte, wenn sie von einer Verkäuferin angesprochen wurde, die sich gerne von hinten anschlichen, aber Romy hatte gelernt, gewisse Unannehmlichkeiten zu ignorieren.

Auf dem oberen Treppenabsatz mit dem Buntglasfenster schlich Karsten herum. Auf dem Weg nach unten hatte er Romy gesehen und wollte nicht stören, aber sie sollte auch nicht merken, dass er sie beobachtete, denn es war faszinierend, zuzusehen, wie eine Frau sich selbstvergessen vor einem Spiegel drehte, aber genau da lag das Problem, wie Karsten schlagartig klar wurde: Es war fies von ihm, sich hinterrücks anzuschleichen, denn Romy hatte überhaupt keine Chance, ihn zu entdecken, auch nicht gespiegelt. Seine Schritte und das Treppengeknarze zu hören fiel schonmal aus, und Augen hatte sie nur für vorne, alles, was hinter ihr lag, musste totes Feld für sie sein, inexistent. Wie hieß das doch gleich beim Autofahren – der tote Winkel? Fies. Er ging ein paar Schritte zurück und ließ seine Notenblätter über das Geländer nach unten segeln, so dass sie schön in die Eingangshalle schneiten und Romy die Bewegung sofort im Spiegel sah. Sie guckte sich um, während Karsten die Treppe herunter rannte und so tat, als wäre der Notenblätterschnee ein Missgeschick gewesen. Romy grinste und half beim Einsammeln. Mit einer freien Hand zupfte Karsten an ihrem blauen Ärmel.

"Super. Sieht super aus."

Warum mit Komplimenten sparen, wenn sie angebracht waren? Romy nickte zufrieden und drückte ihm die restlichen Blätter in die Hand.

"Wie gehts arbeitest du?"

"Jaaa, so lálá."

Er wackelte mit dem Kopf.

"Ich glaube, ich muss mehr von der Insel sehen, so als Inspiration. Mehr raus, frische Luft..."

Romy sah ihn zweifelnd an, und falls sie ihn nicht verstanden hatte, lippenlesend, bot Karsten schnell noch eine Kurzfassung in Gestenform. Klopfen auf die Brust, zwei Finger marschieren durch die Luft zur Tür, thumbs up.

"Heute?"

Romy sprach die H's am Wortanfang immer extrem deutlich mit einem fühlbaren Luftstrom.

"Nee, heute hab ich Chor, Proben."

Er zeigte auf die Notenblätter und seine Armbanduhr.

"Morgen?"

Karsten musste lachen. Irgendwie war es witzig, sich in Kurzfassungen zu unterhalten.

"Morgen an die frische Luft?"

Romy imitierte seine Spaziergangsgeste und wanderte mit beiden Händen und vier Fingern durch die Luft, *sie* wollte auch gerne mehr von der Insel sehen. Das war Karsten klar.

"Ja cool, gehen wir morgen zusammen raus. Sooo-"

Er schielte auf seine Uhr.

"So um 10?"

Romy tippte fragend mit dem Finger auf die 9.

"Uy."

Mit den Notenblättern zwischen die Knie geklemmt hob Karsten alle zehn Finger, 10 Uhr ok?

Romy vedrehte die Augen und zeigte ihm dann zwei hochgereckte Daumen. Dann verschwand sie in der Küche, und Karsten machte sich auf den Weg zu seiner ersten Probe mit dem Shanty-Chor.

Nächster Tag, 10 Uhr 5. Romy und Karsten standen oben an der Promenade. Hinter ihnen lag am Ende der Bubertstraße Haus Polizeirat Bannier, wo sie es eben noch warm und gemütlich gehabt hatten, und vor ihnen lag die Nordsee, die alles andere als zum Bad einladend aussah. Trotzdem waren fünf Menschen im Wasser – fünf Wahnsinnige, wie Karsten für Romy vogelzeigend deutlich machte. Sie zuckte die Schultern, nahm die Kapuze ihres übergroßen Kapuzenpullis ab und schüttelte die Haare im Wind.

"Ich mag Wind."

Karsten guckte missbilligend und zog sich die Mütze energisch über die Ohren, die praktischerweise auch von seinen Haaren geschützt wurden. Er hatte heute mal keinen Pferdeschwanz.

"Ich krieg immer Ohrenschmerzen, wenn der Wind da so reinpfeift. Aber die da, baden?!"

Romy guckte von Karsten zu den Schwimmern und schüttelte zustimmend den Kopf.

"Links? Rechts?"

"Rechts."

Den Weg nach links kannte Karsten schon, aber alles auf der anderen Seite der Promenade war noch Neuland, wohin Romy ihn jetzt anschob. Tatsächlich brauchte er das heute, einen Schupser in den Rücken von einer Gehörlosen, die fröhlich neben ihm dahinmarschierte und die sechs Windstärken genoss, während Karsten dumpf brütend einen Fuß vor den anderen setzte und sich von den wahnsinnigen Badenden deprimieren ließ. Bei ihm war das immer so: Nach einem besonders genialen Abend bekam er am folgenden Morgen seinen Seelischen. Auf Spannung und Vorfreude folgte ein glücklichmachendes Ereignis mit viel Adrenalin und Hochgefühl, und weil es danach schwerlich noch besser werden konnte, sackte bei ihm alles zusammen, er wurde melancholisch, bekam "seinen Seelischen", wie seine Mutter das immer genannt hatte. Bis zum Mittag war dann allerdings alles überstanden. Meistens. Noch versuchte der Wind trotz Haaren und Mütze einen Weg in seine Ohren zu finden, eine Möwe schrie ihn völlig grundlos an, hässlich standen dort ein paar Müllcontainer, und aus dem öffentlichen Toilettenhaus floss ein undefinierbares Rinnsal in die Sandritzen des Toilettenhausvorplatzes. Karsten schüttelte sich. Es wurde wirklich Zeit, auf die schönen Dinge zu achten! War da eben die Klospülung kaputt mein Gott, was solls! Romy war an der letzten Promenadentreppe stehen geblieben und beobachtete die in der Luft knatternden und Salti schlagenden Lenkdrachen, für die auf dieser Seite des Strandes unglaublich viel Platz war, soweit das Auge reichte. Kurz hinter dem Toilettenhaus endete die weiträumige, obere Promenade und wurde schmalspurig. Wie in einer Talmulde zwischen Dünen ging es weiter, der gepflasterte Weg war sandüberweht. Und Sand kam auch von den Dünen linkerhand, denn der Wind blies vom Meer her und allen Fußgängern die Körnchen ins Gesicht, in gerader Linie von den Dünespitzen in die Augen, mit jeder Böe ein neuer Angriff. Jammernd drehte Karsten den Kopf weg, rieb und puhlte an seinen Augen herum, sah aus einem leicht tränenden Winkel, dass Romy dasselbe machte, und beschloss in der folgenden kurzen Windstille vor der nächsten Böe, dass es nun kein Zurück mehr gab und sie am besten blindlings los galoppierten bis zur Biegung, wo die Dünen flacher zu werden schienen.

"Augen zu und durch!"

Er zerrte an Romys Ärmel und wollte los, da hatte sie zuge-griffen und ließ sich leiten, wirklich blindlings, denn wo Karsten empfindliche Ohren hatte, hatte sie empfindliche Augen. Stol-pernd lief sie neben ihm und schloss in der folgenden Windböe die Augen ganz, alldieweil Karsten als Zugmaschine seine Augen mit einer Hand abschirmte. Etwas mitgenommen erreichen sie nach circa hundert Metern die ersehnte Biegung, wo ihnen der Sand tatsächlich nur noch um die Füße gepustet wurde. Statt Dünen gab es hier zur Meerseite hin ein Geländer und parallel dahinter eine flache zig-zag Rampe zum Strand. Romy hielt sich am Geländer fest und ihr Gesicht in den Wind.

"Ey hast du geweint?"

Karsten starrte sie mitleidig an. War der Sand so schlimm gewe-sen?

"Ey!"

Er drückte ihr ein Tempo in die Hand. Romy verzog den Mund zu einem Grinsen, bevor sie die Tränen energisch abwischte und auch gleich die Nase putzte.

"Danke. Nicht hörenund nicht sehenund rennen zusa-men macht Angst."

Sie zuckte die Schultern, verzog den Mund nach links und die Augen nach rechts, sollte heißen "Tja dumm gelaufen, kann man nichts machen", und Karsten musste lachen, obwohl Angst ja nicht so schön war.

"Ja hast recht. Daran hab ich nicht gedacht!"

Er versuchte schnell mal, sich diese Dreierkombination vorzu-stellen, und sah sich in einem schwarzen Vakuum strampeln, in einem mit sandigen Windböen, und jetzt tat ihm Romy noch mehr leid.

"Tut mir echt leid, Romy, nächstes Mal passen wir besser auf, okey?"

Karsten war sich nie sicher, wieviel sie von allem verstand, was er sagte, wieviele der Wörter, fünf von zehn?, aber Romy schien sich berappelt zu haben und meinte "Ja okey", und wohin jetzt, runter ans Wasser oder lieber Straße? Karsten antwortete auf ihre Gesten, indem er sie vom Geländer wegdrehte und Richtung Straße gucken ließ, die hier an der Rampenstelle begann und anfänglich genauso versandet aussah wie alles heute. Romy nahm ihre Haare im Nacken zusammen und setzte die Kapuze wieder auf, damit sie im nun von hinten kommenden Wind freie Sicht behielt, dann hakte sie sich bei Karsten ein und meinte "Los!"

Karsten fand es bewundernswert, dass Romy so selbstbewusst war. In Gedanken hatte er sie ja schonmal behindert genannt, aber das war wirklich die komplett falsche Beschreibung für sie. Also von hörenden Mädchen war er noch nie so durch die Gegend dirigiert worden! Am Ende war gehörlos viel cooler als hörend. Gehörvoll, das Wort gab es nicht. Klang nach gehaltvoll – Karsten dachte noch weiter nach über Klänge und Dirigieren und volle oder leere Töne, während sie frohen Mutes den Strand hinter sich ließen und eigentlich gar nicht wussten, wohin sie wanderten. Aber sie hatten ja auch nur an die frische Luft gewollt, und die bekamen sie nun wirklich zur Genüge! Eine halbe Stunde später standen sie vor der Minigolfanlage in der Nähe des spärlich besetzten Campingplatzes und hatten beide Lust, ein bisschen herum zu albern und etwas ganz Sinnloses zu tun. Sie waren die einzigen Spieler und hatten alle Zeit der Welt zum Herumalbern. Romys Spezialität war weites Ausholen wie für einen dreihundert Meter Schlag, um dann milimetergenau vor dem Ball abzubremsen und ihm ein Tickchen zu versetzen, während Karsten ewig brauchte, um sich in Positur zu wackeln und dann völlig unerwartet zuschlug. Sie hatten sich grade mal zu Loch 4 vorgearbeitet, als eine Großfamilie die Minigolfbahn stürmte. Bis zum letzten Loch ließ es sich nicht vermeiden, dass sie Begleitung von dem zweitjüngsten bekamen, der vor allem von Romys Technik begeistert war und ihr nicht von der Seite wich, obwohl die allgemeine Albernheit im Laufe der Löcher stetig abnahm. Schuld war der kindliche Beobachter, der bei Spielende von Karsten wissen wollte, wieso seine Schwester denn gar nichts sagte?

"Meine Schwester? Das ist Romy. Die kann schon was sagen, wenn sie will, aber du hast ja auch nicht viel gesagt!"

"Ich hab gesagt, ich will auch so schlagen wie sie."

"Und?"

"Und dann hat sie gelacht."

"Na siehste, das ist doch auch 'ne Antwort. Wir gehn dann mal. Tschüß, nu' lauf mal zurück zu deiner Mama!"

Karsten ging zu seiner Scheinschwester und gab Ball und Schläger zurück. Romy stand da mit den Händen in den Taschen und deutete missmutig und mit den Augenbrauen fragend auf die Minigolf spielenden Kinder.

"Was?"

"Der Kleine wollte wohl gerne mit dir reden!"

Romy verzog den Mund.

"Kleine Kinder verste-hen mich nicht und denken ich bin behindert."

Sie tippte mit einem Finger auf die blitzschnell ausgestreckte Zunge, eine ganz klare Geste, Karsten lachte.

"Zum Kotzen! Ja kann ich verstehen..."

Gemächlich trödelten sie auf einer langen Straße zurück ins Zentrum von Borkum Stadt, vorbei an roten Backsteinhäusern mit Garten, weißen Eigenheimen mit Garten, Ferienwohnungen mit maritimen Namen, und Garten – das war ja doch eine sehr grüne Insel. Und Karsten fragte sich, wieso sie nicht auch Fahrrad fuhren wie jeder zweite hier.

"Wir sollten Fahrrad fahren."

Romy reagierte nicht, sie hatte nicht gesehen, dass Karsten etwas sagte. Er musste sie antippen und den Fahrradvorschlag wiederholen, woraufhin Romy wild den Kopf schüttelte und einen Zahn zulegte. Karsten lief hinterher.

"Warum nicht?"

Kopfschütteln, nein, Hände flatterten abwehrend in der Luft, und

Romy rannte bis zur nächsten Straßenecke. Das war Karsten zu dumm, außerdem hatte er keine Lust mehr auf diesen Frischlufttrip, der ihn nur hungrig gemacht hatte, und so trotteten sie die letzten Straßen getrennt bis nach Hause. Romy war verstockt genug, dass sie nicht auf Karsten wartete, und er schimpfte sie in Gedanken kindisch und blöde Nuss. Bei Nuss fing sein Magen an zu knurren. Zum Glück gab es vor dem neuen Leuchtturm ein paar nützliche Hinweisschilder für alle Badegäste, die sich gerne von Werbung verführen ließen, und auch Karsten folgte dem einen Pfeil Richtung Pizzeria, gleich auf der gegenüberliegenden Seite der großen Rasenfläche des Leuchtturmplatzes. Der Preisunterschied zwischen "Da essen" und "Pizza take away" war beträchtich, weshalb Karsten als sparsamer Student auf Sitzen verzichtete und eine Kartonschachtel mit Ananas-Thunfisch bekam, mit der er sich auf die Eingangsstufen des Polizeirates verzog. Als er mit vollem Magen wieder klar denken konnte, fragte er sich, was an Fahrradfahren so schlimm war. Diese Romy war doch verrückt, oder konnten Gehörlose nicht Fahrrad fahren? Ihm erschien das unsinnig. Na auch egal, Romy sollte machen, was sie wollte, er würde heute Abend auf jeden Fall schwimmen gehen. Erfreut nickte Karsten der Litfassäule zu, die ihn mit ihren vielen Anzeigen überhaupt erst auf die Idee gebracht hatte. Bis dahin war noch viel Zeit – er dehnte sich und hielt das Gesicht in die Sonne. Die Hauptsaison war zwar vorbei, aber viele Badegäste schien das nicht zu stören, nur badeten sie wahrscheinlich weniger. Vor dem Polizeirat lief jede Menge Volk herum, Karsten beobachtete das interessiert. Kleine Kinder durften auf der Gartenmauer balancieren, andere wurden in Bollerwagen von ihren sportlichen Eltern durch die Gegend kutschiert, andere Leute fuhren Rad oder hatten sich für Wanderungen wetterfest verpackt. Die Einheimischen, merkte Karstn, erkannte man daran, dass sie sich grüßten. Als nächstes kam von rechts ein Elternpaar, das einen alten Fahrradanhänger hinter sich herzog, worin zwei besonders niedliche Mädchen hockten wie in einer römischen Troika, mit leuchtenden Augen und verschmitzt lächelnd. Die Eltern wurden von Fahrradfahrern gegrüßt, "Moin!", und die Mutter verkündete ihren Töchtern, morgen könnten sie wieder laufen, aber die Kleinen klammerten sich nur an ihrem Gefährt fest und riefen "Weiter weiter!" Waren das jetzt einheimische Badegäste? Karsten beschloss, seine landeskundlichen Studien für heute zu beenden und lieber ein bisschen Akkordeon zu üben.

Die früheren Benutzer des Musikzimmers hatten anscheinend andere Instrumente gespielt, denn der Akkordeonkasten war total eingestaubt, Karstens Hände hinterließen schwarze Spuren. Die harte Schale fiel, zum Vorschein kam der ebenfalls harte aber herrlich glänzende, schwarz-weiße Kern, und Karsten kribbelte es in den Fingern vor Vorfreude. Er stellte die ledernen Träger passend ein, hängte sich das Akkordeon um, löste den Verschluss und ließ das Instrument ein paar mal tonlos ein- und ausatmen. Er selber tat das auch. Die ersten Probeakkorde klangen lang und pausiert, aber je länger Karstens Finger über die kleinen, runden Knöpfe der linken Seite suchten, tasteten, drückten, je leichter seine rechte Hand über die Längstasten flog, desto schneller und flüssiger wurde sein Spiel, und schon bald war er völlig darin versunken. Eine Melodie erinnerte an die nächste, und erst nachdem er wie in Trance das "Deutsche Requiem" von Johannes Brahms halbwegs richtig gespielt hatte, kam er wieder zu sich. Immer noch leicht versonnen schlich er in die Küche, um etwas zu trinken, und war nach zwei Gläsern Apfelsaft so aufgewacht, dass er das mit der kompositorischen Inspiration vergessen konnte. Um richtig gute Ideen zu haben, wie er sie ja für seine Abschlussarbeit brauchte, musste er immer etwas neben sich stehen, wie musisch berauscht, und Apfelsaft war da ganz schlecht, aber was sollte man machen, er war halt durstig gewesen. Karsten beschloss, am besten seinen Kram für den Chor zu üben. Er klemmte die Noten- und Textblätter auf einen Notenständer, hängte sich das Akkoredeon wieder um und schraddelte sich durch "Hey hey Käpt'n", "Reise, Reise" und "Watt we doht". Bei den Shantyleuten gab es zwei Akkordeon-spieler, und weil Karsten nicht vorhatte, sie zu ersetzen, sang er jetzt auch. Auf seine Finger brauchte er nicht zu achten, die spielten von selbst, den Text hatte er vor Augen, er kam richtig in

Schwung dabei und hörte nicht mal mit halbem Ohr, wie die Verbindungstür aufging und Romy herein huschte. Erst als die Tür klackend ins Schloss fiel, schreckte er auf und drehte sich um.

"Oh, hallo!"

Romy winkte, blickte fragend auf den knatschigen, roten Sessel in der einen Fensterecke und saß eigentlich auch schon drin, bevor Karsten reagieren konnte. Sie rollte sich winzig klein zusammen und deutete Karsten, er solle einfach weiter spielen.

"Was soll das werden, willst du Musik *gucken*?"

Sie gab keine Antwort, aber für alle Fälle strich sich Karsten die Haare ordentlich zurück und setzte sich gerader hin. Romy grinste. Nach fünf Minuten hatte er vergessen, dass sie ihn beobachtete. Er war in Spiellaune. Unbewusst hatte er angefangen, die Shantys zu verändern, er sang sie viel schneller als vorgegeben und griff die Akkorde dazu in Moll, und irgendwann, als ihm die Haare schon wieder wild ins Gesicht hingen, er zu einem Klangkörper geworden war, nur noch summte statt zu singen, als die Shantys zu ganz neuen Stücken mutiert waren und sein linker Fuß eigene Rhytmen stampfte, kam Romy plötzlich durch das Zimmer, sah ihn nicht an, drückte ihm die flache Hand zwischen die Schulterblätter, "Weiter bitte", er sollte weiter spielen, und sie wollte das spüren. Karsten fand die Hand auf seinem Rücken nicht unangenehm, eher anregend, und erinnerte sich an einen der ersten Punksongs, den seine Kumpel und er damals sogar bis zu Ende spielen konnten, und probierte für Romy eine bassige, gesummte Akkordeonversion. Nach dem letzten Ton trat Stille ein. Ruhig atmend starrte Karsten ins Leere, die Augen auf Weitsicht, bis die Hand von seinem Rücken verschwand und Romy sich vor ihn stellte, da guckte er wieder richtig, erwartungsvoll.

"Singen kannst du nochmal singen?"

Romy fragte ganz ernst, trat dann aber doch verlegen von einem Fuß auf den anderen und wusste nicht, wo sie hingucken sollte.

"Nochmal singen?"

Während Karsten noch verdutzt dreinschaute, klatschte Romy dreimal, lächelte und stellte sich wieder hinter ihn, wo sie die

Hände unter seine Haare wühlte und um seinen Hals legte. Unwillkürlich hustete Karsten, merkte dann aber, dass Romys Hände eigentlich nicht störten, und fing etwas zögernd an mit "Oh Shannondon", dem letzten Chorstück. Er konnte sich schon vorstellen, dass es in seinem Hals ordentlich vibrierte und Romy so seine Stimme spürte, aber etwas komisch war ihm trotzdem zumute. Normaler normalerweise wurde man von schönen Frauen nicht einfach so angefasst. Schöne gehörlose Frauen, schlussfolgerte Karsten, waren wohl ein Fall für sich, die waren anders. Dann baute Romy sich wieder vor ihm auf, legte die Handflächen aneinander und verbeugte sich karatekidmäßig. Sie strahlte zufrieden und entschwand in ihr Atelier. Karsten sah ihr etwas ratlos hinterher. Allerdings fühlte er sich in seiner neuen Rolle als Gehörlosenmusicbox ganz wohl, kein Zweifel, weshalb er noch ein bisschen weiter spielte und den alten Punksong dergestalt umänderte, dass er besonders dröhnend und klangvoll wurde. Radikal musste man hier sein, laut und Wechsel markierend. Gegen 18 Uhr taten ihm die Handgelenke und die Schultern weh, es wurde Zeit für eine Runde Wellenbad.

Am Beckenrand, zwei Stunden und zwanzig Bahnen später, wurde Karsten von Hieke kennen gelernt. Sie hatte sich einfach neben ihn gesetzt und begonnen, ihn auszufragen. Wie er hieße, ob er von hier sei, und sie hätte gesehen, dass er ziemliche Ausdauer hätte, ob er Rettungsschwimmer sei oder es werden wolle? Karsten fühlte sich leicht eingeschüchtert, so als Opfer in Badehosen und obligatorischer Badekappe, die von dem Dutt seiner Haare unschön ausgebeult wurde und optisch rein gar nicht zum Bart passte, aber nach der anfänglichen Über- rumpelung war er dann doch damit einverstanden, dass er es hier auf Borkum öfter mit sehr direkten Frauen zu tun hatte – Andrea, Romy, und jetzt noch Hieke – antwortete auf alle Fragen, plätscherte mit den Füßen im Wasser und erfuhr von seiner neuen Bekannten, dass sie beim DLRG war, zurzeit das Haus ihrer Oma renovierte, eigentlich in Hamburg Architektur studierte und seit gestern ein Pflegepferd im Borkumer Reitstall hatte. Karsten, der ihre Unterhaltung beinahe ein bisschen anstrengend fand und gerne noch ein paar Bahnen schwimmen wollte, lud sie kurzerhand zum Tee ein, Tee zog in Ostfriesland immer, und meinte, dann könnte sie seine Mitbewohnerin kennenlernen, die ritte nämlich auch.

"Ja gerne. Wo wohnt ihr?"

"Göthestraße 16."

"Oh, bi Olli!"

"Ja, ja genau. Morgen um 17 Uhr?"

"Geht klar."

Dann stand Hieke auf und kraulte nach einem perfekten Kopfsprung ans andere Beckenende, wo sie eine alte Freundin entdeckt hatte, die auch noch dringend zugetextet werden musste. Karsten ließ sich nachdenklich ins Wasser plumpsen, das jetzt, kurz vor Ende der Badezeit, nur von wenigen ernsthaften Schwimmern bevölkert wurde, die das eher zum Training als zum Vergnügen machten. Drei Bahnen in Rückenlage machten Karsten dagegen immer vergnügter. Das war es ja auch, was er vom Schwimmen wollte: Entspannuung und einen klaren Kopf. Den wusch er sich anschließend mit viel Shampoo und verließ das Gezeitenland mit einer Mütze über den halbtrockenen Haaren und in allerbester Laune. Es war mittlerweile dunkel geworden und Karsten erkannte nicht gleich, wer ihn rief, als er die Bismarckstraße überquerte.

"Ey Karsten! Kaschi!"

Das konnte nur einer vom Chor sein, nur seine Mitsänger hatten bisher seinen Spitznamen herausbekommen, eigentlich in Sekundenschnelle. Dennis hatte ihn vorgestellt, "So Leute das ist Karsten, der kann eine Bass Stimme übernehmen", und "Ja gaut Kaschi, denn komm man rüber zu uns" hatte einer der Bässe gesagt, und so war es geblieben. Beim Chor war er Kaschi. Wer ihm jetzt lachend auf die Schulter schlug, war Marcel.

"Alter warst du im Wasser?"

Als Borkumer war Marcel sofort klar, dass man aus Karstens Richtung und um diese Uhrzeit mit nassen Haaren nur aus dem Gezeitenland kommen konnte.

"Und wo gehst du hin? Komm mit uns, wir gehn eben ins "Ei"!"

"Was?!"

"Kneipeee..."

Marcel war mit zwei Kumpels unterwegs, und weil zunächst die Marschrichtung stimmte, ließ Karsten sich widerspruchslos mitziehen, aber dann ging es am Polizeirat vorbei zur Strandstraße, nächste Ecke links. Romy hatte zufällig gerade am Fenster gestanden, oben im schummrig erleuchteten Atelier, Karsten hatte gewunken, sie hatte die Hand gehoben und gegrinst, aber Karsten fühlte sich trotzdem merkwürdig schuldig, sie allein zu lassen. Zum Schwimmen hatten sie ja eigentlich auch zusammen gehen wollen. Für weitere Schuldgefühle gab es keine Zeit, denn sie hatten ihr Ziel erreicht. An einem der ersten Häuser der Strandstraße hing tatsächlich ein Eierschild, unter dem man bis zum hinterhofigen "Ei" durchgehen konnte, wo man dann bis spät in die Nacht ausgebrütet wurde... Karsten hatte sich an der Theke ein Hefeweizen bestellt, sowas hatte er lange nicht getrunken und das Kleingeld, das er aus allen Hosen- und Jackentaschen zusammenkratzte, reichte auch so gerade für ein Weizen aus. Danach saß er mit Marcel und Kumpels eine Stunde im Halbdunkel und stellte fest, dass diese Ostfriesen ziemlich schweigsame Typen sein konnten. Zumindest bestanden ihre Kneipenunterhaltungen aus Kurzwortsätzen, mit denen allerdings alles gesagt werden konnte und die außerdem für große Heiterkeit sorgten. Wirkliche Sorgen machte sich nur der eine Marcel-Kumpel, weil er auf jemanden wartete und sie nicht kam. Marcel ließ das kalt.

"Pech! Warst ja nicht verabredet!"

"Sonst kommt sie immer!"

"Gar nicht."

"Wer denn?"

Karsten war zwar nur mäßig interessiert, aber das Hefeweizen hatte ihn sozial und fast zutraulich gemacht.

"Hieke."

Der eine Kumpel starrte verärgert und ratlos in sein Bierglas, deshalb sah er nicht, wie Karsten kurz zusammenzuckte und herunterschluckte, was ihm auf der Zunge lag. Dass er vor knapp zwei Stunden eine Hieke kennen gelernt hatte und sie morgen zum Tee kommen würde. Marcel allerdings war nach den zwei

Jever, die er getrunken hatte, total aufgeweckt und meinte lachend, vielleicht hätte Kaschi sie beim Schwimmen ja so verschreckt, dass sie sofort nach Hause gegangen wäre.

"Nee...."

"Wieso du warst doch schwimmen?"

"Ja, aber ich hab sie nicht verschreckt."

"Hä?"

"Ey was hast *du* mit Hieke zu tun!?"

"Nichts, eigentlich, *sie* hat *mich* angesprochen!"

Marcel lachte schon wieder.

"Ich hab dir doch gesagt: Geh schwimmen, wenn du Hieke anbaggern willst!"

"Und ich musste sie zum Tee einladen, damit sie meine Mitbewohnerin kennenlernt, sonst hätte die mich noch stundenlang zugequatscht!"

So jetzt war alles gesagt, Karsten war böse geworden, die Kumpels verdattert, Marcel begeistert und die Kneipe genial. Sein Chorkollege wartete mit noch einem Detail auf.

"Hieke ist die Tochter vom Chef."

"Aaah ja."

Als Karsten nach Hause kam, war in der Veranda noch Licht, und er stellte fest, dass Romy beim Lesen eingeschlafen war. Ihr Buch war auf den Boden gefallen, aber sie selbst lag noch ganz gemütlich auf dem größten der Verandasofas. Karsten sah eine Weile zu, wie sie atmete, entschied sich dann aber, sie zu wecken. Letzendlich schlief man einfach nicht so gut auf Sofas, das wusste er aus Erfahrung.

"Ey Romy wach mal auf!"

Sehr sinnvoll. Besser ruckelte er ein bisschen an ihrer Schulter, sanft natürlich.

"Hi, Weckdienst!"

Jetzt riss sie die Augen auf. Und guckte so unglücklich, das Karsten sofort ein schlechtes Gewissen hatte, was er mit einem Arsenal von entschuldigenden Gesten wieder auszugleichen versuchte. Er würde auch gleich wieder gehen, Romy dürfe ruhig weiter schlafen. Geste hin Geste her, Romy setzte sich auf und erklärte sehr deutlich, ihr wäre "arschkalt". Das beruhigte

Karsten.

"Ooh, okey, aber deshalb brauchst du doch nicht traurig zu sein!" Er holte ihr eine Fleecedecke aus dem Wohnzimmer, und weil er noch immer in Kneipenstimmung war, auch gleich die Wodkaflasche aus der Speisekammer. In der Küchenanrichte fand er nach kurzem Suchen zwei zierliche Gläschen, an denen wahrscheinlich schon der Polizeirat persönlich genuckelt hatte. Den Smirnoff hatte er bei seinem ersten Großeinkauf besorgt, denn einmal Russland, immer Wodka. Das konnte nicht schaden, gerade um 22 Uhr verfroren in der Veranda war Wodka genau das richtige. Die fleecig eingewickelte Romy beäugte ihr Gläschen zwar erst misstrauisch, aber Karsten stieß aufmunternd so russisch mit ihr an, "Pajéchali!", dass sie schließlich doch trank und danach etwas weniger verschlafen aus der Decke guckte.

"Besser? Warm?"

Karsten hatte es sich im Schneidersitz in einem der Sessel bequem gemacht und fühlte sich wohl. Ein Tischlämpchen verbreitete mildes Licht, das die Dunkelheit draußen ließ und eigentlich nach grooviger Musik verlangte, aber weil Romy nie Musik anmachte, waren jetzt nur leise Hausgeräusche zu hören: Ein Knacken hier, ein Blubbern dort, und von der Straße ein paar vorübergehende Stimmen.

"Was liest du?"

Karsten nickte dem Buch zu, und Romy hielt es hoch. Juli Zeh, "Unterleuten".

"Ich finde das ist ihr bestes Buch bislang."

Bei jeder oder jedem anderen wäre dieser Satz wie beiläufig gefallen, aber bei Romy musste man doppelt solange aufmerksam sein, weil sie zwar betont sprach, aber manche Wörter trotzdem undeutlich blieben. "Bislang" zum Beispiel klang fast wie "billan". Karsten fand, diese Art zu sprechen passte gar nicht zu ihr. Romy sah "unglaublich hübsch" aus, so Karstens Urteil, aber ihre Sprechweise klang für ihn immer wieder gestört, wofür er sich auch immer wieder in Gedanken ohrfeigte. Er tippte auf den Buchdeckel und zuckte die Achseln. Juli Zeh kannte er nicht.

"Liest du?"

"Jaaa, schon..."

Karsten dehnte die Arme nach hinten und den Hals anschließend seitlich, bevor er Romy wieder direkt ansah.

"Ich hab eine Leonard Cohen Biographie dabei, aber irgendwie komm ich nicht richtig zum Lesen."

Romys Stirnrunzeln entnahm er, dass sie nicht alles genau verstanden hatte, und kritzelte den Buchtitel auf ein altes Rätselheft, das auf dem Tisch mit dem Lämpchen verloren herumlag. Neben einer aktuellen Borkumer Zeitung, und Karsten wedelte mit ihr vor Romys Nase.

"Und hier! Zeitung les ich!"

Sie schnappte sich seinen Papierwedel, stellte ihr leeres Wodkaglas auf den Tisch und zeigte ihm die Anzeige auf Seite 3: Open air Liederabend mit dem Borkumer Shanty-Chor vor dem alten Seezeichen.

"In zwei Wochen. Na dann… Und was hast du heute so gemacht?"

Du heute? schrieb Karsten auf das Rätselheft.

"Gemalt!"

Romy lachte zufrieden, hob aber auch Vielversprechendes andeutend die Augenbrauen.

"Kannst du morgen sehen."

"Ja cool."

Romy stand auf und schlang die Arme um sich.

"Duschen. Bett."

Karsten wiederholte ihre Augenbrauengeste und musste lachen, während Romy ihm die Zunge rausstreckte und abzog. Entspannt blieb Karsten noch eine Weile im Sessel hängen, betrachtete die hellgrünen Waldbilder an der Sofaeckenwand und wartete darauf, dass keine Duschgeräusche mehr zu hören wären. Fünfzehn Minuten später konnte dann auch er duschen und in einer Handtuchtoga hoch zu Zimmer 5 laufen. Zähneputzen, Bett, Licht aus. Pyjama hatte er nicht, der Nacktschläfer.

Schon bei Sonnenaufgang war der Himmel wolkenverhangen, weshalb es nur langsam heller wurde, und das noch nicht einmal richtig. Es war also ein hellgrauer Morgen, als die ersten

Regentropfen gegen Karstens Fensterscheibe klopften und die Seile an den Fahnenmasten des Hotels gegenüber schlapp zu hören waren, wie sie ans Metall schlugen. Karsten stopfte sich das Kissen höher unter den Kopf und besah sich das allgemeine Draußengrau. Gestern hatte er vergessen, die Gardinen vorzuziehen, das zahlte sich jetzt aus. Ein richtig schöner Regenmorgen. Er überlegte. Es war kein Brot mehr da. Das änderte die Aussicht etwas!

"Ach egal."

Als er in Gummistiefeln und einer unförmigen, dunkelgrünen Öljacke, die er hinter der Tür im Waschmaschinen- und Heizraum gefunden hatte, in der Küche stand und nachsah, ob sie noch etwas anderes brauchten, kam Romy herein und guckte morgenfrisch.

"Morgen Karsten!"

"Morgen! Brot ist alle, ich gehe eben zum Bäcker."

Er zeigte auf die leere Brötchenschale. Romy zeigte einen erfreuten Luftkuss.

"Ich mache Tee."

Daumen hoch von Karsten, dann ging er los. Mit ihm schlichen noch einige andere hartgesottene Öljackenträger durch den grauen Regensamstagmorgen, und es kam ihm so vor, als gingen sie alle zielstrebig zu Nabrotzky. Auf Höhe des Kinderheimes wunderte Karsten sich noch, dass er gar nicht deprimiert und seelisch am Boden war, denn schließlich war der gestrige Abend überaus nett gewesen, aber dann wischte er diesen Gedanken zusammen mit einem Wassertropfen von seiner Nase und störte sich nicht einmal an seinen mittlerweile durchnässten Knien, an denen die Jeans klebte und scheuerte. Womöglich war er gut gelaunt, weil Borkum ein Kurort war? Und ihn kurierte?

Bei Nabrotzky war viel Betrieb, man musste ein paar Augenblicke anstehen, während denen Karsten merkte, dass er genau nach Andrea an der Reihe war. Er erkannte sie an der Stimme, als sie um "Stutjes" und geschnittenes Rosinenbrot bat, denn sie hatte die Kapuze ihrer Öljacke oben gelassen und war in gelb, Jeans und Gummistiefeln von hinten nicht zu erkennen gewesen. Beide grüßten erfreut, als Andrea sich zur Kasse umdrehte und den Brötchenbetrieb zum Stocken brachte. Von Karsten wurde just in diesem Moment erwartet, dass er sagte, was er wollte, aber er bekam im allgemeinen Verkaufsgemurmel trotzdem mit, dass Andrea sagte, sie würde eben draußen warten, dann bat er um fünf von den dunklen Brötchen und ein ganzes Rosinenbrot.

"Rosinenbrot ist ganz schön teuer, kann das sein?"

"Jaa, ist halt Nabrotzky. Aber du wirst sehen, es lohnt sich."

"Hast du heute Nachmittag schon was vor? Ich lade Leute zum Tee ein."

Andrea lachte.

"Wird das 'ne Teeparty?"

Karsten, der selbst nicht wusste, was das eigentlich werden sollte, verneinte vorsichtshalber und meinte, es gäbe nur Tee, ohne Party. Andrea fand das fast ausreichend.

"Ich bring ein paar Kekse mit, hab gestern gebacken."

"17 Uhr?"

"Prima."

Gut gelaunt platschte Karsten durch sämtliche Pfützen zurück in die Göthestraße. Dort hatte Romy den Küchentisch gedeckt und die darunterstehenden Plastikschüsseln besser gestapelt, so dass man sie mit den Knien und Füßen nicht mehr ständig umstieß, wenn man mal am Küchentisch frühstücken wollte. Karsten hatte die Öljacke zum Abtropfen an die Leine bei der Waschmaschine gehängt und fand nun doch, dass eine trockene Hose angenehmer wäre, aber die vergaß er, als er in die Küche trat und Romy sah. Sie hielt das Bild hoch, das sie gestern gemalt hatte.

"Übe-ra-schung!"

Karsten stand da, mit der Brötchentüte in der Hand, baff vor Staunen und einigermaßen überwältigt.

"Megageil."

Normalerweise hatte er bessere Ausdrücke, wenn es um Kunst ging, aber dieser war ihm jetzt herausgerutscht und für mehr fehlten ihm die Worte. Er musste gucken und staunen und in dieses Bild eintauchen. Romy hatte ihn gemalt. Sie lächelte stolz. Mit den Fingerspitzen fuhr Karsten vorsichtig die wilden Linien nach, die ihn und das Akkordeon in Strömen mitrissen, es gab Strudel und Wellen, Ruhe und Sturm, und in der Mitte diese angedeutete Gestalt mit rotblonden Haaren, die mit ihrem Instrument zu verschmelzen schien. Es war ein dunkles Bild, warm und voller Bewegung, und Karsten hätte noch lange daraufstarren gekonnt, wenn Romy ihm nicht die Tüte weggenommen und das Bild auf die Anrichte gestellt hätte. Jetzt gab es erstmal Frühstück. Sie zog das Rosinenbrot heraus, mit seelig verklärtem Blick herzte sie es wie ein hellbraunes, schwarzgepunktetes Baby und sog genießerisch den Brotduft ein. "Wa?"

Karsten nickte zustimmend und kippte die Brötchen in ihre Schale, Romy goss Tee ein, es schien das beste Frühstück der Welt zu werden. Das Küchenfenster stand auf Kipp und ließ Regenwettergeräusche zu ihnen herein, aber Karsten überlegte trotzdem, ob er nicht das winzige Radio anmachen sollte, das er grade neben der Kaffeemaschine entdeckt hatte, und entschied sich schließlich für Popmusik und den holländischen Nachrichtensprecher, denn dies war der Sender, der sich am besten einstellen ließ. Dann erzählte er Romy gestenreich von Hieke und Andrea, die, obwohl ihm noch fast unbekannt, nachmittags zum Tee kommen würden, was bei ihr zunächst ein ungläubiges Grinsen hervorrief. Der Schalk blitzte in ihren Augen, als sie andeutete, das Haus verlassen und irgendwo einsam warten zu können. Ohne Tee.

"Spinnst du?"

Die Spinnst-du-Geste lernte man im Kindergarten.

"Okeeeey..."

Romy lachte schon wieder. Kasten hatte keine Probleme mit Frauen, im Gegenteil, und wenn er mit drei Männern im "Ei" Bier trinken konnte, würde er auch drei Frauen mit Tee schaffen. Eins musste aber vorher geklärt werden, ohne größeres weibliches Publikum, und Karsten seufzte, während er Hiekes Namen auf die leere Brötchentüte schrieb, denn nun würde es gleich peinlich werden:

Er zeigte auf Romy, auf Hieke, und dann, wie man auf dem Küchenstuhl sitzend reitet... Romy packte sich weg vor Lachen und hatte den Nerv, um eine Wiederholung zu bitten, sie hätte rein gar nichts kapiert...

"Nee komm."

Karsten wehrte dankend ab und tippte auf die Tüte. Hieke. Hinter ihrem Teebecher versteckt sah Romy zu, wie er Butter auf eine dicke Scheibe Rosinenbrot strich, vor sich hin summend, mit dem Fuß im Takt der Radiomusik wippte, dann schweifte ihr Blick zum regennassen Fenster.

"Karsten was spielst du heute?"

Spielst war ein sehr schwieriges Wort in der Lautbildung, Romy verdrehte sich fast die Zunge.

"Fagott."

Tatsächlich, es war mal wieder Zeit, konzentriert Fagott zu üben.

"Und du?"

Romy hatte sich eben genau wie Karsten ihr Rosinenbrot nur mit Butter gestrichen und antwortete mit vollem Mund, was völlig sinnlos weil unverständlich war, und Karsten vedrehte die Augen.

Aber Romy kümmerte das nicht, sie war in Hochstimmung, das wurde man wohl, wenn man tags zuvor ein Meisterwerk geschaffen hatte. Sie lehnte sich zurück, schluckte und erklärte, sie würde zunächst das Atelier aufräumen und anschließend die Öljacke und den Regen anprobieren. Karsten guckte zwar, als hätte sie chinesisch geredet, aber sie nickte nur allwissend, und dieses Rosinenbrot war einfach göttlich.

Drei befriedigende Fagottstunden später, als Karsten sich schon wieder in der Küche herumtrieb und einen Salat zusammenschnippelte, sah er, was Romy mit "den Regen anprobieren" gemeint hatte. Barfuß stand sie auf dem kleinen, mit Ziegelsteinen gepflasterten Platz vor dem Küchenfenster, und ließ sich beregnen. Er schloss das Fenster, sie rührte sich nicht. Hatte nichts gehört, und da ging ihm auf, dass sie den Regen wohl wenigstens spüren wollte, wenn sie sein Gepladdere und Getropfe schon nicht hören konnte. Mit Wind war es sicher genauso, Romy mochte Wind, hatte sie gesagt. Ohne Sand in den Augen, natürlich. Was mochte sie von Schnee halten, oder Hagel? Oder Nebel? Besonders spürbar und gut zum Anprobieren war bestimmt Sturm mit Graupelschauern... Karsten schüttelte sich bei dem Gedanken und wanderte mit seiner

Salatschüssel durchs Haus, auf der Suche nach dem idealen Mittagsplätzchen. Trocken und gemütlich sollte es sein! Die Veranda – nein. Nächste Tür: Das ehemalige Polizeiratsesszimmer, in dem allerhand alte Möbel mit alten Dingen darin und darauf standen und an dessem großen Esstisch niemand mehr aß. Das wichtigste hier war der Sekretär mit dem Telefon. Karsten schlenderte weiter durch die stets offenen Schiebetüren ins Wohnzimmer, wo es angenehm leer und geräumig war, dessen Fenster und der Erker zum Litfaßsäulenplatz gingen und wo in einer Kommode mit Holzjalousie der Fernseher versteckt war.

"Geeenau. Ich mach mal die Glotze an."

Karsten zielte mit der Fernbedienung auf den Norddeutschen Rundfunk und setzte sich mit der Salatschüssel im Schoß in einen der altmodischen Erkersessel. Verschnörkelte, gepolsterte Stühle waren das! Im Wohnzimmer hatten zehn Generationen Stipendiaten ihre Spuren hinterlassen. Zum Beispiel baumelte unter dem kleinen Kronleuchter ein Fisch aus Kronkorken, auf dem wuchtigen Schreibtisch unter einem überladenen Bücherregal stand eine zusammengeschweißte Skulptur, die auf den ersten Blick bedrohlich wirkte, und an der Wand zum Musikzimmer hingen verschiedene Zeichnungen, Ölbilder und Drucke. Den Dielenboden bedeckten Läufer unterschiedlichen Verschleißgrades, außerdem häuften sich unter der Gemäldewand Sitzkissen und Decken um einen Couchtisch, der ebenfalls von einem Stipendiaten fabriziert worden war. Soetwas konnte man überhaupt nicht kaufen. Der NDR brachte den Wetterbericht. Regen.

"Erzähl mir was Neues."

Karsten schaltete um und versuchte, eine Cherrytomate aufzuspießen, ohne ihren Saft in die Gegend zu spritzen. Draußen lief Romy über den Rasen am Erker vorbei, aber er guckte "Drei Mann in einem Boot" mit Heinz Erhardt. In schwarz-weiß.

Hiekes Haferflockenplätzchen lagen Karsten schwer im Magen, und er auf dem Boden des Musikzimmers. Aus der Anlage klang leise Dead Can Dance. Andrea hatte Schokokekse dabei gehabt, aber die waren von den drei Damen so ratzfatz aufgegessen worden, als er einmal auf die Toilette musste, dass für ihn kein einziger übrig geblieben war. Ansonsten war die Teegesellschaft aber überaus gelungen gewesen. Nach anfänglichem Zögern hatten Hieke und Romy sich hervorragend verstanden, im wahrsten Sinne, denn Hieke konnte ein bisschen Zeichensprache, und hatten bereits ausgemacht, demnächst zum Reiterhof zu gehen und auszureiten. Auch Andrea hatte keine Probleme mit Romy gehabt und wie der Junge vom Minigolf festgestellt, sie und Karsten sähen echt wie Geschwister aus.

Karsten auf dem Fußboden war sich nicht sicher, wie er das finden sollte. Wenn er der Bruder war, dürfte er sich für Romy als Frau schonmal nicht interessieren. Er fand sie aber interessant – wie weit? Also nur, weil sie hier zusammen wohnten und Romy hübsch und interessant war, brauchte das nicht in eine sexuell aufgeladene Annäherung auszuarten, eine geschwisterliche Beziehung war sicher besser und vernünftiger. Er drehte sich auf die Seite und langte nach dem Volumenregler. Mehr Bass. Karsten zögerte. Noch mehr Bass! Na also! Die Membranen der Boxen pulsierten sichtbar im Takt, und auch über den Fußboden waren de Bässe zu spüren, gingen einem direkt über die Kopfhaut und den Schädel ins – hey! Karsten kam grinsend hoch und sprang auf die Füße. Direkt ins Gehör gingen einem die Töne, wenn man so da lag und der Fußboden die Schallwellen übertrug! Genial. Teppichboden sollte verboten werden. Der dämpfte viel zu viel! Früher war ihm das nie aufgefallen, aber wo er jetzt eine Gehörlose zur Hand hatte, sah er die Dinge aus einer ganz anderen Perspektive. Er stöberte im Musikzimmerregal, schob Notenblätter zur Seite, wollte auch die Blockflöten und die Bongos nicht, aber da: Ein paar vergessene Kassetten, vielleicht war ja was dabei? Alles nichtssagend, und am merkwürdigsten erschien ihm die Aufnahme von "LPZ", was sollte das heißen, Leipzig? Lopez?, also machte er Dead Can Dance aus und schob die Kassette in die Anlage. Volltreffer! LPZ war elektronisches Zeug, irgendein DJ Remix, hatte Bässe zu Hauf und war gar nicht mal so schlecht, wie Karsten nach kurzem Hören fand. Er ging Romy suchen. Von ihrem Computer musste sie sich jetzt mal trennen und mitkommen, die Emails konnten warten, Karsten nicht. Er zog sie aus ihrem Zimmer mit nach unten ins Musikzimmer, wo es noch immer laut und wummernd war, und zeigte ihr freudestrahlend und erwartungsvoll, wie sie sich auf den Boden legen sollte. Romy hatte gesehen, dass die Anlage lief, und streckte für Karsten den Daumen hoch, während sie sich in der Mitte des Zimmers lang machte. Sie drückte auch die Handflächen auf den Boden und winkelte die Knie an, damit die Fußsohlen Bodenkontakt hatten, und Karsten in seiner kindlichen Begeisterung merkte, dass Rhytmus und Bässe aus dem Fußboden nichts Neues für sie waren. Fast wäre er ein wenig enttäuscht gewesen, aber dann entschädigte ihn Romys lachendes Gesicht für die eine Frustsekunde. Sie schlug den Takt mit den Fäusten, Karsten legte sich Kopf an Kopf neben sie, Beine und Körper in die andere Richtung zeigend, und dann hörte er verblüfft, dass Romy sang. Einfach nur einen lockeren Ton, der erstaunlicherweise zu der Musik passte. Er lag ganz still und lauschte, und plötzlich wusste er, was er machen würde. Wahnsinn! Er würde ein Musikstück für Gehörlose schreiben. Symphonie für Taube in A-Dur, soetwas in der Art, oder Oper ohne Ohren, haha... Selig verklärt lächelnd starrte er mit offenem Mund an die Zimmerdecke, ohne wirklich etwas zu sehen, und kam erst wieder zu sich, als Romy irgendwann aufstand und ihm LPZ eigentlich auch auf die Nerven ging. Er machte die Anlage aus. Aus Spaß reichte Romy ihm die Hand, Karsten schlug ein, sie schüttelten sich grinsend die Hände wie Präsidenten auf einem Staatsempfang.

In den nächsten zwei Wochen war Karsten vollzeitbeschäftigt. Nicht nur war er in Gedanken ständig bei seinem Projekt, tüftelte, entwarf und probierte, er hatte auch Chorproben, ging vier Mal mit Romy zum Schwimmen und einmal ins "Ei", wo sie zufällig Marcel und Hieke trafen, ohne Kumpel, wofür niemand eine Erklärung hatte, und eines schönen Samstagmorgens stritt Karsten sich mit Frau Blume herum, die darauf beharrte, auch in Atelier und Musikzimmer sauber machen zu müssen. Romy verpasste das alles, sie war schon früh zum Reiterhof gegangen, und Karsten setzte noch einen drauf: Zimmer 4 und 5 bräuchten ebenfalls nicht geputzt werden, das könnten er und Romy selbst erledigen. Frau Blume funkelte ihn missbilligend an.

"Sie wollen putzen?"

"Ja meinen Sie, ich kann das nicht?"

"*Ich* werde hier fürs Putzen bezahlt! Ich hab hier schon immer geputzt!"

"Ja Sie dürfen ja auch mein Gott, seien Sie doch froh, dass wir Ihnen vier Räume abnehmen!"

Karsten wollte keine säubernde Ordnung in der kreativen Unordnung, die im Musikzimmer herrschte, und in seinem Schlafzimmer wollte er ebensowenig eine fremde Fachputzkraft, und weitete sein Anliegen kurzerhand auf Romy aus. Was für ihn galt, galt auch für sie. Frau Blume, die die Statur einer abgewrackten Marathonläuferin hatte, ihre dünnen Haare nachblondierte und deren Gesicht merkwürdig faltig war, obwohl sie die fünfzig noch nicht erreicht hatte, fing plötzlich an, zu lächeln.

"Na schön junger Mann, dann will ich mal."

Karsten atmete erleichtert auf. Es gab wirlich Sinnvolleres, worüber man sich streiten konnte! Er beschloss, das Haus ganz in der Obhut der Putzfrau zu lassen und zog sich die Jacke an. Haargummi, Geld, Taschentuch, alles dabei – Karsten ging ins Dorf. Im allerältesten Stadtkern um den alten Leuchtturm und das Rathaus herum war er bisher noch nie gewesen. Zur Schule gehen konnte man dort auch, merkte Karsten, als er vor dem vollständig betobten Pausenhof der Borkumer Grundschule stand, wo er einen Zaun oder etwas ähnliches vermisste, oder mussten die Schulkinder hier nicht am Weglaufen gehindert werden? Na gut, auf einer Insel würden sie sowieso nicht weit kommen, aber trotzdem... Das waren also alles artig tobende Schulkinder. An einem Baum an der Pausenhofecke entdeckte er ein Plakat, auf dem zum Dorffest eingeladen wurde, und er versuchte, sich das Datum zu merken. Wenn hier schon etwas los war, wollte er das auch gerne alles mitmachen, obwohl ihn der Piratenlook des Plakates leicht beunruhigte. Karsten umrundete den alten Leuchtturm und fragte sich, wer wohl in all den Häusern wohnte, die zum größten Teil Namen hatten und Gästezimmer anboten. Borkumer mussten hier aber auch wohnen, die Gästezimmeranbieter eben. Viele Häuser hatten eine Frühstücksveranda wie der Polizeirat, und waren entweder rot oder weiß. Auch die Straßen waren teilweise rot, aus Backsteinen. Vor einem Spielzeugladen blieb Karsten länger stehen, versunken in all die verlockenden Kleinigkeiten zum Spielen oder einfach nur zum schön finden, für die er angeblich schon viel zu alt war... Neben ihm patschten zwei Kinderhände an die Schaufensterscheibe, das Gesicht zwischen ihnen hatte einen großen, blauen Schnuller in der Mitte und war halb versteckt unter einem Piratenmützchen. Karsten musste grinsen.

"Na, willst du auch zum Dorffest?"

"Hallo."

Von hinten traten die ganz unpiratischen Eltern dazu.

"Oh guck mal, hier gibts diese Kescher!!

"Ja tatsächlich! Super!"

Karsten fand Eltern super, die begeistert in Spielzeugläden gingen, und machte sich gutgelaunt wieder auf den Weg, nur um sich nach fünf Minuten ungewohnterweise zu verirren. Diese kleinen roten Pflasterstraßen verliefen überhaupt nicht geradeaus! Von den beiden Leuchttürmen war nicht die Spur zu sehen, doch da! Ein Miederwarengeschäft? Was waren eigentlich Mieder? So ein seltsames Wort... Aus dem Geschäft trat Andrea auf den Bürgersteig, und Karsten machte seine Verirrung überhaupt nichts mehr aus.

"Ey hallo Andrea! Hast du ein Mieder gekauft?"

Darüber konnte sie nur sehr lachen, sie bräuchte soetwas nicht, und außerdem gehörte das Geschäft ihren Eltern.

"Ach so!"

"Brauchst du irgendwas? Unterhosen? Strümpfe? Bademantel?"

"Nein nein."

"Gehst du nur so spazieren."

"Ja genau, allerdings hab ich die Orientierung verloren. Das passiert mir sonst nie, aber diese Wege und Sträßchen sind alle so verschlungen..."

"Wo willst du denn hin, nach Hause? Dann musst du da lang. Und heute Abend hast du deinen ersten Auftritt, ja?"

Ja, das stimmte, der open air Liederabend am alten Seezeichen.

Karsten war kein bisschen aufgeregt.

"Kommst du hin?"

"Ja, ja ich denk schon. Geht Romy auch?"

"Tja, hm, ich weiss nicht. Vielleicht ist das für sie eher langweilig."

Er fragte sie, als beide am Nachmittag versuchten, den Staubsaugerbeutel auszutauschen. Das war ein ganz widerspenstiges Ding, und übervoll obendrein. Frau Blume hatte ihren Teil der Arbeit tadellos erledigt, aber Atelier und Musikzimmer sowie Nummer 4 und 5 harrten noch der Dinge, die da kommen sollten. Romy zog die Oberlippe leicht nach oben und runzelte die Stirn, was in jeder Oberstufenklasse soviel hieß wie "Ey Alter was soll das", aber Karsten, der schon seit 12 Jahren in keiner Oberstufenklasse mehr war, ignorierte ihren Blick total. Außerdem hatte er sich gerade den Finger an der Staubsaugerbeutelklappe geklemmt.

"Ja."

Mit der Klemmstelle unterm Röntgenblick redete er weiter, während Romy den neuen Beutel genau dorthin stopfte, wo er hin gehörte, die Klappe resolut schloss und Karsten empört ansah, um ihn zu unterbrechen.

"Liedera-bende sind doof."

Karsten seufzte.

"Okeeey, kann ich irgendwie auch verstehen."

Aber Romy war noch nicht fertig.

"Open air. Brrr kalt."

Sie schlang die Arme um sich.

"Mann, dir ist aber auch andauernd kalt! Immer."

Das nur zur Verdeutlichung, falls andauernd schwer lippenzulesen war, doch Romy lachte schon wieder und erinnerte Karsten mit einem zweifachen Dreh des Handgelenks daran, dass es in so einem Fall ja Wodka gäbe. Karsten pustete Luft aus, als er das sah.

"Olli kommt nächste Woche vorbei, dann fragen wir ihn mal nach der Heizung."

Als er um 20 Uhr mit den Chorleuten vor dem alten Seezeichen Stellung bezog, hätte Romy bestimmt nicht gefroren, wäre sie unter dem Publikum gewesen, das es sich im Sand bequem machte. Es war ein sehr angenehmer, lauer Abend, fast windstill, von der hinter den off-shore Windrädern untergegangenen Sonne war nur noch ein orange-rosa Wolkenlicht übrig geblieben, und als der Chor sich mit ein paar kurzen Stimmübungen einsang, verstummte sogar die neugierige Möwe, die bis eben noch auf dem Seezeichen gehockt und geschrien hatte. Während er das tiefe D brummte und mit den anderen "nonononono" Terz-sequenzen rauf und runter sang, schlich der Sohn des Chorleiters umher und entzündete die Lichter einiger Schiffslaternen, die im Halbkreis um die Sänger im Dünensand standen. Karsten fühlte sich angenehm maritim, nur zum Teil lag das an dem Fischer-hemd, das er als Chor-outfit hatte überstreifen müssen, passend zur dunkelblauen Schiffermütze. So gesehen hatte Romy natürlich etwas verpasst. Auf einer Bank unter den Strandmauer-laternen entdeckte er den Schirmmützenmann mit seiner schönen Frau, sie zu dieser Uhrzeit ohne Sonnenbrille und er barhäuptig, in Begleitung einer sehr alten verknitterten Dame und eines jungen Mädchens, welches eben die Beine ausstreckte und er-wartungsvoll zum Chor aufblickte, und wirklich legten Karsten und seine Mitstreiter sich nun ordentlich ins Zeug und schmetterten "Dunkel war die Nacht". Singen machte glücklich. Es war leicht gewesen, die Shantys auswendig zu lernen. Rechtsaußen begleitete Edo auf dem Akkordeon, links standen Reinder und Aki mit Bass und Gitarre, und nach zwei weiteren Liedern war ihr open air Publikum richtig in Fahrt gekommen. Drei kleine Kinder tanzten sogar vor den Schiffslaternen, was Karsten völlig super fand.
"Pass auf, jetzt gehen sie gleich ab!"
Das kam von Marcel, der schräg hinter ihm stand. Chorleiter Töns gab die nächste Order, "Okey Jungs, vor dem Besinnlichen zum Schluss jetzt erstmal "Frei wie der Wind.", und Karsten war direkt versucht, "Aye aye Käpt'n" zu sagen. Jetzt kam der Rhytmusteil! Erst Gitarre, dann die Tenöre, und dann dröhnte die Bassfraktion ihr "Komm mit uns auf große Fahrt", da hatten die

Zuhörer schon angefangen zu klatschen, ältere Herrschaften nickten waghalsig mit den Köpfen, und auf der Strandmauer hüpfte eine begeisterte Gruppe Jugendlicher in offensichtlicher Partylaune herum. Beim anschließenden Applaus drehte sich Karsten zu Marcel um.

"Pogo!"

"Wacken!"

Die ihre Party suchenden Jugendlichen traf Karsten wieder, als er nach absolviertem Programm die Bubertstraße hinunter schlenderte. Dort saßen sie nebeneinander wie die Hühner auf seiner Gartenmauer und beratschlagten, wo es denn nun hingehen und was das Ganze überhaupt bringen sollte.

"Das Tagesziel war ja schonmal klar: Eine Flasche Whisky."

"Ja, nee, ey Robin..."

Karsten hoffte nur, dass ihre Party nicht auf der Mauer stattfinden würde, sonst wäre es um die Nachtruhe geschehen, und müde war er schließlich, trotz der verdienten Aufgekratztheit eines gelungenen Liederabends. Jetzt, wo er an Nachtruhe dachte, steckte ihm auch gleich wieder die Putzarbeit in den Knochen beziehungsweise Muskeln, der Staubsaugerei am Nachmittag waren ja auch noch Fensterputzen und Staubwischen gefolgt... Eigentlich kein Wunder, dass Frau Blume so durchtrainiert aussah. Dies denkend bog Karsten um die Hausecke und sah, dass das Atelier hell erleuchtet war. Hatte Romy eine Spätschicht eingelegt? Er beschloss, sich das mal anzusehen. Romy in Aktion. Der Riegel am Gartentor klackte laut, das Schlüsselbund klimperte an den Plastikfisch, die drahtige Schuhabkratzmatte verhakte sich in Karstens ausgefranstem Jeansbündchen – wenn ihm jetzt noch etwas herunterfiele, hätte er das Lärmpotential voll ausgeschöpft. Doch dann ließ sich die Hintertür zum Heizungs- und Waschmaschinenraum fast geräuschlos öffnen und abschließen, und Karsten zog sich beruhigt die Schuhe aus, die einiges an Dünensand mitgebracht hatten. Zwar gab es überhaupt keinen Grund, leise zu sein, denn wen sollte er stören? Aber manchmal war Romys Stille ansteckend, so wie jetzt. Karsten schlich sich auf Socken an, die knarzende Treppe hoch, ging oben leise auf die Toilette, grüßte, während hinter ihm das Spühlungsrauschen verklang, mit einem Nicken die Mädchen-Gans-Skulptur, die ihn im Halbdunkel durch ihre Sonnenbrille anstarrte, und horchte schließlich an der Ateliertür. Nichts. Er öffnete sie vorsichtig, was im stillen Haus gewaltig schnappte und klackte, und lugte durch den Spalt. Er brauchte eine Weile, bis er den Anblick verstanden hatte, dann schnaufte er belustigt. Im Atelier herrschte wildes, fröhliches Chaos, nur in der Mitte stand aufrecht wie im Zentrum des Tornados die Staffelei. Romy dagegen schien weggeschleudert worden zu sein, sie hing im Sitzen mit Armen und halbem Oberkörper auf dem Tisch und regte sich nicht. Ihr Gesicht war zur Tür gedreht, und Karsten konnte beim Eintreten sehen, dass sie tief und fest schlief. Mit wirren Haaren, Farbflecken auf den Armen und der Hose und den Pinsel noch in der einen Hand. "Knockout."

Klarer Fall. Dann sah er das Bild auf der Staffelei.

Vor dem Waschbecken im Atelier war reichlich Platz. Karsten hockte auf der Sofalehne und Romy stand vor dem Spiegel. Sie guckte unglücklich. Dass ihre Unterarme grüne und schwarze Farbe abbekommen hatten, kümmerte sie nicht weiter, aber die neuen, grünen Haarsträhnen und die Farbe im Gesicht bedrückten sie doch sehr. Sie war, als sie am Tisch eingeschlafen war, auf ihrer Malerpalette zu liegen gekommen, von der sie zum Glück fast alle Farben verbraucht hatte, deren Reste aber doch noch gereicht hatten, um die Palette an ihrem Gesicht festzukleben und anzutrocknen. Ein paar Stunden später, und das Abziehen hätte weh getan. So war es nur etwas unangenehm. Dazu noch Karstens ungehörte Kommentare, sein Lachanfall und nun der spöttisch-mitleidig verzogene Mund – das reichte, um Romy unglücklich zu machen.

"Tja, Terpentin? Seife?"

Romy drehte sich zu ihm um.

"Schei-ße."

Vor Lachen wäre Karsten fast rücklings aufs Sofa gekippt. Er hatte Romy geweckt, nachdem er ihr Bild lange genug bestaunt und anschließend die Grundlage ihres neuen Makeups entdeckt hatte. Jetzt ging sie zu der alten Kommode, deren Marmorplatte mit vielerlei Tigeln, Flaschen und leeren Marmeladengläsern vollgestellt war, in denen Pinsel einweichten. Sie suchte die Flasche mit Terpentin heraus und befeuchtete einen Lappen, um sich das Gesicht sauber zu tupfen. Es stank nach Chemie, sie hielt beim Tupfen die Luft an.

"Vorsicht beim Auge."

Karsten sah ihr interessiert zu.

"Mach doch erstmal den Sabsch aus den Haaren raus!"

Er wollte ihr helfen und griff mit einem anderen Lappen nach ihren grünen, schmierigen Strähnen, aber kaum hatte er die Haare berührt, schlug Romy ihm die Hand weg, als hätte er sie tätlich angegriffen. Wütend funkelte sie ihn an, mit einem Auge, das vom Terpentingeruch tränte.

"Ey gehts noch?!"

Karsten warf seinen Lappen ins Waschbecken und ging. Sich spätabends mit zickigen Mitbewohnerinnen herumzuschlagen gehörte nicht zu seinen Lieblingsbeschäftigungen.

Später entschuldigte sich Romy bei ihm. Sogar schriftlich. Als Karsten noch nichtsahnend im Bett lag, schob sie ihm einen Brief unter der Zimmertür durch und lief dann an den sonntäglich einsamen Strand. Um Punkt 9 Uhr 30 rissen die Kirchenglocken Karsten aus einem äußerst interessanten Traum, was ihn zunächst sehr erboste, und als das Geläut aus der benachbarten Kirche dauerte und dauerte und jedesmal noch ein Glockenschlag kam, wenn er schon dachte, es wäre endlich der letzte gewesen, da war er nicht nur erbost sondern auch genervt. Als schließlich der allerletzte Ton verklungen und die Kirche hoffentlich voll war, schwang Karsten die Beine aus dem Bett und sah den Brief.

"Post!"

Er kroch zurück unter die Decke, sehr gespannt und angenehm überrascht. Post bekam er immer gerne, sogar Drucksachen. Romy schrieb als erstes, was Karsten erwartet hatte. Eine Entschuldigung, kurz und bündig. Dann erklärte sie länger, warum sie manchmal lieber schriebe als spräche, was Karsten sofort nachempfinden konnte. Bei der Frage "Hast du nicht bemerkt, dass ich die Haare immer offen habe?", guckte Karsten den Brief erstaunt an, und dann erzählte Romy in ihrer stark rechtslastigen Schrift von ihrer hässlichen, großen Narbe auf der einen Kopfseite, von dem Unfall damals, und dass sie die gerne mit ihren Haaren verdeckte, deshalb dürfe sie dort auch niemand anfassen, selbst wenn alles grün verschmiert wäre.

"Ach. Na sowas. Eitel sind wir also auch ein bisschen..."

Karsten war klar, dass er diese Narbe sehen wollte, jetzt erst recht. Ganz unten auf dem Blatt stand noch eine Frage: Wie fandest du den Liederabend?

Wie Romy den gestrigen Abend gefunden und empfunden hatte, wusste Karsten bereits, seit er ihr letztes Bild gesehen hatte, und bekam sofort Lust, es sich nocheinmal anzusehen. Und zwar am besten angezogen. Er warf die Bettdecke zur Seite und stellte sich nackt dem ersten Tageswerk: Gesicht waschen, Bart stutzen, Haare zusammenbinden. Von den Hotelfenstern auf der gegenüberliegenden Straßenseite könnte man vor dem Waschbecken glatt beobachtet werden. Stirnrunzelnd und an voyeuristische Badegäste denkend zog sich Karsten eine Unterhose an, dann Jeans, T-shirt und seinen grauen Lieblingspullover. Saubere Strümpfe fand er keine und ging barfuß ins Atelier. Dort stand die Staffelei noch an derselben Stelle wie gestern, und auch das Chaos drumherum war unverändert. Es wäre wirklich interessant, Romy mal beim Malen zuzusehen, womöglich fuhrwerkte sie völlig entfesselt durch den Raum, und am Ende entstand dabei soetwas wie diese Leinwand, die das entfesselte Chaos auf sich zu vereinen schien: Es waren verschiedene kleine Lichtquellen zu sehen, die nur ihre nähere Umgebung schemenhaft erhellten, das Meer war lediglich zu ahnen, ebenso der Nachthimmel, aber das Seezeichen stach, obzwar dunkel, deutlich hervor, und von den Gestalten, die sich an seinem Fuß drängten, umgeben von einem Lichterhalbkreis, ging eine gewaltige Energie aus, als ob nachtschwarze Stromfäden in den Himmel aufstiegen und das ganze Bild durchdrangen. Von wo hatte Romy ihnen bloß zugeschaut? Vielleicht von der oberen

Strandpromenade, oder sie hatte sich von einem Drone in die Luft heben lassen... Karsten fing an, zu phantasieren. Wenn der Shanty-Chor dermaßen energiegeladen auf Nichthörende wirkte, dass er sogar als stimmungsübervolle Nachtansicht gemalt werden konnte, wie kam er dann erst bei einem hörenden Publikum an?! Wahrscheinlich mussten sie froh sein, wenn den älteren Herrschaften ihre Shantys nicht zu sehr ans Herz gingen! Infarkt nach "In Jhonnys Kneipe"... Romy betrat das Atelier. Von ihrem Strandspaziergang hatte sie rote Wangen und von Nabrotzky eine Tüte Brötchen mitgebracht. Sie grinste und schlenkerte damit hin und her.

"Kars-ten!"

"Morgen! Du hast also schon wieder sowas Geniales gemalt!"

Sie stellte sich neben ihn und zeigte auf die Gruppe dunkler Gestalten.

"Da bist du."

"Ja weiss ich, hab ich gesehen! Ich fand den Abend auch gut."

Nicken, Daumen hoch.

Karsten war eigentlich unzufrieden mit den Ausdrucksmöglichkeiten seiner Gesten und hoffte, dass Romy zusätzlich von seinen Lippen lesen konnte, jetzt, wo sie unter dem frisch gestutzten Bart wieder sichtbar waren... Romy nickte ebenfalls.

"Ja war schön."

Weiter brauchten sie auch nicht auf den Brief einzugehen, denn Karsten war nicht nachtragend und Romy längst nicht mehr wütend, aber dann, als Karsten grade Frühstücken in der Veranda vorschlagen wollte, überrumpelte Romy ihn gründlich: Plötzlich griff sie nach seiner Hand und fuhr sich mit ihr durch die Haare. Sie ließ Karsten mit gespreizten Fingern hinter ihr Ohr greifen, ihm stockte der Atem, weil es sich schön anfühlte, und sah die Narbe an Romys seitlichem Hinterkopf. Etwas rötlicher als die Haut, stellenweise glattflächig, an anderen Sellen sah man, dass genäht worden war, allerdings, das war eine große Narbe. Karsten schloss seine Hand kurz um Romys Kopf, wo sie schonmal da war, dann ließ er sie sinken und der Haarvorhang fiel wieder verdeckend bis knapp über Romys Schultern. Karsten zuckte mit seinen.

"Sooo schlimm ist es doch gar nicht. Frühstück?"

Eine Woche darauf bekamen sie Besuch von Olli. Er brachte zur Begrüßung ein Kilo Krabben mit und zeigte Karsten, wie man sie puhlte und aß. Romy als gebürtige Norddeutsche wusste das alles schon. Sie hatten Stühle und einen Klapptisch in den Garten gestellt, ihn mit Zeitungspapier abgedeckt und puhlten eifrig das Krabbenfleisch aus den Schalen. "Granat" sagte Olli dazu. Es war ein schöner Tag im September.

"Und kommt ihr zurecht? Geht die Arbeit voran?"

Karsten und Romy bejahten. Beide hatten prächtige Laune, was einerseits an ihrem harmonischen Zusammenleben, andererseits am künstlerischen Schaffen lag. Nach dem Zwischenfall wegen der Narbe waren sie zwar noch einmal aneinander geraten, als Romy versucht hatte, einhändig Klavier zu spielen und mit der anderen die Vibrationen einzufangen, zu ertasten, weshalb Karsten, der eigentlich von der Muse geküsst am Computer gesessen und komponiert hatte, völlig entnervt hatte aufgeben müssen, aber ansonsten war alles in Ordnung. Romy fragte Olli, ob er nachher ihre Bilder sehen wollte, und Karsten erzählte von der Klangbox, an der er grade tüftelte.

"Was meinst du damit, Lautsprecher?"

"Neinnein, ein Lautsprecher hat ja eine Membran, aber die Klangbox nicht. Das ist eher sowas wie der Klangkörper von einem Kontrabass, auch in der Größe, aber mit der Klangbox selbst wird keine Musik gemacht und man hört auch keine mit ihr, also man *braucht* nicht."

"Ja soll man drauf sitzen?"

Karsten lachte.

"Na wenn du die Klänge mit dem Po spüren willst...?"

"Oh nee um Gottes Willen! Hör bloß upp...!"

Karsten hatte im Keller eine alte Holzkiste gefunden, die er sorgfältig abgedichtet und geschmirgelt hatte, bis sie als Prototyp ihren neuen Zweck erfüllen konnte. Romy hatte schon für eine Anzahl Experimente mit der Klangbox herhalten müssen, die gezeigt hatten, dass ein Schallloch notwendig war, aber um das zu machen, fehlte Karsten der Bohrer, und als richtig hatte sich die Kombination mit den Bass Lautsprechern der Musikanlage erwiesen, deren Membranseiten jetzt mit Isolierband an die Holzkiste geklebt waren. Karsten war schnell klar geworden, dass Romy mit einem Mehr an Musik besser malte, weshalb er sie auch ohne zu zögern als Testperson beanspruchte. Wo es ein Nehmen gab, gab es auch ein Geben.

"Hier Karsten nimm mal noch die letzten, jetzt hast du den Dreh ja raus."

Olli schob ihm die Zeitung mit dem Rest Granat über den Tisch, ungesehen von Romy, die krabbensatt und mit geschlossenen Augen in der Sonne saß.

"Kleinen Söpke dazu?"

"Was ist Söpke?"

Karsten kämpfte mit der allerletzten Krabbe, die einfach nicht aus der Haut fahren wollte, und blickte ahnungslos auf, als Olli lachte.

"Söpke ist zur Verdauung!"

"Schnäpschen! Ach nee Danke, jetzt grade irgendwie nicht."

"Na dann geh ich eben 'ne Runde aufs Dorffest. Schmeiß die Zeitung danach in die Mülltonne, ja?"

"Wird gemacht."

Zuerst weckte er aber die Malerin, war die etwa eingeschlafen?

"Ey Dornröschen, gehn wir auch aufs Dorffest?"

Er stupste die Sonnenanbeterin an. Sie öffnete ein Auge und gähnte.

"Gehen wir auch aufs Dorffest?"

Karsten begleitete seine wiederholte Frage mit anschaulichen Gesten, aber weiter als "Gehen wir auch" kam er nicht. Zu seinen Gebärdenerläuterungen von "Dorffest" guckte Romy nur verständnislos, vielleicht war Karsten auch einfach nicht über-zeugend genug, auf jeden Fall ließ er es gut sein, verkündete, dann ginge er eben mit Olli, Romy zuckte die Achseln und faltete die Zeitung päckchenartig über den Krabbenschalen zusammen.

"Tja."

Karsten nahm es ihr aus der Hand, er war ja sowieso am Auf-brechen, schmiss es in die Mülltonne und ging Hände waschen.

Und Geld suchen, das Dorffest war sicher nicht umsonst. Als er im Schlepptau von Olli und mit zehn Euro in der Hosentasche das Haus verließ, war Romy mit einem Buch auf die Bank unter den Bäumen zum Kirchgarten umgezogen. Sie hatte die Beine auf einen der Stühle gelegt und schien völlig in die Lektüre versunken. Olli drückte freudig das Gartentor zu.

"So, nu solln wir noch ein Söpke hemm, dat was allemachteg woi."

Karsten grinste schief. Söpke hatte er trotz allem Pattdeutsch nun doch verstanden.

"Hören Sie mal, Karsten."

Genau das tat er, kratze sich dabei die Brust, wo sie leicht behaart war, und versuchte hauptsächlich, schnell wach zu werden, was nicht gelang.

"Karsteeen!"

"Ja Herr Niesmüller."

Karsten nickte mit dem Telefonhörer am linken Ohr und steckte die rechte Hand in die Hosentasche, denn er hatte zu Ende gekratzt und fand dort das Kleingeld vom Dorffest. Sein betreuender Professor klang irgendwie enerviert, obwohl nein, enerviert war der immer, aber als Musiker, Künstler und Akademiker war er außerdem ziemlich selbstverliebt und auf seine spezielle Art egozentrisch, und nun am Telefon kam das komplett zur Geltung und klang alles andere als begeistert.

"Was ist denn das für eine Geschichte mit dieser Klangbox! Sind Sie auf dieser Nordseeinsel etwa auf Abwege geraten?! So ein Humbug, also wirklich Karsten, Sie sollten sich besser aufs Wesentliche konzentrieren und komponieren!"

Vor ein paar Tagen hatte Karsten an Professor Niesmüller eine überschwengliche Email geschrieben, von den Fortschritten an seinem Projekt berichtet und die Diplomarbeit in groben Zügen skizziert, was in der Universität wohl so schlecht aufgenommen worden war, dass der Professor umgehend zum Telefon gegriffen und Karstens Begeisterung in drei Sätzen sozusagen pulverisiert hatte. Geschichte, Abwege, Humbug -

"Aber - "

"Kaaarsten. Nein. Hören Sie mir zu. Kon-zen-tra-tion. Sie sind doch ein guter Musiker. Sie beherrschen Ihre Instrumente, nun machen Sie auch was daraus! Ihren Abschluss nämlich! Über diese Gehörlosenexperimente können Sie später mal eine Doktorarbeit schreiben, wenns denn unbedingt sein muss. Und nun."

Karsten seufzte leise und im Inneren ärgerlich. Den Niesmüller hatte er noch nie gemocht.

"Haben Sie mich verstanden? Sind Sie nun auch sehr traurig?"

Darüber musste Karsten wieder Willen lachen, denn ob er nun traurig war oder nicht, ging die Fakultät ja wohl einen feuchten Kehrricht an! Also sagte er seinem Professor kurz und bündig "Ja", zu allem, dann legte er auf und merkte, dass er doch einigermaßen frustriert war. Fast am Boden zerstört, und das am Vormittag! Er blieb noch ein Weilchen in dem klobigen Telefoniersessel aus schwarzem Holz sitzen und sah aus wie King Lear, alt, verzweifelt, irre und mit zerzaustem Bart und Haaren, aber nachdem er lange genug an die Zerschmetterung Niesmüllers durch eine zementklotzartige Klangbox gedacht hatte, fiel sein Blick auf die kleinen, gerahmten schwarz-weiß Fotos an der Wand vom Telefonsekretär, und er wurde wieder froh. Da turnte ein Pärchen in altmodischer Gymnastikkleidung: Sie machte Handstand auf seinem Rücken, ein anderes Foto zeigte die Turner mit einem Rönrad am Strand, und das brachte ihn auf andere Gedanken. Er wurde übermütig, mit schwelender Wut im Bauch, die abgekühlt werden musste. Karsten hatte beschlossen, in der Nordsee zu baden. Oktober hin oder her, das Herbstwetter war ihm jetzt egal.

Fünf Minuten später stieß er – noch immer wild entschlossen, die Badehose unter den Jeans und ein Handtuch unterm Arm – an der Haustür mit Frau Blume zusammen. Die musste Zeugin des Unternehmens werden.

"Frau Blume, ich gehe jetzt baden."

Das Gesicht der Putzfrau blieb so ausdruckslos wie immer.

"Ja tun Sie das. Ich putz jetzt die Fenster von der Veranda."

Damit verschwand sie im Haus, jeder hatte hier eine Aufgabe, eine Pflicht, und seine, Karstens, war es nun, den Unbillen des

Wetters zu trotzen und ins kalte Wasser zu springen. Die Zeugin hätte wirklich etwas teilnahmsvoller sein können! Anteilnahme erfuhr er, als er Pullover, T-shirt und Jeans am Strand auszog und die Schuhe oben auf den Klamottenhaufen legte.

"Was soll das werden, du willst echt baden gehen?"

Hieke stand plötzlich neben ihm, barfuß und in roter DLRG-Jacke.

"Musst du mich retten, wenn ich untergehe?"

"Ja."

Sie blieb ganz ernst und guckte interessiert.

Karsten grinste, fror, und dann rannte er los, sonst wurde das hier nie was, wer zauderte, hatte schon verloren! Die ersten Wellen bis Kniehöhe spürte er kaum, aber als er sich in die nächste größere Welle fallen ließ, nahm ihm die Kälte doch gehörig den Atem und er japste und prustete, und er fühlte sich glücklich, obwohl es furchtbar war. Noch ein Sprung kopfüber, das musste reichen. Schlotternd stapfte er an den Strand, wo Hieke ihm kurz applaudierte und dann zurück zur DLRG-Bude lief. Während Karsten sich mit dem Handtuch abrubbelte und die Haare auswrang, trippelte keine zehn Meter von ihm entfernt eine alte Dame durch den Sand. Karsten zog sich sein T-shirt und den Wollpullover an, sie ließ einen dicken Bademantel fallen und trippelte im ausgeleierten lila Badeanzug weiter dem Wasser zu. Jetzt stand Hieke wieder neben ihm. Sie grinste.

"Die alten Borkumer baden immer. Aber ab November ist Schluss mit lustig."

"Werds mir merken."

Karsten wand sich das Handtuch um die Hüften und schnappte sich seine Schuhe, die würde er erst oben auf der Strandmauer anziehen.

"Na denn tschüß Hieke."

"Man sieht sich!"

In der Bubertstraße hatte der Herbstwind viel Platz, um sich auszutoben, weshalb Karsten das Handtuch so stramm zurrte, wie es nur ging, woraufhin ihm eine Gruppe Mädchen auf Fahrrädern nachpfiff und laut auflachend davonradelte.

"Sehr komisch."

Dann traf ihn ein letzter Windstoß und er erreichte die Kreuzung Göthestraße, bog links ab und sah schon von der Ecke aus, dass Romy auch heute windgeschützt und lesend auf der Gartenbank saß. Ein echter Blickfang. Fanden auch die wenigen Passanten, die die Köpfe nach ihr drehten. Sie riss die Augen auf, als sie ihn sah, und streckte anerkennend den Daumen hoch. Ja!, so hatte er sich das vorgestellt, so hatte eine angemessene Bewunderung auszusehen! Karsten grinste selbstzufrieden und ging duschen. Und nachdem er sich schön gemacht hatte, mit gewaschenen Haaren und gestutztem Bart, räumte er im Musikzimmer auf, wo die Klangbox ad acta gelegt werden konnte und überhaupt ein bisschen Ordnung nicht schadete. Der Inspiration war das nicht förderlich, weshalb Karsten anschließend das Akkordeon schulterte und es die Treppen hoch ins Dachgeschoss schleppte. Dort gab es ganz im Abseits ein holzvertäfeltes kleines Zimmer mit Fenster zur Seeseite. Karsten öffnete es leicht und setzte sich mit dem Instrument auf das mit einer groben Decke hoch-aufgewölbte Bett. Eine kleine Staubwolke verpuffte. Er schloss die Augen und begann zu spielen. Entspannt und ohne Ab-schlussarbeitsgedanken.

Der Himmel über Borkum hatte sich von See her komplett verdunkelt, Hiekes Strand war wie leergefegt, in allen Cafés und Restaurants verkrochen sich die Leute vor dem windigen Nie-selregen.
Die Seehunde dagegen hielten unbeeindruckt auf ihrer Sandbank aus, und auch den Wattläufern und Möwen war der Regen relativ egal. Eine besonders große Lachmöwe landete auf dem roten Dachfirst von Haus Polizeirat Bannier und wäre beinahe aus-gerutscht, denn gerade dort saß ein Ziegel locker. Sie schrie lachend und wechselte auf die andere Straßenseite. Es tropfte langsam auf das Zinkblechdach der Veranda, durch die Bade-zimmerfenster zischte der Wind, unten stellte Frau Blume den Staubsauger an und draußen fuhr das Müllauto vorbei. Karsten war wieder zur Besinnung gekommen. Außerdem knurrte sein Magen, das Gefühl für Uhrzeiten war ihm beim Musizieren völlig abhanden gekommen, das rächte sich nun. Karsten

krümmte sich, was mit dem Akkordeon auf den Knien nicht gut ging, und fühlte sich ausgepumpt. Wie gerufen kam Olli ins Holzzimmer um zu berichten, dass Romy gekocht hätte und ihn suchte, ob er sich hier versteckte?

"Essen, oooch, genial."

Karsten befreite sich vom Akkordeon, Olli schloss das Fenster, das Holz knarrte und beide gingen zur Treppe.

"Ich komm gleich nach."

Olli hatte unter dem Dach eine winzige 2-Zimmer Wohnung, in der er jetzt verschwand, während Karsten mit einer Hand am Geländer und Instrument beladen in den ersten Stock hinunterstieg. Ab dort war das Treppenhaus heller und geräumiger. Aus der Küche kam Romy, die eine große, dampfende Schüssel in die Veranda trug. Sie bemerkte Karsten nicht, er aber lächelte hungrig und folgte ihr sofort, ihm war schon ganz flau im Magen und schummrig im Kopf. Romy erschrak richtig, als sie die Schüssel abgesetzt hatte, sich umdrehte und Karsten plötzlich wie ein Zombie mit gierigen Augen vor ihr stand. Sie prallte zurück und hob die Hände, aber dann war der Überfallmoment vorbei, und auch ansonsten zeigte Romy keinen Augenblick lang, dass sie absolut genervt gewesen war, weil sie Karsten alleine nicht hatte finden können. Bis Olli nach Hause gekommen und durch den Staubsaugerlärm das Akkordeon aus dem Dachzimmer gehört hatte. Romy hatte eine Packung Kartoffelklöße gemacht und dazu Hühnerfrikassee gekocht, wofür Karsten sie hätte umarmen mögen. Er war so hungrig, dass ihm fast die Tränen kamen, als er den Schöpflöffel ins Frikassee tauchte, und Olli schimpfte mit ihm. Er könne doch nicht ohne Frühstück im Meer baden und dann stundenlang üben - "War gar kein Üben!" - das wäre doch nichts, da kippte er ihnen noch aus den Latschen! Karsten stellte sich taub. Er war jetzt mit den Klößen beschäftigt. Romy nahm ihr Handy und machte ein Selfie von der Tischrunde.

"An meine El-tern."

Daumen hoch. Die wunderten sich kurz darauf über das ernste Gesicht ihrer Tochter, den jungen Mann mit Gabel im Mund und den verwirrt-ärgerlich guckenden älteren Mann. Aber das Essen sähe ja gut aus, meinten sie.

"Was macht ihr heute noch?"
Marcel war mit Karsten und Dennis durchs Dorf gelaufen, am Bahnhof trennten sich ihre Wege. Der Shanty-Chor hatte beim Jubiläumsfest des Seniorenhauses "In't Skuul" gesungen, wo sie die alten Leute ordentlich aufgerüttelt und zu einem Tänzchen animiert hatten, und nun war es gerade mal 17 Uhr und sie alle drei unternehmungslustig. Dennis hatte Pläne.
"Ich geh mit Sören ins Kino."
"Oh, darf man da mitkommen?"
Marcel begeisterte sich immer leicht für alles mögliche.
"Oder wird das irgendwie romantisch."
"Bram Strokers Dracula. Ist Vampirfilmwoche."
"Dann geh ich auch. Kaschi?"
"Joah..."
Für Romy kritzelte er die Einladung unten auf den Zettel, den Olli ihnen mit den Erklärungen zur Bedienung und Funktionsweise der Heizung an den Kühlschrank geklebt hatte, bevor er erst in die Kleinbahn und dann auf die Fähre gestiegen war. Für Details zum Thema Vampir fühlte sich Karsten gebärdensprachlich nicht in der Lage, aber er machte ein so enthusiastisches Gesicht, dass Romy einwilligte, Okey sie käme mit, denn meistens spräche Drakula ja sowieso nicht so viel...
Romy hatte den ganzen Tag in den Dünen verbracht und gezeichnet. Hatte Pommes in der einzigen noch geöffneten Milchbude gegessen und Thermoskannentee am FKK-Strand getrunken, und wenn sie um 20 Uhr fit sein wollte, brauchte sie jetzt eine Pause. Mit den Händen zeigte sie Karsten ein großes T. Time-out. Der verstand, grinste und machte mit der Faust kreisende Bewegungen über seinem Kopf: Duschen? Romy sah ihn an als würde sie denken: Gaaanz großes Theater, Oscar für den besten Hauptdarsteller, und rollte sich mimisch Deo unter die Achseln. Karsten fuhr sich mit einem unsichtbaren Kamm durch meterlange Rapunzelhaare. Romy schlüpfte in ein Luftkleid und stöckelte auf Zehenspitzen im Kreis, lachte lautlos und Karsten lauthals, soetwas war jetzt Gehörlosenquatsch, ja?

Nach beendeter Choreographie machte er Kaffee und setzte sich an den Computer. Es war merkwürdig still geworden, drinnen wie draußen. Das Haus schien nur noch gedämpft vor sich hin zu blubbern, die pausierende Romy machte jetzt sowieso keinen Lärm, und sogar beim Wind war Flaute. Wenn man die Ohren gewaltig spitzte, meinte man das Meer zu hören, aber bei Windstille gab es ja fast keine Brandung, welche sonst das rauschende Hintergrundgeräusch der Insel war.

"Backing vocals."

Karsten ignorierte die Stimmen der wenigen Fußgänger, die in der Göthestraße vorüber gingen und sich tonmäßig in den Vordergrund zu drängen drohten, und tippte konzentriert den neuen Aufbau der Diplomarbeit. Ganz würde der Niesmüller ihm seine "gehörlosen Experimente" nicht austreiben, darauf achtete er beim Schreiben, aber er musste den Professor ja nicht mit der Nase darauf stoßen.

"Das gäb am Ende Nasenbluten."

Karsten redete mit sich selbst, als er den Schlusspunkt setzte und sich aufatmend zurücklehnte. Genau. Stimmungs- und Schwingungsvolle Akkordeon- und Fagottmusik, viele Basswechsel und Rhytmusinstrumente, basedrums, ruhig vom Synthesizer, ja, das würde cool werden. Und sicherlich auch interessant für Romy. Die sollte seine Komposition spüren können, sonst machte es keinen Spaß.

"Wirste sehen, alter Nasenmöller, das wird hier ganz innovativ!"

Karsten speicherte das Dokument und schickte die Email ab. Und machte sich einen schönen zweiten Kaffee als Belohung.

Als sie sich um 19 Uhr 30 unten an der Treppe trafen, sah Karsten gleich, dass Romy sich zurecht gemacht hatte, und rannte schnell nochmal nach oben, um seine bessere Jacke zu holen.

"Gut?"

Romy nickte anerkennend, sie fand den halblangen dunkelgrauen Tweed ebenfalls schick. Dass sie selbst gut aussah, wusste sie schon Spiegel sei Dank: Knallenge schwarze Jeans zu roten DocMartins und taillierter schwarzer Lederjacke. Unter ihren offenen Haaren blitzten riesige, goldene Ohrringe hervor. Sie hakte sich bei Karsten ein und sie verließen das Haus. Aus Spaß an der Abwechslung steuerten sie den Bahnhof diesmal von links an. Hinter der Kurverwaltung merkte Karsten, dass er sein Portemonnaie vergessen hatte und lief zurück, während Romy gemütlich in einer Sitzbanknische der Heckenumrandung des Leuchtturmplatzes warten durfte. Just als Karsten das Gartentor zum wiederholten Mal hinter sich schloss, gingen der Schirm-mützenmann und die Sonnenbrillenfrau durch die Göthestraße, er in dunklem Anzug und Fliege, sie in einem langen Kleid und Perlenschmuck, eleganter und schöner als alle skandinavischen Königinnen zusammen. Karsten freute sich darüber und grüßte.

"N'Abend!"

"Moin!"

Auch die unbekannte Königin lächelte überrascht, und Karsten rannte schnell zu seiner eigenen Abendbegleitung zurück.

Auf der anderen Seite der Bahnhofsgleise gab es einen kleinen Park, ein Weinbistro und eine Sparkassenfiliale, dann kam man wieder in die Bismarckstraße, links Richtung Kino.

"So'ne Art Shopping Meile."

Karsten war aufgefallen, dass er, ungehört von Romy, begonnen hatte, laut zu denken, und das nicht nur, wenn er etwas suchte. Vielleicht, weil er ganz gerne redete, und Romy eben nicht, aber was wusste er schon von ihr, womöglich plapperte sie in Gebärdensprache wie ein Wasserfall! Ein stiller Wasserfall – Karsten schweifte in seinen Überlegungen ab, dachte auch an Sprudelwasser, während sie bummelnd Schaufenster anguckten und Radfahrern ohne Licht auswichen. Wie der Wind konnte man in Gebärdensprache sprechen, das passte eher, oder wie ein Schmetterlingsschwarm, total flatterig und leicht... So ein Schmetterling war ja auch absolut stumm, oder hatte es zu deren Kommunikationsverhalten schonmal Studien gegeben? Bevor er noch mehr Blödsinn ausdenken konnte, wurden sie von Dennis entdeckt, der mit seinem Freund Sören vor dem Kino wartete. Marcel traf drei Minuten später ein, er hatte die Jackentaschen vollgestopft mit seltenen 0,2 Liter Bierdöschen und behauptete, die völlig lautlos im Kino öffnen zu können.

"Das fällt überhaupt nicht auf! Lacht ihr nur!"

"Eigentlich passt Rotwein viel besser zu Vampiren, oder ein Bloody Mary!"

"Wenn ihr Durst habt, werdet ihr schon noch an mich denken!"

Als sie sich in dem kleinen Kinofoyer für Karten anstellten, beugte sich Dennis zu Karsten herunter, ihn um zwanzig Zentimeter überragend.

"Bis der Film anfängt, ist das Bier lauwarm geworden. Aber das macht nichts, man kann hier nämlich während der Vorstellung den Kinokellner rufen! Ist total niedlich, da sind Tischlämpchen vor den Sitzen, und wenn man die im Dunkeln anknippst, kommt Dietmar Bürgel angeschlurft und nimmt deine Bestellung entgegen. Ich frage mich nur, wieso der immer so wahnsinnig schlecht gelaunt ist!"

Marcel wusste, wieso.

"Weil die Jungs immer Frollein Bluse zu ihm sagen, kannste dir doch denken!"

Karsten freute sich wie ein Kind auf Drakula und die Lämpchen, ihm gefiel das Borkumer Kino mit seinem einen Saal, dem gelben Licht und den gerahmten Filmplakaten, und als er schließlich zwischen Romy und Sören saß, fühlte er sich einfach nur rundum wohl. Und gleich würde er auf den Anknippser drücken und beim Kinokellner Chips und Eiskonfekt bestellen!

"Keanu Reeves ist sexy."

Von Romy klang das wie eine endgültige Aussage, mit ausgesprochenem T und scharfem X.

"Oh, jaaa."

Sören legte ihr zustimmend schmachtend den rechten Arm um die Schulter, der linke war händchenhaltend mit Dennis beschäftigt. Karsten überlegte kurz, ob er Keanu Reeves auch sexy fand, aber Romys und Sörens Ansicht war wohl eher typisch Mädchen, für seinen Geschmack war der Verlobte von Drakulas Angebeteter zu glattrasiert gewesen.

"Winona Ryder sieht viel besser aus."

Seine Meinung. Marcels Meinung.

"Jou. Ey da vorn ist die "Künstlerklause", lasst man eben noch zu Janni gehen."

Marcel hatte im Kino lediglich eine seiner Bierdosen geöffnet, was wider Erwarten viel Krach gemacht und auch noch überschäumend weil angewärmt und geschüttelt gewesen war, und jetzt hatten alle Lust auf etwas Richtiges zu trinken und folgten ihm artig an die Theke von Jannis Kneipe, deren Namen Karsten ziemlich doof fand.

"Prost."

Um einen Vierertisch gedrängt stießen sie kurz darauf zusammen an. Karsten beobachtete Romy verstohlen. Ihre Mundwinkel zuckten, als ob sie lächeln wollte, aber andererseits war sie aufs Lippenlesen konzentriert. Alle hörten sich grade an, was Dennis zu Vampirfilmen und Drakula im Allgemeinen zu sagen hatte, da tippte Romy nur für Karsten sichtbar kurz an ihr Ohr, und Karsten verstand den Wink und ihr unterdrücktes Lächeln: Die anderen wussten gar nicht, dass sie taub war. Karsten grinste verblüfft, was Dennis zu der Annahme veranlasste, für Karsten wäre "Tanz der Vampire" ebenfalls ein Meilenstein in der Geschichte des Kinos, und des Borkumer Kinos sowieso. Romy zeigte Karsten mit den Händen ein W und ein C, dann stand sie auf und ging eben dorthin.

"Was ist eigentlich mit ihr, ist sie immer so schweigsam?"

Dennis hatte das Thema angesprochen, also würde Karsten das jetzt erklären.

"Sie ist taub. Das wusstet ihr nicht, oder?"

Dennis, Sören und Marcel fielen aus allen Wolken.

"Wie bitte?!"

"Aber sie hat doch geredet!"

"Ja und?"

"Ich dachte immer - "

Sören war der Schlauste des Abends.

"Wahrscheinlich ist sie nicht von Geburt an taub, stimmts?"

"Und dann kann sie von den Lippen lesen?"

Karsten saß nur da und nickte, amüsiert über die verblüfften Gesichter am Tisch, dann kam Romy wieder, und er war gespannt, wie es nun weiter gehen würde, ob sich jetzt niemand mehr trauen würde, ewas zu sagen? Da war er im Irrtum, wie

Dennis sofort mit seiner Frage demonstrierte.

"Und wie fandest du den Film?"

Romy wiegte unentschlossen den Kopf hin und her und behauptete dann todernst, am besten fände sie Stummfilme. Zwei Sekunden Stille. Dann musste Karsten kichern, lachen, er hatte gesehen, dass Romys Mundwinkel schon wieder verdächtig zuckten und konnte nicht mehr an sich halten. Genialer Taubenwitz! Dann fiel auch bei den Jungs der Groschen, und der Abend ging ganz normal weiter, bis sie auf dem nach Hause weg von ein paar aufgestylten Mädchen angesprochen wurden, die in der Bismarckstraße vor dem rosa-orange erleuchteten "Riverboat" Eingang herumstanden, unentschlossen, ob sie erst noch woanders etwas trinken oder leicht verfrüht in die Disko gehen sollten.

"Hi! Du bist doch der Typ vom Dorffest! Hi!"

"Äh, hi."

Die Mädchen waren allesamt aufgekratzt und schon in zwei Kneipen gewesen, Karsten dagegen war vor allem überrascht und leicht konsterniert. Romy wartete belustigt ab, was passieren würde.

"Ja! Ich erkenn dich doch, du bist der mit dem großen Aufblas-dings! Wir gehn nachher noch ins "Riverboat", kommt doch auch hin!"

Aber Karsten wollte nicht, Romy auch nicht, man trennte sich, ohne bekannt geworden zu sein. Ihm war gar nicht bewusst gewesen, dass er auf dem Dorffest die Aufmerksamkeit diskolustiger Mädchen erregt hatte. Alleine "Aufblasdings" - wenn er das für Romy aufschriebe, würde sie garantiert lachen, von einer Gestenerklärung ganz zu schweigen... Nach zwei Runden Söpkes von Olli und zwei von ihm hatte er auf dem Dorffest plötzlich vor einer Angelbude gestanden und unter Gelächter und Anfeuerungen von Ollis Freunden eine riesige, aufblasbare Keule in den Farben der US-Flagge geangelt, die er dann ziemlich unglücklich geschultert und versehentich mehreren Dorffestfeiernden an die Köpfe geklatscht hatte... Karsten staunte im Nachhinein über sich selbst und beglück-wünschte sich zu der Idee, die Keule an ein kleines Mädchen verschenkt zu haben, das eben mit ihren Eltern und der im Bollerwagen schlafenden Schwester das Fest verlassen wollte. Die Kleine war überglücklich gewesen und hatte ihren Eltern sofort auf den Po gehauen, und Karsten hatte sich schnell verdünnisiert. So war das mit dem Aufblasdings gewesen.

Der 31. Oktober war mal wieder windig. Eine verdrießlich dreinblickende Frau Blume hatte sich in der Küche zu schaffen gemacht, sie schimpfte kaum hörbar auf den Tag und vor allem auf diese Kinder, die jedes Jahr mehr Süßigkeiten in sich hineinstopften, dabei ging ihr eine Teekanne zu Bruch und sie fuhr Romy und Karsten ärgerlich an, was sie hier herumstünden und ihr alles durcheinander brächten. Romy sah und Karsten hörte, dass hier Hopfen und Malz verloren war, der Putzfrau gingen sie heute besser aus dem Weg, wenn ihnen ihr Leben lieb war, und zogen ab Richtung Milchbude. Letzte Gelegenheit, ab morgen würde sie geschlossen sein wie alle anderen seit einem Monat, aber wieso man auf Borkum Milchbude sagte, wussten Romy und Karsten auch nur, weil Olli ihnen das erzählt hatte. Für Karsten war es immer noch ein Strandlokal, in das er seine Mitbewohnerin heute mal einladen wollte, zum Dank dafür, dass sie gestern Königskuchen gebacken hatte. Beide auf ihre Art dem Oktoberwind trotzend marschierten sie die Strandstraße hoch zum Nordstrand: Karsten mit der Mütze fest über den Ohren, Romy in einen dicken Schal gewickelt. Auf der oberen Strandpromenade trafen sie Hieke, auf der unteren Andrea, und dann gab es in der Milchbude nur noch Eintopf.

"Ja ist doch super, zwei Mal, bitte."

Weil alle Plätze belegt waren, steuerte Karsten mit dem Tablett und den zwei Schüsseln serbischen Bohneneintopfes einen rotweiß gestreiften Strandkorb an, den er sich schon beim Hinweg auserkoren hatte, der stand nämlich mit dem Rücken zum Wind, war bereits schützend eingesandet und wundersamerweise nicht verrammelt und abgeschlossen. Hatte der Vermieter wohl vergessen. Romy folgte ihm mit zwei Fantaflaschen und Servietten in der Hand. Auf Borkum waren die meisten Strandkörbe gar keine Körbe, sondern Zelte, obwohl sie so eigentlich auch nicht aussahen. Eher wie Strandkabinen oder -hütten, bestehend aus einem Holzrahmen, Sitzbank und Plastikplanenumkleidung. Nur das Dach glich in Ungefähr einem kleinen Zelt, unter dem Karsten und Romy sich nun über die Windstille freuten. Romy stellte die Fantaflaschen auf Karstens Tablett und bugsierte das Holzbrett heraus, das an der Seite zwischen Holzrahmen und Plastikplane steckte, und legte es wie vorgesehen quer vor sie als Tisch. Gewusst wie! Karsten kannte sich mit Strandkörben- und zelten überhaupt nicht aus.

"Ach wird das gemütlich hier!"

Romy nickte.

"Gemüt- lich."

Außerdem war das ein toller Eintopf und die Fanta schmeckte nach Kindheit, und eine dicke fette Möwe landete im Sand vor ihnen.

"Weg!"

Wie auf Kommando begannen beide, mit den Füßen zu strampeln, worüber Karsten laut lachen musste und die Möwe langsam, ganz langsam verscheuchte. Romy brummte und hielt sich den Bauch – ihre Art zu lachen halt. Nach dem Essen wanderten sie an der Wasserkante entlang bis zur zweiten Buhne des Nordstrands und von dort aus hoch zur Strandmauer, schnauften die lange Schräge für Fahrradfahrer empor und erreichten die Strandpromenade nur mit einiger Mühe, denn der Wind kam von vorne und von Seeseite auch, und überhaupt schien er auf dieser Fahrradschräge unnötig stark zu wehen... Karsten fluchte innerlich und hielt sich die Ohren zu. Besonders winddicht kam ihm seine Mütze heute nicht vor! Romy war mal wieder kalt geworden, da half aller Bohneneintopf im Magen nichts. Nach Hause zu der berserkenden Blume wollte aber keiner, weshalb Karsten, als Romy "Tee?" sagte, kurzentschlossen mit ihr zum erstbesten Hotel an der Strandpromenade ging. Das Restaurant des "Aparthotels Seeblick" war zu dieser Zeit relativ leer, so dass Romy und er sogar einen Fensterplatz bekamen und gleich darauf zwei Kännchen Ostfriesentee, Kluntjes, Sahne sowie ein paar Kekse, die gabs dazu. Alle schützenden Hüllen hatten sie an die Garderobe gehängt, nun saß

Romy da in einem karierten Flanellhemd und Karsten in seinem allerbesten T-shirt, das ihm mal ein Kommilltone in Sankt Petersburg geschenkt hatte, der Fan von "Black Countess" aus Ulyanovsk war. Romy machte eine erstaunte Grimasse, als sie es sah.

"Sind die gut?"

"Keine Ahnung."

Karsten zuckte lächelnd die Achseln. Er fühlte sich gerade herrlich. Herrlich wohl, gesund, jung und ausgeglichen, an keinem anderen Ort der Welt hätte er jetzt lieber sein mögen als hier bei Tee am Fenstertisch im und mit Seeblick und mit Romy. Sauwohl träfe seine Stimmung mit einem Wort. Er holte aus der Jackentasche einen Notizblock und einen Bleistiftstummel, trank seine erste Tasse aus und fing leise summend an, viele gute Ideen für seine Diplomarbeit aufzuschreiben, denn die schwirrten nur so in seinem Kopf herum, zusammen mit Melodien und Ton-folgen. Er kritzelte wie besessen den ganzen Notizblock voll, leicht und glücklich. Romy beobachtete die hellen Haare auf Karstens Unterarmen, nippte an ihrem Tee und guckte raus aufs Meer. Ihr war wieder warm geworden, sie fühlte sich ebenfalls wohl. Nach einer Weile kam Karsten in die Realität zurück. Er grinste Romy albern an, wissend, dass er soeben Sinnvolles aufgeschrieben hatte, und bereitete sich mit großem Zeremoniell eine zweite Tasse Tee zu. Romy streckte ihm die Zunge raus, "Wieder da?", und drehte mit dem Zeigefinger Spiralen neben ihrer Stirn. Karstens Kopf nickte federnd auf und ab wie ein Pilatesball, "Ja! Ja!", ab und zu war eben auch er inspiriert! Romy lachte.

Abends kam Karsten nicht vom Klavier los. Er hatte relativ harmlos mit Mozart begonnen und das A-Dur Konzert gespielt, dessen Noten er zufällig gefunden hatte, aber danach ging alles wild durcheinander. Außerdem war plötzlich high-life im Polizeirat, denn Marcel und noch ein paar Mitstreiter vom Chor hatten an die Fensterscheibe geklopft und Einlass verlangt, da waren sie also schon über die Gartenmauer geklettert, und nur wenig später wuselten auch noch Hieke und zwei ihrer Freundinnen im Haus herum, zerrten Romy, die friedlich am

Computer gesessen hatte, aus ihrem Zimmer, und wollten mit ihr Catan spielen, Nudelsalat machen und Rotwein trinken, alles gleichzeitig, während die Shantyleute das Musikzimmer plünderten und Karstens Klavierimprovisationen ordentlich mit Gitarre und Bongos aufmöbelten. Letzten Endes fanden sich alle im Wohzimmer ein, allerdings mit verteilten Rollen: Die eine Hieke-Freundin spielte Bongos, und der eine Tenor hatte sich die blauen Catan-Steine angeeignet. Nudelsalat und Rotwein waren für alle da. Es stellte sich heraus, dass im Grunde der gesamte Shanty-Chor ein einziger großer Jhonny Cash Fanlub war. Und nun gab es kein Halten mehr, "I walk the line" wurde lautstark mitgesungen, und Marcel zuckten die Beine, als ob er gleich tanzen würde. Aber nur als ob. Romy machte bei allem gut gelaunt mit, aber sie gab Hieke mit Zeichen zu verstehen, dass es schon ärgerlich war, nichts von "der Band" zu hören. Dann zog sie eine Entwicklungskarte und durfte zwei Straßen zusätzlich bauen. Von Hieke bekam sie im Laufe des Abends noch einen Zettel mit einer Einladung zum Reiten, einmal die halbe Insel, Upholmdünen und Westland, nächsten Freitag, und Romy freute sich, denn eine halbe Inselumrundung zu Pferde klang abenteuerlich. Um Mitternacht setzte Karsten die zahlreichen Besucher vor die Tür, höflich, aber bestimmt. Besonders bestimmt hatte er Hiekes Bongo-Freundin aufwecken müssen, die es sich auf dem Kissenberg unter der Bilderwand bequem gemacht hatte, aber irgendwann musste einfach Schluss sein. Weil Romy sofort oben im Badezimmer verschwand, sah Karsten nicht ein, wieso er unten aufräumen sollte, und benutzte die Toilette im Erdgeschoss, die mit dem kränklichen Fisch als Handtuchhaken – Karsten guckte an ihm vorbei in den Spiegel. Ob er mal alles ändern sollte? Haare ab, Bart ab?
"Vielleicht. Alles ab, oder'n Schnurrbart?"
Mit gemischten Gefühlen duschte er schnell und rannte dann, von einem winzigen Handtuch umschlungen, in sein Zimmer.

Wenn es kälter wurde und sich der Winter ankündigte, wurde es auf Borkum farbloser, trotz der fallenden Herbstblätter. Grau der Himmel, merkwürdig grau und verweht der Strand, keine bunten

Badeanzüge, Lenkdrachen und Surfsegel mehr. Keine roten DLRG-Jacken, keine Strandzelte und keine Milchbudenfahnen. Niemand saß mehr draußen vor den Cafés der Strandpromenade oder tanzte vor dem Musikpavillion, wenn die Kurkapelle spielte. Fahrradfahrer gab es weniger und Bollerwagen auch, aber Saunabetrieb, den gab es noch, und den Reiterhof natürlich. Karsten blickte Romy nach, die einen Proviantrucksack geschultert hatte und losmarschierte zu Hieke und den Pferden. Heute hatte sie sich dick genug angezogen, aber Karsten fröstelte. Er hüpfte ein paar Mal auf und ab und schlug die Arme um sich, dann beschloss er, den Grundstein für einen Wintervorrat zu legen, vorsorglich wie er war. Gegenüber vom Tennisclub gab es einen kleinen Supermarkt, den würde er jetzt mal beehren.

Kurz darauf schob er ein Einkaufswägelchen durch den "Bösen Inselwolf". Also ein werbewirksamer Name war das ja nicht!

"Ich brauch noch meinen Mändelchenpudding."

Karsten glaubte, nicht recht gehört zu haben und drehte sich um. Da ging eine sehr alte Dame zur Kasse, und ein junges Mädchen guckte unglücklich. Kopfschüttelnd ging sie in die Hocke, um bei Dr. Öttker & Co nach dem Gewünschten zu suchen.

"Oh mein Gott. Mändelchenpudding. Steht sogar drauf..."

Sie bedachte Karsten mit einem unglücklichen Blick und folgte der alten Dame, die schon bezahlen wollte, und Karsten sah sich das Ganze mal genauer an. Tatsächlich, da gab es noch ein halbes Paket mit unscheinbaren, blassbeigen Tütchen und roter Aufschrit, altmodisch sahen die aus. Karsten bekam Lust auf Schokopudding, auf ganz stinknormalen, und nahm gleich vier Packungen, sonst würde das hier nie ein Vorrat. Kaffee, Hartwurst, Kekse, Zucker und Haferflocken – Wodka nicht vergessen, und Tee... Seiner Russlandzeit gedenkend vervollständigte er den Einkauf mit Konservendosen und war froh, dass der Kassierer ihm erlaubte, den vollen Wagen nach Hause zu schieben und sofort wieder zurückzubringen.

"Na gut wenn dat nur bi Olli is..."

Als er an der Pizzaschnellimbissecke abbog, traf er Andrea, die ihm half, mit dem schweren Wagen über das Pflaster zu rattern, sie hatte sowieso zu ihm und Romy gewollt, um sich zu verabschieden, sie führe jetzt in wärmere Gefilde und käme erst nächstes Jahr wieder. Völlig verlassen kam sich Karsten mit einem Mal vor.

"Ey Hieke fährt auch, die muss wieder nach Hamburg, hat sie gesagt."

"Tja so ist das. Nach der Hauptsaison geht Borkums Bevölkerungszahl rapide zurück."

"Ja, merk ich auch schon. Aber..."

Karsten fuhr sich durch den Bart, bei Andrea hatte er an Dennis und bei Dennis an den Chor gedacht.

"Aber ich fahr ja auch bald. Der Shanty-Chor geht auf Tournee! Ganze zwei Auftritte ham wir auf dem Festland oder wie man das hier sagt."

Andrea lachte.

"Ja so sagt man das hier. Na dann viel Spaß noch! Schreibt mir mal!"

Um das Verlassenheitsgefühl weiter zu bekämpfen, machte Karsten in der Küche das Radio an und sich selbst an die Arbeit. Als alle Einkäufe in der Speisekammer verstaut waren, brachte er dem bösen Inselwolf den bösen Einkaufswagen zurück und faulenzte danach den ganzen Tag bei Radiomusik und Tee, sogar die Leonard Cohen Biographie las er zu Ende, soviel Zeit nahm er sich. Romy kam erst spätabends wieder, müde und glücklich, und auch nur ansatzweise durchgefroren. Nach einer heißen Dusche setzte sie sich in Schlabberhosen und Wollpullover zu Karsten vor den Fernseher, und Karsten fand, dass es in Gesellschaft einfach angenehmer war, auch wenn die andere nichts sagte. Romys Anwesenheit reichte schon, um alles angenehmer und fröhlicher zu machen.

"Wie wars?"

"Schön."

Fand Karsten auch.

Je düsterer, grauer und herbstendlicher es auf Borkum wurde, desto heller wurden Romys Bilder. Sie experimentierte mit Aquarellfarben und verschiedenen Schwemmholzstücken vom

Strand, die sie, durchgetrocknet und hart geworden, auf Papier befestigte und in die Bilder integrierte. Einmal bekam das Holzstück dieselbe Umgebung gemalt, in der Romy es gefunden hatte, ein andermal war es ein Stilleben aus Strandgut, und auf ein besonders flaches Stück Holz schrieb sie mit Hilfe einer Lupe eine geheime Botschaft, die mit bloßem Auge nicht zu entziffern war, wie sie da inmitten der Wasserkante schwamm. Details aus der Dünenlandschaft ließen sich ebenfalls gut in Aquarell festhalten, flüchtig auf Aquarellart.

An einem etwas weniger düsteren Donnerstagmorgen ging der Shanty-Chor an Bord der Autofähre. Es erwarteten sie zwei Auftritte in Bad Bevensen und in Oldenburg. Karsten hatte noch keine Lust, gleich unter Deck zu gehen, sondern stand mit dem Rucksack zwischen den Füßen an der Reeling und winkte den Zurückgebliebenen an der Reede zu, obwohl er die Leute gar nicht kannte und sie ja auch nicht ihn verabschiedeten.

"Jaa, tschüß, chauchesco allemittanand..."

Unter dem Gedröhne der Schiffsschraube traten weitere Fahrgäste zu ihm an die Reeling. Karsten erkannte sie wieder, das waren der Schirmmützenmann und seine Frau, ohne ihre Sonnenbrille.

"Noch ein Kluckje Heimat..."

Der Mann klang ehrlich betrübt, und Karsten hatte das Gefühl, dass auch ihm der Abschied schwerfallen würde, falls er nicht wüsste, dass er ja nach drei Tagen wiederkommen würde. Der Schirmmützenmann prostete der kleiner werdenden Insel zu.

"Du Uli mir wird kalt ich geh schonmal rein."

Seine schöne Frau verließ den Abschiedsausblick und der Mann, den sie Uli genannt hatte, murmelte, nun kämen sie erst zu Ostern wieder.

"Und ich Sonntagabend."

Uli sah ihn vorwurfsvoll an.

"Wissen Sie eigentlich, wie gut Sie es haben?"

Karsten nickte unwillkürlich, aber dann fielen ihm doch ein paar Dinge ein, die noch besser sein könnten.

Die Drei-Tage-Tournee verlief dann allerdings zu vollster Zufriedenheit von Sängern wie von Zuhörern, der Chor war ein eingespieltes Team und auch nicht aus der Ruhe zu bringen, wenn wie in Oldenburg eine Gitrrenseite riss, das Publikum bedrohlich dicht vor der Bühne stand, Karsten ständig die Schiffermütze über die Augen rutschte, weil Marcel die absichtlich vertauscht hatte und Karstens Mütze stattdessen auf dem Hinterkopf eines großköpfigen Tenors balancierte – in Oldenburg passierte es auch, dass der Moderator des Abends dreimal den Mikrofonständer umwarf, wogegen es in Bad Bevensen absolut keine Zwischenfälle gab. Jedenfalls bis kurz vor dem Auftritt. Ein Mitstreiter der Bassfraktion bekam plötzlich keine Luft mehr, der Hals war zu, und nach einem befreienden Hustenanfall war die Stimme weg. Chorleiter Töns starrte seine Bässe ungläubig an und bestimmte kurzentschlossen, ob Stimme oder nicht, auf die Bühne müssten trotzdem alle, und das Bass-Solo von "Alabama Song" sänge dann eben Kaschi. Der hatte Bedenken.

"Moment, -"

"Los raus Jungs, es geht los."

Töns drückte ihm gnadehalber ein Textblatt in die Hand.

"Dat geit. Und ist auch was fürs Auge..."

Er grinste Karsten frech an.

Eine Stunde später war alles vorbei. Karsten fühlte sich ausgepumpt aber wohl, das Publikum älterer Kurgäste war dankbar gewesen und das Solo hatte geklappt, auch wenn Karsten nicht mit demselben Brustton der Überzeugung gesungen hatte wie die Originalbesetzung. Es war ihm schwergefallen, dem Text angemessen ernst zu bleiben, er hatte etwas zu freundlich geklungen, aber dem Publikum war das nicht aufgefallen. Der Shanty-Chor wurde zum Aal-Essen eingeladen. Für Karsten eine Prämiere, er hatte noch nie einen geräucherten Aal in der Hand gehabt und versuchte, alles genauso zu machen wie Marcel ihm gegenüber, der seinem Exemplar erst mit Schwung die schwarze Haut abzog und dann zu knabbern begann. Auf den letzten zehn Zentimetern kämpfte Karsten. Er nahm nur noch ganz vorsichtige Happen, hatte kaum spürbare Aalgräten zwischen den Eckzähnen hängen und fragte sich verzweifelt, wie das enden würde. Ein Tablett wurde vor ihm auf den Tisch gestellt, voll mit Gläschen, die anscheinend aus dem Gefrierfach gekommen waren. Marcel strahlte.

"Oh, man meint es gut es uns! Linie!"

Karsten guckte ihn fragend an und puhlte an den nervigen Gräten in seinem Mund.

"Linie Aquavit! Du kennst aber auch gar nichts!"

"Söpke."

"Ohoo, kennst du doch was..."

Karsten legte keinen Wert mehr auf den Aalschwanz und kümmerte sich wie die anderen lieber um die Verdauung. Zwei Gläschen konnte er ergattern, die waren auch bitter nötig, fand er. Ganz fettige Finger bekam man von so einem Aal. Wenig später auf der Busfahrt nach Emden-Außenhafen bekam er dann noch etwas ganz anderes. Magendrücken. Das ließ sich so grade noch im Zaum halten, aber auf der Fähre nach Borkum war dann das Spiel verloren. Zeitgleich mit der ersten Bewegung des Schiffskörpers kam Karsten in den Toiletten an, die er erst wieder verließ, als er auch den allerkleinsten Rest Aal wieder ausgespuckt hatte. Aal und Hotelfrühstück und Busverpflegung – Karsten fühlte sich nur noch wie die Hälfte seiner selbst und verbrachte die Überfahrt zusammengekrümmt auf einer versteckten Polsterbank, wo er gar nicht mitbekam, dass man ihn suchte und sich sogar leichte Sorgen machte. So herrschte denn allgemeine Freude, als die Fähre ihr Ziel erreichte, Karsten wieder da war und alle den Boden der Reede betraten, der weder schwankte noch rumorte. Also ein Inselerdbeben hätte ihn jetzt glatt umgebracht.

"Was war denn, Kaschi, hast du etwa Neptun geopfert?"

Chorleiter Töns klopfte ihm auf die Schulter, als sie, trotz leichten Fahrtwindes der Borkumer Kleinbahn, oder grade wegen desselben, die Fahrt über draußen standen, auf der Trittfläche vor ihrem Waggon. Karsten, der weder liegen noch sitzen mochte und nur frische Luft wollte, die er reichlich bekam, schließlich war Borkum Luftkurort mit Hochseeklima, bejahte die Frage nach Neptun, obwohl sein Opfer wohl nur auf Umwegen angekommen sei, wenn überhaupt. Na das wäre wohl der Aal gewesen, diagnostizierte Chorleiter Töns zutreffend und klopfte schon wieder auf Karsten herum, wie zur Siegerehrung, bevor er sich ein wärmeres Plätzchen im Waggoninneren suchte. Karsten schwor sich, nie wieder etwas anzufassen, das lang, schwarz und fettig war. Die kalte Luft tat ihm gut, seinen Magen störte das Geruckel der Kleinbahn nicht, er guckte ins graue Watt und fühlte sich befreit. Auf einer Insel könnte man sich eigentlich auch eingesperrt vorkommen, aber bei Karsten war es ganz andersherum: Er war froh, dem Festland entronnen zu sein. An der Haltestelle in der Kibitzdelle landete ein mutiger Spatz auf der Umrandung von Karstens Stehplatz, von Karsten freundlich begrüßt.

"Ja hallo!"

Der Spatz ließ ein Häufchen Spatzenschiss auf die Umrandung fallen und flog von dannen.

"Soviel zum Thema Freiheit."

Am Bahnhof erlebte der heimkehrende Shanty-Chor dann eine Überraschung: Freundinnen, Ehefrauen, überhaupt Familie und Romy auch, von Sören mitgeschleppt, hatten sich eingefunden und begrüßten ihre Lieben mit viel Traraa, Pauken und Partytröten, Sören warf selbstgemachtes Konfetti und Romy ließ Luftballons steigen. Es war ein Aufstand, als hätte der Chor die WM gewonnen. Denn, so hatte Sören erklärt, es wäre ja sonst nicht viel los im November. Karsten war richtig gerührt, dass Romy mitgekommen war und er nicht als einziger alleine nach Hause zu gehen brauchte, und erzählte zum Dank ausführlich von seinen Tourneeabenteuern. Romy war auch froh, dass er wieder da war, alleine in dem großen Haus hatte sie sich schon ganz verlassen gefühlt und zum Chatten Ewigkeiten mit ihrem Handy verbracht. Jetzt war wieder alles gut. Jetzt würden wieder Musikschallwellen das Haus beleben und jemand die verrücktesten Gesten machen; zu zweit gebärdete es sich einfach besser. Sie zeigte Karsten ihre Strandgutbilder, sein Lieblingsbild durfte er behalten und lachte über die winzige Geheimbotschaft.

Gegen Ende November schien Romy dann aber eine Laus über die Leber gelaufen zu sein, und sie malte eine agressive, riesengroße und unnatürlich hässliche Möwe, mit verschmierten Ölfarben, die die gesamte Leinwand ausfüllten. Karsten sah sich das ohne Kunstkennerblick an und nahm die Künstlerin mit ins Wellenbad. Abreagieren, treiben lassen, bewegen. So verging der graue Monat. Ab Dezember wurde es nicht unbedingt heller und wettermäßig schöner, aber das Telefon klingelte. Romy und Karsten waren vor Frau Blume geflüchtet, die im ersten Stock das Badezimmer bearbeitete, und spielten an dem großen Esszimmertisch "Auf Achse". Bei Romy stand eine Kanne Earl Grey mit Honig, Zitrone und einem Schuss Whisky, bei Karsten Pfefferminztee ohne alles, jeder hatte sein eigenes Gebräu gegen Erkältung. Teegebäck knabberten aber beide. Es klingelte und klingelte nervtötend. Karsten deutete mit den Augen die Richtung an und nahm einen Telefonhörer aus Luft ans Ohr. Romy blekte die Zähne wie der Knetehund Gromit aus "Wallace and Gromit", was soviel heißen sollte wie "Wunderschön, ja, aber was hats mit mir zu tun", woraufhin Karsten, der sich wirklich ziemlich erkältet fühlte, als Sofortmaßnahme zwei Finger in die Ohren steckte. Nur fünf Minuten später klingelte es erneut, und er nahm endlich ab. Er krächzte heiser ein "Ja" in den Hörer.

"Ja hier Olli. Ja Karsten gut, dass ich *dich* erwische."

"Haaaha, sehr komisch."

Für Romy existierte das Telefon praktisch überhaupt nicht, vorgestern hatte sie es allerdings mit Wattestäbchen in allen Ecken und Ritzen sauber gekratzt und poliert, weshalb auch immer, aus Meditationszwecken vielleicht, denn nach getaner Arbeit war sie sofort im Atelier verschwunden, um ihrem neuen Bild neue Akzente zu setzen. Olli wollte mit Karsten die Weihnachtsferien besprechen. Es hätten dieses Jahr mehrere Freunde und Bekannte bei ihm angefragt, die gerne nach Borkum fahren würden, alles Leute, die normalerweise im Sommer bei ihm Zimmer mieteten, und was er denn jetzt machen solle, ob Karsten und Romy was dagegen hätten, Weihnachten Besuch zu kriegen? Karsten war nicht sonderlich begeistert. Als er aber kurz nachdachte und sich den Polizeirat voller fremder Leute vorstellte, hatte er einen gute Laune machenden Einfall.

"Na okey Olli, wird schon gehen, aber könnte ich auch jemanden einladen? Und Romy auch? Ich würd dann auch im Musikzimmer schlafen."

Olli fand das äußerst kooperativ und kündigte an, dass von Weihnachten bis Neujahr dann alle Betten belegt sein würden, er selbst käme auch mit Frau und Enkeltochter.

"Olli ruf mich gleich nochmal an, ich erklär das eben Romy, mal sehen, was die sagt."

"Ach ja, ja richtig, Junge, mach das man."

Romy staunte nicht schlecht angesichts dieser Neuigkeiten, hatte aber keine Einwände und wollte ihre Eltern einladen, die würden bestimmt sehr gerne im Atelier übernachten.

"Da steht doch gar kein Bett!"

Karsten baute ein Luftbett und machte Scheibenwischer mit dem rechten Zeigefinger. Kein Bett. Romy gluckste nur.

"Luffmatase."

"Luftmatratze? Hmm..."

Als Olli ihr Telefon zum dritten Mal zum Klingeln brachte, einigten sie sich schließlich darauf, Ehepaar Jakobs und Tochter deren Zimmer sowie das Atelier zu überlassen, Karstens Bruder und Freundin in Karstens Zimmer zu stecken ("Doch doch, die finden das ganz toll, zusammen in dem einen Bett zu schlafen..."), er selbst schliefe im Musikzimmer, und Ollis Gäste und Familie würden sich nach Gutdünken im Haus verteilen. Der Hausherr war optimistisch eingestellt.

"Also eure Leute, und dann nochmal zehn Piepels, das wird schon gehen. Ich komm ein paar Tage früher und mach die Zimmer fertig. Bettlaken, Handtücher und so'n Tüddelüt ist ja alles da..."

Bei der Gelegenheit hätte Olli sie auch gleich vorwarnen können. Fanden beide, Romy und Karsten, als am Abend des 5. Dezembers die auf der Insel verbliebenen Männer unruhig zu werden begannen. Karsten war schon von mehreren Seiten gefragt worden, ob er mit wolle, und hatte jedesmal verneint, weil er sich unter Klaasohm rein gar nichts vorstellen konnte, was aber alle vorauszusetzen schienen. Es war so, als ob man ihn fragte "Möchst'n Kaffee?", und er entwortete "Was is'n das". Ein Unding irgendwie. Romy war kurz einkaufen gegangen und hatte bei der Gelegenheit den Leuten heimlich auf die Lippen gestarrt. Nun kam sie mit einer Tüte voll Gemüse wieder und berichtete Karsten, der ratlos auf der Gartenmauer hockte und fror, dass wahrscheinlich ein Klaas Geburtstag hätte, oder so etwas ähnliches, und nur Männer eingeladen wären.

"So ein Blödsinn. Ich google das jetzt mal. Borkum, Klaas, 5. Dezember. Wir werden ja sehen."

Er klimperte mit kalten Fingern auf einer Tastatur in der Luft und zuckte die Achseln, Romy nur mit einer, "Mach mal", hieß das, dann ging sie in die Küche und Karsten an den Computer. Nur zwei Minuten darauf konnte er beginnen, sich Sorgen zu machen.

Und das machte er auch noch, als er spätabends mit Marcel und Kumpels durch spärlich beleuchtete Borkumer Dorfstraßen rannte. Sie suchten ihre Truppe, die sie leider aus den Augen verloren hatten. Ihre Anführer, ihre Häuptlinge, waren die Lüttje Klaasohms, also die kleinen, die leider kein Wiefke hatten, also keine Frau an ihrer Seite, aber genauso Federschwingen geschmückt, Schaffell maskiert, rotnasig und in rot-weißem Lapplandstyle gewandet waren wie die zwei Middel Klaassohms und die zwei Groote Klaasohms, zu denen als einzige nun doch ein Wiefke gehörte. Soviel hatte Karsten Dank Internet bereits verstanden. Wen auch immer sie aus den Truppen der anderen Häuptlinge trafen, freundlich gesinnt waren die ihnen nicht unbedingt, aber zu Handgreiflichkeiten war es bislang noch nicht gekommen. Gottseidank, fand Karsten. Das käme noch, erklärte ihm Marcel erwartungsvoll, während sie vor der Tür vom "Teehaus" verschnauften.

"Tee?!"

Karsten guckte verzweifelt.

"Baia!"

Alle drängten ins Lokalinnere. Eine Runde Krombacher später drängelten sie wieder hinaus. Marcel machte den Gruppenleiter, "Ey wir sind zu weit ab vom Schuss!", und lief voran Richtung Dorfzentrum. Einer seiner angeheiterten Kumpel zog an Karstens Ärmel.

"Du, Kaschi, deine schicke Mitbewohnerin weiss doch, dasse

heute besser to Hus bleibt?"

Karsten starrte ihn entgeistert an, was der andere als "Ja logisch, sie ist ja nicht lebensmüde" interpretierte und ihn beruhigt los ließ. Marcel hatte es plötzlich eilig.

"Jetzt man fix!"

Sie rannten wieder los, pinkelten in Höchstgeschwindigkeit in eine Hecke und fanden dann endlich die zwei Lüttje Klaasohms samt Gefolge, das gerade dabei war, eine uninformierte, laut kreischende und schimpfende Touristin ein bisschen in die Luft zu werfen und sie auf dem anschließenden und sofortigen Nachhauseweg noch mit Erdklumpen aus einem Blumenkasten zu bewerfen. Die kleinen Häuptlinge schwenkten drohend Kuhhörner und Tröten hinter ihr her, und Karsten begann langsam zu verstehen: Es konnte nur ein Wiefke geben. Zehn Minuten später hatte ihr Trupp den Betriebsschuppen der Borkumer Kleinbahn erreicht, ohne große Verluste oder weitere Zusammenstöße mit unerwünschten Badegästen, und Karsten wurde mulmig zumute. Unter Gejohle, Trötenlärm und Glockenschlägen hielten die Lüttje Klaasohms Einzug in die Halle, aus der Gesang und lautes Stimmgewirr zu ihnen hinaus drangen. Als allerletzte wurden Marcel und seine Kumpels von den Türstehern aufgehalten. Karsten schluckte. Türsteher waren ihm unheimlich. Diese hier musterten ihn von oben bis unten und behaupteten, er wäre ja wohl kein echter Borkumer. Dabei hatte er sich in Jeans, grauem Wollpullover und blauer Mütze relativ seemännisch und norddeutsch gefühlt, und nun diese eiskalte Abfuhr! Marcel verteidigte ihn.

"Mensch Tüdda, das ist Kaschi, der singt im Shanty-Chor!"

"Borkumer Jungs Ausweis?"

"Hier, weisst du doch."

Marcel hielt diesem Tüdda seinen Vereinsausweis vor die Nase.

"Dem seiner du Dösbaddel!"

"Hat er nicht."

"Kann er auch mal was sagen? Kann er wenigstens Platt?"

Es war klar, dass ihn diese Borkumer Urgesteine zum Spaß auf die Probe stellten, und Karsten fielen vor Schreck, vor Ärger und nach den drei Kneipen, in denen er heute schon gewesen war, nur die wenigen Plattdeutschbrocken ein, die er in den vergangenen Monaten zufällig mehr schlecht als recht aufgeschnappt hatte:

"Kluckje! Beleve! Eilandje! Söpke! Granat!"

Dabei bemühte er sich, das R genauso zu rollen wie Uli, der Schirmmützenmann. Na das hatte gesessen. Marcel biss sich auf die Lippe, um nicht loszuprusten, und dieser grauhaarige, braungebrannte Tüdda winkte sie ohne weiteren Kommentar durch. Im Betriebsschuppen kämpften die Klaasohms gegeneinander. Halb Showkampf, halb ernst, eine Mischung aus Ringen und Rugby, wobei sie von ihren riesigen Masken doch sehr behindert wurden, die wie pelzige Tonnen auf ihren Schultern saßen und den Kopf komplett bedeckten. Der Borkumer Männerchor sang dazu, der als Wiefke verkleidete Borkumer Jung hüpfte anfeuernd um die Kämpfer herum, das Tröten, Tuten, Läuten und Klatschen nahm kein Ende, und getrunken wurde auch noch zwischendurch. Ab und zu flog etwas Keksartiges über die Menge. Karsten konnte nicht erkennen, wer hier mit Gebäck warf, aber es schien dazuzugehören, und überhaupt hatte er aufgehört, sich zu wundern und freute sich stattdessen, als einer der kleinen Klaasohms frech das Wiefke einhakte und mit ihr abziehen wollte. Da hatte er die Rechnung ohne die großen gemacht, die ihn schnell auf die Matte warfen, knufften und pufften, vom Wiefke umtanzt wie Rumpelstilzchen. Karsten erinnerte deren Verkleidung eher an Wrestling, vor allem der roten Nike Turnschuhe wegen, mindestens Größe vierundvierzig, schätzte er, und wegen der haarlosen Maske. Ja, beschloss Karsten, wie ein mexikanischer Comic Wrestler. Er wurde aus seinen Gedanken gerissen, weil jemand neben seinem Ohr in die Tröte blies, was Karsten hasste. Zum Glück fand Marcel ihn just in diesem Augenblick, sonst hätte ihm die Feier fast keinen Spaß mehr gemacht.

"Ey Kaschi lass mal zum Ausgang gehen. Ich bin zwar immer der letzte, der reinkommt, aber ich will nicht der letzte beim Rausgehen sein. Ey komm mal, das geht dann sowieso noch weiter."

"Wie denn, wo denn!?"

"Am D."

Karsten guckte, als würde ihm gleich schlecht werden. Aus Thüringem war er ja alles mögliche an Brauchtümern, Trachtenumzügen und Traditionsweisen gewöhnt, aber auf dieser Insel überstiegen Deutschtümelei und kulturelle Werte seinen Horizont. Also gut, gingen sie halt zum D! Hoffentlich würden da keine Opfer gebracht, junge Mädchen zum Beispiel, die sich verbotenerweise auf die Straße gewagt hatten... Es gab keine Zeit, um zu fragen, die Menge strömte aus dem Betriebsschuppen in Richtung eines Platzes aus drei Straßenendungen im Dorfzentrum, auf dem eine Art gemauerte Litfaßsäule stand. Alle Klaasohms und das Wiefke erklommen die Säule – wie hoch war die, drei Meter?- ließen sich bewundern, prahlten, drohten, machten Stimmung, und warfen sich – Karsten hielt beim ersten Mal die Luft an – mit ausgebreiteten Armen von oben in die Menge. Wie bei einem Rockkonzert, aber das hier war doch eine beachtliche Höhe. Riesige, fliegende Gestalten, unten die wild gewordenen Insulaner. Als letztes flog das Wiefke. Vorher hatte es Kekskrümelwolken aus mitgebrachten weißen Säcken über den Platz geworfen, stäubte mit Mehl aus den Schürzentaschen und wackelte mit den Hüften, bevor es einen richtigen stagediver-Sprung wagte und von den Leuten aufgefangen wurde. War jetzt Schluss?

"Jetzt gehen wir was trinken."

Marcel klang, als hätte er den ganzen Abend noch nichts bekommen, und schleppte Karsten hinter den Lüttje Klaasohm Anhängern her in die "Brasserie".

"Die großen gehen noch richtig fein essen ins "Hotel Rummeni", aber das ist nichts für uns."

Karsten hätte eigentlich nichts gegen einen Imbiss gehabt, aber wenn er jetzt nach Pizza oder Bratwurst fragte, würde er wahrscheinlich gelyncht, oder noch schlimmer, als Badegast verschrien... also gab es nur Flüssignahrung. Ein letztes Bier, schwor sich Karsten, dann musste Schluss sein.

Ab Nikolaus wurde es merklich kälter auf der Insel. Karsten hatte Husten und Schnupfen überstanden, Romy bekam eine

Erkältung, und Frau Blume erschien eines Morgens mit bandagiertem linken Handgelenk, sie wäre ausgerutscht und jetzt würde sie allerhöchstens Staub saugen. Karsten und Romy boten ihre Hilfe an, was ausnahmsweise nicht auf Ablehnung stieß, und so verbrachten sie zu dritt einen anstrengenden Putztag. Nachdem Frau Blume gegen 18 Uhr schlecht gelaunt wieder verschwunden war, pfefferte Romy ihren Putzlappen angewidert in die Spühle, atmete tief ein und aus und begann mit großer Sorgfalt, ein heißes Bad für sich vorzubereiten: Mit Erkältungsölen, Badeschaum und Teelichtern. De luxe. Karsten fühlte sich ebenfalls erholungsbedürftig, aber auf Baden hatte er keine Lust. Er sah auf die Uhr.
"Noch früh."
Gut, dann würde er jetzt eine Runde lesen und danach eine de luxe Dosensuppe kochen.

Manchmal wachte Karsten morgens auf und hatte ohne jeden Grund seinen Seelischen. Fühlte sich vom Leben bestraft, verzweifelte an der Welt, sah weder Sinn noch Verstand, zumindest was ihn betraf. Er dachte in solchen Momenten an die Zukunft und hoffte, sie möge nie beginnen, weil er sich nicht sicher war, was er nach der Abschlussarbeit überhaupt tun sollte, oder wollte, oder konnte, ein schwarzes Loch war diese Zukunft, und wenn er da hineinfiele, wäre sie wohl auch gleich sein Ende! Wenn Karsten mit seinem Seelischen soweit gekommen war, half nur noch Bestrafung: Indem er sich absichtlich noch weiter deprimierte und nach unten zog. Dann konnte er meistens über sich selbst den Kopf schütteln und sein Leben wieder in die Hand nehmen. Mit kurzfristigeren Zielen und konkreten Aufgaben.
Es wehte ein eiskalter Wind, der leider überhaupt keinen Schnee versprach, der alle kahlen Bäume zum Zittern brachte und sogar eiskalt roch. Karsten stapfte grimmig zwischen den Gräbern des alten Friedhofs umher. Über Wollpullover und Kapuzenpullover hatte er noch die große, dunkelgrüne Öljacke angezogen, die den Wind gut abhielt, und fror lediglich an den Knien, die mit einer einzigen Schicht Jeans vorlieb nehmen mussten. Weil niemand

da war, der ihn für irre halten konnte, las er laut die Namen auf den Grabsteinen und kickte vergessene Tannenzapfen über die Wege.

"Edda. Hein. Sönke. Manfred."

Dann stieß er auf den Soldatenfriedhof, den eindeutigen Höhepunkt seiner Selbstdeprimierung. Diese lagen Reihen namenloser Kreuze machten ihn so fertig, wie er es sich gewünscht hatte, und nach einer beklemmenden Schweigeminute riss er sich zusammen und wagte einen Neubeginn. Mit einem Twix, einer nur fast veralteten "Die Zeit" und der "Niedersachsenspost" aus einem Eckladen. Sein Faible für Zeitungen war auf Borkum irgendwie in Vergessenheit geraten, das fiel ihm jetzt auf. Den Rest des Tages verbrachte er außerdem mit dem Fagott, das für die Melodiefolgen seiner Komposition verantwortlich war. Die Arbeit ging gut voran, aber als er zu vorgerückter Stunde neben einer Flasche Rotwein auf dem Wohnzimmerfußboden saß und Akkordeon spielte, so war das nur zum Vergnügen. Er war schon leicht angeduselt, wollte grade die Beine ausstrecken, den Rücken dehnen und mit den Fingern knacken, da kam Romy ins Wohnzimmer. Sie sah merkwürdig aus in ihren Arbeitshosen und mit roten Farbspuren auf den Armen, die Haare hingen ihr vors Gesicht, sie machte den Eindruck eines Blumenstraußes, der in der Vase vergammelt war. Mit wenig Bewegung schloss sie die Tür und lehnte sich an den Türrahmen.

"Hi! Bahnhof Zoo, was ist los?"

Karsten streckte erst das linke, dann das rechte Bein und ließ es angewinkelt stehen. Drückte den Rücken durch und schenkte Rotwein nach.

"Auch?"

Die schlaffe Romyblume klebte weiterhin an der Tür. Als Karsten sich schon fragte, ob sie krank oder sonstwie vergiftet war, bewegte sie sich endlich koordinierter und rieb sich die Augen, fuhr mit den Fingern durchs Haar und pustete angestaute Luft aus. Karsten sah, dass sie geweint hatte, das war eindeutig. Er wollte aufstehen, helfen und trösten, aber sie kam ihm zuvor und war mit drei Schritten bei ihm. Ehe Karsten sichs versah, saß sie hinter ihm, schlang ihm die Arme um den Bauch und drückte ihr Gesicht in seinen Nacken in seine langen Haare. Romy schluchzte und berichtete mit vier abgehackten Worten, ihr Cousin wäre gestorben. Sie hielt sich einfach an Karsten fest, ließ alle Tränen laufen, die da noch laufen mussten, und als sie ruhiger geworden war, presste sie jedes Auge einmal an Karstens Schulter, denn dort war das T-shirt noch trocken, und fühlte sich leer und schwerelos. Karsten auch. Mit einer sich selbst tröstenden Romy an seinem Rücken konnte er rein gar nichts denken, sein Kopf hatte auf Leerlauf geschaltet und bewegen ging sowieso nicht richtig. Abgesehen davon war es nicht unangenehm, umschlungen zu werden. Als hinter ihm alles ruhig geworden war und Romy ihre Augen getrocknet hatte, spielte Karsten weiter.

"Dann mach ich jetzt das einzige, was ich so halbwegs kann."

Sofort machte Romy sich ganz klein, so dass sie ein Ohr an Karsten legen konnte. Platz genug war da, er hatte breite Schwimmerschultern, allerdings ziemlich knochige. Er spielte querbeet und summte unbewusst dazu; nach zehn Minuten hatte er fast vergessen, dass er eine Schwingungsmithörerin hatte, die auch alle seine Bewegungen mitmachte. Die wurden etwas stärker, als er sich daran erinnerte, mal eine Cello-Version von Metallica Songs gehört zu haben, und nun etwas ähnliches mit dem Akkordeon versuchte. Das funktionierte gut, machte Spaß und war auch ein würdiger Schlusspunkt. Wohlig aufatment ließ Romy ihn los und lehnte sich zurück gegen die Wand, wo sie an die Gardine kam und kräftig nieste. Karsten kicherte. Jetzt musste er sich aber wirklich mal die Beine vertreten! Er schob das Akkordeon weg und kam ächzend hoch.

"Boah jetzt muss ich 'ne Runde raus. Und du?"

Romy saß getröstet, gefasst und sogar relativ fröhlich auf dem Boden und verkündete, sie würde jetzt Pizza machen.

"Oh, sowas kannst du?"

"Ich kann selbst bele-gen."

Grinsend zeigte Karsten ihr thumbs-up und versuchte mal, "selbst" genauso akzentuiert auszusprechen wie sie. Selbst-belegte Tiefkühlpizza also. Genau das richtige. Aber erst eine Runde laufen, und zwar einmal um den neuen Leuchtturm herum. Dabei dachte er an Romy, die so ganz anders als alle Mädchen war, die er bisher kennengelernt hatte. Alleine, dass sie so wenig sagte und stattdessen mehr handelte. Anstatt lange herumzureden nahm sie sich einfach, was sie brauchte - eigentlich ziemlich dreist, schlussfolgerte Karsten. Oder direkt, könnte man auch sagen. Entweder man bekam alles, oder gar nichts. Und das eben im Wohnzimmer war ja wohl eine Alles-Aktion gewesen. Karsten ging jede Wette ein, dass Romy noch diese Nacht oder morgen einen ihrer hyperkreativen Malanfälle haben würde, so wie jedesmal, wenn sie seine Schallwellen und musikalischen Schwingungen aufgesogen hatte. Karsten brummte empört.

"Die saugt mich aus, die zapft mich an! Bin ich so'ne Art Tankstelle oder was."

Mit zwei Schritt Anlauf schoss er ein Steinchen über die unbefahrene Straße.

"Na egal."

Außerdem fühlte es sich schön an, wenn man trösten konnte, und das auch noch mit Körperkontakt. Als er wieder nach Hause kam, roch es im Polizeirat nach Studentenbude. Billigpizza mit eigenem Belag. Karsten ließ Schuhe und Jacke in der Waschküche, dem kleinen Raum am Hintereingang, wo sich auch die Heizanlage befand, und setzte sich an den Küchentisch. Romy leuchtete mit einer Tachenlampe durch das Glas der Ofenklappe, was Karsten lustig fand, aber dieser Backofen hatte kein Licht, was sollte man da machen?

"Noch fünf Minu-ten."

Sie setzte sich Karsten gegenüber und begann, mühsam von ihrem Cousin zu erzählen. Sie schaffte es, nicht zu weinen, und anschließend konnten sie sich mit Pizza ablenken.

"Und wie sind deine Eltern?"

Karsten fand, es könnte nicht schaden, sich auf Weihnachten einzustimmen. Es fehlten nur noch zweieinhalb Wochen, und ihm war überhaupt nicht weihnachtlich zumute.

"Okey. Gut. Papa ist Kinderr-arrzt und meine Ma hat ei-nen Biola-den. Du?"

"Na ich hab ja meinen Bruder eingeladen."

Karsten verdeutlichte das mit Telefonhörergesten.

"Der ist jünger als ich und voll das Karrieretier. Bei der Deutschen Bank. Aber cool drauf, und seine Freundin ist auch okey."

Romy schob ihm Stift und Papier über den Tisch, und Karsten schrieb: Mein Bruder (25), Karrieretier, Deutsche Bank, Freundin ok. Und als Zusatz noch: Weihnachten =?

Nachdem sie den Rest aus der Rotweinflasche geteilt hatten, waren ihre Überlegungen bei einem kleinsten gemeinsamen Nenner angelangt, was Weihnachten betraf. Beide hielten sie Kekse, und zwar selbstgebackene, Kerzen und einen Weihnachtsbaum für absolut unerlässlich. In Sachen Menüplanung gingen die Meinungen auseinander, aber bei zehn neuen Mitbewohnern würde bestimmt ein Hobbykoch dabei sein, der sich darum kümmern würde. Karsten war guter Dinge, was ihre Planung betraf.

"Ich bin Thüringer, also kann ich backen. Morgen gehts los."

Romy nickte lächelnd.

"Morgen kau-fe ich Ker-zen."

Sie fühlten sich wie Weihnachtswichtel.

Zwei Tage, bevor Olli mit Frau und Enkelin antanzen würde, gab es für Romy dann allerdings einen herben Schlag ins Kontor der weihnachtlich-friedlichen Glücksgefühle. Sie war mit Sören zum Weihnachtsmarkt der Borkumer Grundschule gegangen, wo sie hoffte, ein bisschen Christbaumschmuck für das noch gänzlich grüne Tännchen zu bekommen, das sie und Karsten günstig erstanden und in einen selbstgebastelten Ständer gesteckt hatten. Klein und etwas schief stand es auf dem Schreibtisch im Wohnzimmer und schien vorwurfsvolle Blicke auszusenden, weil sie im Polizeirat einfach nicht die Schachtel mit Schmuck und uraltem Lametta finden konnten, von der Olli ihnen erzählt hatte. Nun war Romy also unterwegs zum Weihnachtsmarkt, zusammen mit Sören, der gerne Arm in Arm mit ihr ging und eine grässliche, mit grünem Glitzerplastik umkränzte falsche Sonnenbrille trug.

Als Romy wiederkam, tobte sie fast vor Wut. Karsten zog gerade ein Blech mit Zimtsternen aus dem Ofen, da knallte sie mit der Hintertür und fegte durch die Küche in die Veranda, wo sie sich bäuchlings aufs Sofa warf und sich nicht mehr regte. Karsten stand da, mit Schürze um und Blech in der Hand, und betrachtete die Dreckspur, die Romys nasse Schuhsohlen in der Küche hinterlassen hatten.

"Tja."

Dann schob er die letzte Ladung Sterne in den Ofen, hängte die unmännliche Schürze weg und ging mal gucken, was passiert war. Folgendes nämlich, wie er mit einigem Geduldsaufwand aus Romy herausbekommen konnte: Auf dem Weihnachtsmarkt hatte sie mit Sören erstmal einen Grog getrunken und ihn dann aus den Augen verloren, ihre Schuld, weil sie sich nicht von den Wichteln aus Sektkorken losreißen konnte, die winzige, gestrickte Pudelmützen trugen und sich leider überhaupt nicht als Christbaumschmuck eigneten. Und dann war da der Zivi aus dem Altenpflegeheim gewesen, der sie ansprechen wollte, was sie nicht gemerkt hatte. Der eigentlich ganz toll aussah, was sie zu spät erkannt hatte. Der dann nochmal auf sie zugekommen war und so richtig bescheuert geguckt hatte, als Romy ihm nach Kräften und Gutdünken geantwortet hatte. Da war sie weggerannt, war sauer, wütend, alles zum Kotzen (diese Geste kannte Karsten schon vom Minigolf), sie ein Versager, hoffnungsloser Fall, Romy schnitt sich mit dem Handrücken die Kehle durch.

"Nana. Ist der Typ nicht vielleicht ein Idiot?"

Karsten versuchte, sich jemand gut aussehenden vorzustellen, der Romy verdiente, aber es gelang ihm nicht. Außerdem schien er daneben zu liegen.

"Nein der war schnieke."

Romy guckte schicksalsergeben und erbost gleichzeitig.

"Ich klinge kacke."

Karsten lachte laut los, er konnte nicht anders. Na wenigstens hatte Romy sich wieder gefasst und grinste ihn an.

"Du vers-tehs-t mich wieso?"

Sie begleitete die Frage mit Zeichen, sonst wäre ihre Version von verstehst eben nicht zu verstehen gewesen.

"Na ich weiss doch, dass du taub bist."

Karsten hielt sich die Ohren zu und zuckte mit den Achseln, was aussah, als wollte er mit den Ellenbogen flattern, und Romy erklärte ihm vorsorglich das Zeichen für taub.

"Ah ja."

Karsten stellte es sich ziemlich nervig vor, allen Leuten als erstes immer an den Kopf werfen zu müssen, was Sache war - "Übrigens Leute, ich bin taub. Okey was wolltet ihr sagen?" - total nervig, aber total. Das blockte doch alles ab, bevor ein Gespräch überhaupt anfangen konnte, oder etwa nicht? Olli und er hatten ja allerdings kein Problem mit Romy gehabt.

"Ich glaube, dein schnieker Zivi war doch ein Idiot."

Karsten fühlte sich über alle anderen Romykontakte erhaben, *er* verstand sie schließlich. Jetzt war die Reihe an ihr, mit den Achseln zu zucken, und leicht niedergeschlagen pfriemelte sie einen goldenen Metallpapierstern aus ihrer Jackentasche, den sie glatt strich und triumphierend hoch hielt. Mit Tesafilm klebten sie ihn an die Spitze ihres Weihnachtsbäumchens und waren zuversichtlich, dass Olli diese Minimalbeschmückung schon noch aufpeppen würde. Dann roch es zimtig, und Karsten löste sich aus der besinnlichen Baumbetrachtung und rannte in die Küche. Dort hing er noch bis in den späten Nachmittag fest, werkelte mit Zuckerguss und Vanillieplätzchen, wischte, rührte und räumte danach sogar in der Speisekammer auf, wo er ein leicht vergilbtes Kochbuch von 1920 fand, auf dessen letzten leeren Seiten von Hand mehrere Kriegsgerichte aufgeschrieben waren: Kriegswaffeln, Kriegskuchen, Kriegsgebäck, falscher Honig, falsches Marzipan, Kürbismarmelade statt Honig, schmackhaft und billig. Aber hier, gleich im Anschluss, was hatten die Filetsteaks Wellington und der Segelclubtoast bei den Kriegswaisen zu suchen? Karsten hatte sich im Datum verguckt, die Steaks waren von 1972, da gings wieder opulenter zu... Ob er morgen noch das Kriegsgebäck machen sollte? Doch halt, das war mit zweihundertfünfzig Gramm gekochten, geriebenen Kartoffeln – Karsten klappte das Buch zu.

"So'n Quatsch."

Außerdem wäre er jede Wette eingegangen, dass Ollis liebe

Ehefrau Kekse mitbringen würde, er hatte das so im Gefühl. Und grade jetzt sagte es ihm, dass ein Besuch des Wellenbades das richtige wäre, wie so oft. Er ging Romy suchen, die sollte auch schwimmen gehen. Solange nur nicht der Zivi aus den Wellen auftauchte!

Zwei Tage später saßen Karsten, Romy und Ollis Enkeltochter Katja am Küchentisch, und Karsten wunderte sich, dass er pötzlich gar nichts mehr zu sagen hatte. Olli und seine Frau Emma hatten komplett das Kommando über Haus und Bewohner übernommen, verteilten Gepäck und Wäsche, Vorräte und Mitbringsel in allen Zimmern und Ecken, aber auf die drei großen Keksdosen hatte Karsten ein Auge. Sein Gefühl hatte ihn nicht getrogen, Emma hatte sehr viel gebacken und mitgebracht, wie sich das für eine richtige Großmutter gehörte, fand Karsten. Er hatte die Arme um den Dosenberg und den Kopf darauf gelegt, während Romy und Katja das Treiben im Polizeirat beobachteten und nebenbei Schmetterlingsschwarm spielten. Katja konnte nämlich Gebärdensprache. Wahlfach in ihrer Schule. Allerdings schien es diverse, lustige Missverständnisse zu geben, denn Katja "sprach" uruguayische Gebärdensprache. Einmal muste Karsten sich dann doch einmischen, er war neugierig geworden.
"Wieso Uruguay?"
"Wir wohnen da."
"Aber wieso?"
"Es ist schön da."
Katja blickte Karsten unverblümt an, sie hatte einfache Antworten auf einfache Fragen. Olli wusste auch Bescheid.
"Luis Suarez kommt aus Uruguay!"
"Ach Opa lass doch den Fußballer!"
Katja interessierte sich viel mehr für Kunst, da war sie bei Romy an der richtigen Adresse, und beide hoben wieder die Hände und gebärdeten sich international, alldieweil Karsten seine Schätze in Dosen liebevoll in die Speisekammer brachte.
Jetzt fehlte nicht mehr viel bis Weihnachten, für das noch einiges vorbereitet werden musste. Mit vereinten Kräften schafften sie es, alle Gästezimmer bezugsfertig zu machen, wobei Katja sich

um die Musik kümmerte. Sie war ausgerüstet mit Handy, bluetooth Lautsprecher und pendrive und beschallte den Polizeirat während der Vorbereitungen mit einem Uruguay Remix, obwohl Oma Emma darüber jammerte, das wäre ja überhaupt nicht weihnachtlich, aber ihre Enkeltochter vertröstete sie auf später, Besinnliches käme noch früh genug, bei dem traurigen, deutschen Weihnachtsgedudel würde sie depressiv und dann könnte sie unmöglich staubsaugen und Betten bauen. Da schwieg ihre Großmutter und steckte ein Hähnchen in den Ofen. Die Mannschaft musste schließlich versorgt werden, und diese jungen Leute waren auch ständig hungrig – sie sang leise "Herbei oh ihr Gläubigen", nur für sich.

Zusammen mit Karstens Bruder, dessen Freundin und Romys Eltern kam ein Lehrerehepaar aus Emden auf Borkum an, befreundete Stammgäste, um die fünfzig beide, sportlich und irgendwie hippiemäßig angehaucht, und nur eine Fähre später erschien ein weiteres Ehepaar mit Kindern, das von Olli, Oma Emma und Katja überschwenglich begrüßt wurde. Katja zog sofort mit der anderen siebzehnjährigen ab, die sie von früher kannte, und die bei ihr im Holzzimmer schlafen sollte, und der fünfzehnjährige Bruder schleppte bereitwillig alle Taschen und Rucksäcke in Zimmer 6, er hatte sowieso keine Lust auf das Begrüßungsgelaber der Erwachsenen. Zimmer 6 hatte ein eigenes, schönes Badezimmer, den einzigen Balkon des Hauses und davor ein Wohnzimmerchen, auf dessen Sofa er dann wohl schlafen würde. Er machte Probeliegen, setzte sich Kopfhörer auf und war froh, ein paar Minuten lang seine Ruhe zu haben. Dass es ein Stockwerk unter ihm alles andere als ruhig war, bekam er überhaupt nicht mit. Olli hatte eben alle gebeten, sich wie zu Hause zu fühlen, sie wüssten ja auch Bescheid, Oma Emma und die Hippielehrerein deckten den maximal ausgezogenen Abendbrottisch in der Veranda, Romy und ihre Eltern bliesen Luftmatratzen auf und Karsten betrachtete leicht schaudernd die Isomatte, die sein Bruder ihm mitgebracht hatte, da klingelte es an der Haustür. Jemand hatte den Drehklingelknopf gefunden, und Karsten, der dem Eingang am nahsten war, ging mal gucken, wer da unerwarteterweise Einlass verlangte.

Draußen stand ein zu dünn angezogener junger Mann mit rundem, braunem Gesicht und fragte in stockendem Deutsch nach Katja.

"Ja Moment, ich hol sie."

Karsten lief los zur Trepe. Er konnte ja schlecht durchs ganze Haus brüllen, also musste er jetzt bis ins Dachgeschoss hochsteigen. Olli rief ihn aus der Küche, er hatte gerade Bier aus dem Keller geholt.

"Wer is?"

"Bekannter von Katja."

"Ach so."

Gut, wenn Olli sich nicht wunderte, wunderte Karsten sich auch nicht. Katja aber doch. Dann fiel es ihr ein.

"José! Pobrecito!"

Sie stürmte die Treppen nach unten.

Beim gemeinsamen Abendbrot wurde dann allen einiges klar. Nicht nur, dass der Polizeirat jetzt wirklich voll belegt war, die Mutter von Katjas Freundin keinen Alkohol trank, die Heizung reguliert werden musste und bei Tisch aus sozialen Kommunikationsgründen die Handys am besten verboten würden – nein, außerdem erzählte Katja so kurz es ging von José, auf den alle sehr neugierg waren, was den Armen total einschüchterte. José kam aus Bolivien, studierte ein Auslandsjahr in Bremen und hatte eigentlich einen Job im CVJM antreten wollen, die Weihnachtsferien über, aber dort hätten sie ihn nicht mehr gewollt, ein Argentinier war bereits vor Ort und hatte ihn rausgeekelt, und weil Katja, die er auf der Fähre kennengelernt hatte und die ja ebenfalls Spanisch sprach, ihm die Borkumer Adresse ihres Opas gegeben hatte, für alle Fälle und überhaupt, war er halt hingegangen und hatte geklingelt. Katja, die ein Wunder an Sozialbewusstsein und Kontaktfreudigkeit war, stellte Opa Olli und Oma Emma vor vollendete Tatsachen.

"Wir können ihm doch helfen! Stellt euch vor, man würde euch auf die Straße setzen, wo ihr das gar nicht kennt! Das ist doch auch ein ganz Netter. Oder etwa nicht?"

José, der einigermaßen gut Deutsch konnte, schließlich studierte er, war Katjas Erklärung etwas unangenehm, deshalb beeilte er sich, bei allem seine Hilfe anzubieten, und er könne auch eine ganz kleine Miete für die Unerkunft zahlen -

"Na soweit kommts noch!"

Olli und Emma hatten sich im selben Atemzug empört, was nicht oft vorkam, aber da sie sich nun so einig waren, strahlte Katja beide glücklich an und stellte fest, dass ja aber gar kein Bett mehr frei wäre. Olli sah kein Problem.

"Da ist noch die Mädchenkammer. Die ist nur'n büschn kalt, oben unterm Dach."

"Er kann eine Wärmflasche mit ins Bett nehmen."

Oma Emma kümmerte sich einfach gerne um andere, und damit war alles geregelt. Die Mädchenkammer war ein winziger aber komplett eingerichteter Raum mit Dachfensterchen, in dem früher die Lehrmädchen untergebracht waren, die meisten vom Festland kamen und in einem großen Gästehaushalt lernen und arbeiten sollten. Wenn jetzt noch jemand geklingelt und um Hife gebeten hätte, hätte man ihr oder ihm nur noch das Notlager anbieten können, hinter einem Vorhang im Stiegenhaus zwischen Holzzimmer und Mädchenkammer, wo man zur absoluten Dachspitze hochklettern konnte.

José und der Emder Lehrer übernahmen den ersten Abwasch, Oma Emma setzte sich auf einen Stuhl neben der Küchenanrichte, falls sie doch noch gebraucht würde, und so nahmen die Weihnachtsferien in der erstaunlich gut organisierten, bunt zusammen gewürfelten WG ihren Lauf. Für Romy war es schwierig, in einer großen Runde dem Gespräch zu folgen, aber sie war erstmal froh, ihre Eltern da zu haben und kümmerte sich wenig um den Rest. Wenn sie etwas verstehen wollte, verstand sie es auch, und ansonsten war es egal. Sie bot ihrer Mutter das Bett in Zimmer 4 an, aber die meinte, sie würde gerne mit ihrem Mann im Atelier campen, das wäre ein Abenteuer für sie beide, aber falls sich der Rücken meldete, käme sie auf das Angebot zurück. So war Karsten der einzige, der im Polizeirat nicht gut schlief, obwohl er sein Isomattenlager noch mit einer Wolldecke abgepuffert hatte und der ebenfalls mitgebrachte Schlafsack sogar frisch gewaschen war. Er war halt doch nicht so hart im Nehmen, wie er gedacht hatte, und brauchte drei geschlagene Nächte, um sich an die harte Lage zu gewöhnen. In der dritten Nacht schlief er allerdings auch deshalb gut, weil er sich mit warmem Bauch und leicht angetrunken hingelegt hatte, genauso wie die anderen Herren der Schöpfung: Die Männer hatten nämlich gekocht, und zwar Glühwein. Olli hatte behauptet, das würde ein Spaß werden, und einen Primuskocher auf den Mauervorsprung am Hintereingang gestellt, wo die Mülltonne ihren Platz hatte und der Gartenschlauch an der Wand hing. Er hatte vier Flaschen Rotwein in einen Topf gegossen, und Karsten, sein Bruder, der Emder Lehrer, Romys Vater, der Vater von Katjas Freundin, sein Sohn und José hatten in der Küche nach Zutaten gesucht, und dann hatten sie eifrig gekocht und gekostet, bis ihnen gar nicht mehr kalt war und der Glühwein auch immer besser schmeckte. Bei der letzten Runde, die Olli mit einer Schöpfkelle austeilte, waren sie sogar neun statt acht, denn ein freundlicher Borkumer hatte sich unbemerkt dazugesellt, aber das störte niemanden. Im Gegenteil. Und am nächsten Tag war Weihnachten.

Endlich konnte das schiefe, mickrige Bäumchen in gebührendem Glanz erstrahlen, denn die Schachtel mit Schmuck war wider Erwarten in der Kommode mit der Mädchen-Gans-Skulptur aufgetaucht, und Katjas Freundin hatte noch eine Girlande aus Papierringen gebastelt. Nur für echte Kerzen war das Bäumchen zu schwach, die Zweige bogen sich nach unten, weshalb José fachmännisch eine dünne Lichterkette anbrachte. In Südamerika nähmen sie immer nur Lichterketten, versicherte er, und so fanden die Kerzen halt Platz auf allen Tischen, das sah genauso festlich aus. Karsten spielte Weihnachtslieder auf dem Klavier, die Mutter von Katjas Freundin lernte bei ihm, froh darüber, mal gar nichts bestimmen oder planen zu müssen, und Romys Vater saß friedlich lesend in einem der Erkersessel und sang leise. Sie bekamen mit halbem Ohr mit, dass in der Küche fleißige Gourmethände am Werk waren, ab und zu roch es schon ganz gut, wenn jemand die Tür auf machte. Karstens Bruder und seine Freundin fanden Zimmer 5 und das Single-Bett wahnsinnig gemütlich, aber sie hatten sich auch nützlich gemacht und Ollis Getränkevorrat großzügig aufgestockt. Sehr großzügig waren sie gewesen und danach sofort wieder ins Bett gegangen. Man hörte

Radiomusik, wenn man an ihrer Zimmertür lauschte. Romy und Katja saßen im Schneidersitz auf dem Esstisch und polierten einen Haufen altes Besteck, während Vater und Bruder der Freundin die Veranda feudelten und Blumen gossen. José hockte bei Oma Emma, Romys Mutter und der Hipielehrerin in der Küche und machte Kartoffelsalat – als Bolivianer hatte er einfach Ahnung von Kartoffeln. Olli und der Emder Lehrer waren spazieren gegangen. Um 18 Uhr war Gottesdienst, um 18:30 Uhr fegten eiskalte Graupelschauer über die Insel, noch etwas später war Bescherung, am aufwendig gedeckten Esszimmertisch fanden alle mit etwas gutem Willen und eingezogenen Ellenbogen Platz für das Weihnachtsmenü, die Kerzen leuchteten, das Bäumchen blinkte, und Karsten fand, dass er noch nie ein so geselliges Weihnachtsfest erlebt hatte. Die unter dreißigjährigen übernahmen den Abwasch.

Nach diesem Muster verliefen auch die Tage bis Jahresende. Jeder tat, was er wollte und machte sich nützlich. José war dabei zum Liebling aller geworden, er wusste selbst nicht, wie es dazu hatte kommen können, er war einfach nur da, freundlich und übergewichtig, und alle liebten sie ihn, sogar die Freundin von Karstens Bruder, die eigentlich sein komplettes Gegenteil war, aber nachdem sie einmal zusammen Brötchen gekauft hatten, war sie ihm verfallen.

Der Morgen des 31. Dezember begann kalt, windstill und neblig. Wer konnte, blieb im warmen Bett liegen, nur die Kühe und Schafe guckten aus den Ställen und schnupperten sehnsüchtig nach den saftigen Ostlandwiesen. Und Romy war wach. Dick eingemummelt versuchte sie, die Tür zum Atelier leise aufzumachen, was schwierig war. Ihr Vater grinste sie von seiner Luftmatratze aus an und nickte. Bei Familie Jakobs war die Wanderung von Vater und Tochter am Sylvestermorgen Tradition. Romy füllte eine Thermoskanne mit Tee und packte Kekse in eine Tupperdose. Fünf Minuten später gingen sie los, es war still und schön auf Borkum. Karsten seinerseits war glücklich, als er aufwachte, und wusste gar nicht, wieso. Auf Zehenspitzen schlich er ins Badezimmer und weiter in die Küche, wo er José traf, den die Kälte aus der Mädchenkammer vertrieben hatte und der nun Kaffee kochte. Er hatte einen Turm aus Thermoskanne, Melitta Porzellanfilter und Filtertüte gebaut und goss mit Bedacht kochendes Wasser nach. Karsten wurde es ganz warm ums Herz, so gut duftete der Kaffee. Er öffnete eine von Oma Emmas Keksdosen, stellte seinen holländischen Lieblingsradiosender ein, und beide frühstückten am Küchentisch. Josés Wärmflasche stand kopfüber in der Spühle.

Im Laufe des Vormittags wurde es dann kontinuierlich lauter, ausgelassener und chaotischer im Polizeirat, denn Katja war zwar spät, dafür aber hyperaktiv aufgestanden und steckte alle mit ihrer deutsch-südamerikanischen Energie an. Sämtliche Hausbewohner machten sich schön, bereiteten Essen vor, duschten, bügelten, tanzten, machten Gymnastik, musizierten, dekorierten und tranken. Olli erklärte Karsten den Sinn und Zweck eines "Elführtje", und stieß mit allen, derer er habhaft werden konnte, mit Sekt an, und erwähnte nebenbei zwei Platten Canapees, die er eigenhändig in die Veranda gestellt hätte. Das erste Elführtje-Prosit löste eine Kettenreaktion aus, und gegen 15 Uhr brauchten die meisten Bewohner und Gäste ein Erholungsschläfchen, aus dem sie pünktlich zu Kaffee, Keksen und Berlinern erwachten und Katja die Musik wieder etwas lauter drehte. Sie hatte im Musikzimmer die LPZ-Kassette und einige interessante Dixie-Aufnahmen gefunden, die auch Eltern und Großeltern zusagten. Romy trug ihr blaues Kleid und darüber eine alte, weiße Marineuniformjacke, die sie von Olli bekommen hatte. José hatten den ebenso alten Marinepullover geerbt. Beide saßen sie vor dem Fernseher und guckten "Otto, der Film", obwohl sie nicht alles verstanden, aber die Freundin von Karstens Bruder hockte zwischen ihnen auf dem Fußboden und kicherte für drei. Romy und José knabberten Kartoffelchips, ab und zu reichten sie die Tüte nach unten und krümelten der Freundin auf die Frisur. Romys Mutter saß seit einer Weile mit Karsten in der Veranda, wo es ungewönlich ruhig war.

"Wie heißen Sie eigentlich mit Nachnamen, Karsten?"

"Teepe."

Grinsend schüttelten sie sich über den Ecktisch hinweg die Hände.

"Frau Jakobs..."

"Wir können auch du sagen, ja? Ich bin Franziska."

"Ja gut!"

"Ob dus glaubst oder nicht, Karsten, Romy hat uns viel von dir erzählt. Du musst wirklich jemand ganz besonderes sein."

"Wie denn erzählt."

Karsten war es ein bisschen warm geworden.

"Na ich werde doch meine eigene Tochter verstehen!"

Nach einer Sekunde Bedenkzeit entschied Karsten, dass er nicht wissen wollte, was Romy von ihm erzählt hatte, aber über Romy wollte er gerne reden, das war viel interessanter.

"Ich finde, Romy ist auch jemand ganz besonderes. Wie hat sie das hingekriegt, so nach dem Unfall, mit der Schule, mit allem?"

Karsten hatte gefragt, und Frau Jakobs erzählte. Er war ein guter Zuhörer. Draußen war es längst dunkel geworden, Olli war in der Sofaecke schräg gegenüber eingeschlafen, als Meister des erquickenden Kurzschläfchens ging das bei ihm immer schnell. Aus dem Wohnzimmer hörte man Lachen und aus der Küche laufendes Wasser, und Karsten musste Frau Jakobs unterbrechen.

"Moment, du meinst, das ist operierbar und sie will nicht?!"

"Sie will nicht. Kann man nichts machen. Ein stures Kind."

Karsten schüttelte den Kopf. Na da würde er bei Gelegenheit mal nachhaken. Aber auch jetzt ergriff er die Gelegenheit beim Schopf, um einen Zweifel zu beseitigen.

"Und was ist eigentlich Romys Problem mit Fahrrad fahren? Kann sie das nicht? Mag sie nicht?"

Frau Jakobs schnaufte.

"Mag sie nicht. Das kommt von dem Unfall. Seit dem Unfall ist sie nie wieder Fahrrad gefahren. Na ja, kann man ja auch verstehen. So...!"

Sie stand auf und verschwand kurz in der Küche. Geich darauf kam sie mit einer Flasche Weißwein wieder.

"Karsten tust du mir einen Gefallen? Spielst du ein bisschen Akkordeon? Ich würde gerne hören, wovon Romy so schwärmt."

"Ja okey."

Also holte er das Instrument in die Veranda und Frau Jakobs setzte den Korkenzieher an. Schon nach fünf Minuten musste sie

Nachschub holen, denn ihre Runde hatte sich beträchtlich erweitert. Nicht nur war Olli putzmunter aufgewacht, auch Oma Emma, Katjas Freundin und Familie sowie Karstens Bruder hatten sich eingefunden, reichten Käsehäppchen herum, knabberten Salzstangen, hatten Durst und verlangten nach Liedern, die man mitsingen könnte. Karsten, der Alleinunterhalter, grinste boshaft.

"Shantys?"

Aber er hatte die Rechnung ohne den Vater von Katjas Freundin gemacht.

"Kennst du "The Galway Races?" Da kann ich den Text."

Seine Frau und alle anderen sahen ihn staunend an, da zuckte er nur die Schultern.

"Tja, das hättet ihr nicht gedacht, was?"

"Sing mal leise die Melodie, dann hab ichs gleich."

Karsten setzte sich mit dem mutigen Vorsänger zusammen und ließ das übrige Publikum im Stich, das sich sowieso grade wie eine ausgehungerte Meute auf den Räucherlachs stürzte, den das Emder Lehrerpaar hereintrug. Katja kam hinter ihnen her in die Veranda. Sie eckte überall an, weil sie in ihr Handy starrte, das sie auf halber Armlänge vor sich hielt. Sie machte ein Whatsap-Video für ihre Schwester in Uruguay, bei der es schon Mitternacht geworden war. Fünf Stunden Zeitunterschied. Ob Gesangsprobe oder nicht, sie quetschte sich neben Karsten auf die Bank und drehte das Handy um, damit sie auch mal den Raum filmen konnte. Karsten hörte eine aufgeregte, spanische Stimme, während er sich auf die Bassakorde konzentrierte, die klappten noch nicht ganz. Katja hatte nur Augen für den Monitor, und jetzt hatte sie Karsten doch abgelenkt. Sie sagte "Hey Pupsi" zu dem Supermodel, das auf dem Bildschirm zu sehen war und sie anlachte.

"Hey Kuki!"

"Hier ist Musik, ves?"

Katja brachte Karsten mit ins Bild, der sich bemühte, modelgerecht zu grinsen, woraufhin "Qué tocan?" in Uruguay gefragt wurde, "De todo" lautete Katjas Antwort, sie machte sich auf den Weg, um die Videotour fortzusetzen. "Pasame con Oma!" Also gab sie das Handy an die Verlangte weiter und nahm sich Lachs, und außerdem waren die "Galway Races" jetzt aufführbereit. Der Vater von Katjas Freundin trank schnell noch sein Glas leer.

Bis Mitternacht taten sie das alle, und zwar des öfteren. Warfen Knallerbsen aus den Atelierfenstern. Liefen planlos an die Strandpromenade. Guckten "Dinner for one". Wärmten sich in der Küche mit Spezialgulaschsuppe auf. Schleppten José auf ein Bier ins "Ei". Machten Bleigießen. Tanzten mit Wunderkerzen im Garten. Und dann fehlte nur noch eine Stunde bis zum Neuen Jahr, und Katja kam auf die unselige Idee, Tat oder Wahrheit zu spielen.

Karsten stand vor dem Waschbecken mit dem kranken Fisch und guckte in den Spiegel, aber er sah sich nicht. Da stand jemand mit Schnurrbart und rasiertem Schädel, ein verkaterter, gestörter Strafarbeiter – Karsten blekte die Zähne, der Sträfling auch, und dann setzte er sich erstmal aufs Klo, um sich zu besinnen. Er wünschte, es wäre etwas wärmer auf dieser Toilette. Was war gestern geschehen? Sein Bruder, der wars gewesen, der hatte ihm die Haare abgeschnitten und anschließend das Stoppelfeld rasiert. Jemand anderen hatte Karsten nicht an sich herangelassen, obwohl, der Bart – das war Josés Werk, der gestern gegen Mitternacht als einziger noch relativ nüchtern gewesen war. Aber warum...? Sie hatten gespielt, richtig... Karsten grinste, als er daran dachte, wie Katja als allererste verloren und ihre Strafe bekommen hatte! Er lachte leise und drückte die Klospühlung. Wusch sich die Hände und das Gesicht, traute sich auch, mit den Händen über den Schädel zu fahren, und ging zurück ins Musikzimmer, um sich richtig anzuziehen. Fast überall im Haus war es noch still, deshalb machte er sich ganz leise eine Kanne Tee und flezte sich gemütlich in den zerknautschten Sessel neben der Anlage. Die Türen zum Flur und zum Wohnzimmer durften offen sein, da war er nicht so abgeschottet. Nach der ersten Tasse wusste er dann auch wieder, wen es gestern noch erwischt hatte – wenn er sich nicht schwer täuschte, müsste der Bruder von Katjas Freundin ebenfalls kahl sein, und der Emder Lehrer war wahrscheinlich grell geschminkt ins Bett gegangen.... Karsten lachte vergnügt. Herrjeh der hatte ausgesehen wie einer Travestieshow entsprungen! Das kam davon, wenn man nicht die Wahrheit sagen wollte und stattdessen "Tat" wählte, um dann kläglich zu versagen... Der Emder Lehrer hatte es nicht geschafft, mit José Tango zu tanzen, er konnte das einfach nicht und war bestraft worden... na gut, er selber hatte auch nicht besser abgeschnitten, als von ihm verlangt wurde, vom Wohnzimmer ins Esszimmer zu gelangen, ohne den Boden zu berühren! Wie ein verunglückter Amateurtarzan hatte er am Oberrahmen der Schiebetür gehangen und einfach nicht den Übergang zum Telefontischchen geschafft.

"Na ja."

Hatte er nicht sowieso mit dem Gedanken gespielt, alles abzuschneiden?

"Schtó paséjisch, tó paschnjósch."

Er zog sich den Kapuzenpullover über, Kapuze auf, der Wärmeverlust über den Kopf wurde immer unterschätzt, und grüßte seinen Bruder, der eben durch den Flur zur Toilette schlich.

"Schtó paséjisch!"

Der starrte ihn an.

"Mein Gott wie siehst'n du aus!"

Karsten lachte schon wieder. Er konnte sich gut vorstellen, dass Kapuze und Schnurrbart keine gute Kombination war.

Es dauerte noch Stunden, bis alle im Haus zur Normalität übergegangen waren und die Opfer des letzten Abends gebührend bestaunt und bemitleidet hatten. Der Emder Lehrer hatte sich wirklich ohne Abschminken schlafen gelegt und war dementsprechend verschmiert aufgewacht, Katja hatte feststellen müssen, dass die Schrift auf ihrer Stirn -FRONTAL- doch nicht mit Filzstift sondern mit Edding gemacht worden war, und der Bruder von ihrer Freundin weigerte sich standhaft, seine Mütze abzusetzen. Romy legte ihre Hände auf Karstens Kopf.

"Wo sinn die Haare?"

"Oh!"

Karsten grinste sie erstaunt an.

"Keine Ahnung!"

Tatsächlich blieben seine abgeschnittenen Haare unauffindbar, obwohl es ein dicker Zopf gewesen war. Romy guckte verschmitzt, ihre Augen funkelten, sie legte ein Ohr an seinen kratzigen Schädel.

"Haaahaha. Sehr witzig."

Dann lachten beide richtig, der eine bassig, die andere lautlos.

Eigentlich hätte es an diesem 1. Januar ein allgemeines Aufräumen, Abwaschen und Partyspurenbeseitigen geben müssen. Eigentlich hätten sie alle noch müde und leicht angeschlagen sein können. Aber das Gegenteil war der Fall. Merkwürdig gutgelaunt waren die Polizeiratsbewohner, von Olli, der Brötchen auftoastete, bis Romys Mutter, die schnell im Wohnzimmer staubsaugte. Katja lag grade auf dem Verandalinoleumboden und ließ sich von ihrer Freundin die Stirn mit Nagellackentferner bearbeiten, als Karstens Bruder und José von einem Erkundungsgang zurückkehrten. Es war Punkt 13 Uhr.

"So Leute ich mach das jetzt!"

Nach Beifall heischend sah sich Karstens Bruder um und zeigte nach draußen, wo ungewöhnlich viele Fußgänger die Straße hoch zum Strand pilgerten. Nur bei Olli fiel der Groschen.

"Du willst zum Anbaden?!"

"Ja ich mach da mit, hab mich schon angemeldet."

"Na das wollen wir doch sehen!"

Startschuss war um 14 Uhr, bis dahin schafften es alle, sich warm anzuziehen und Karstens Bruder mindestens einmal bibbernd anzustarren. Das Borkumer Neujahrsbaden – Karsten fand sein eigenes kaltes Bad Ende Oktober völlig ausreichend, und er erinnerte sich mit Genugtuung daran. Aber sein Bruder war schon immer der sportlichere von ihnen gewesen, dem alles glückte und leicht fiel, der im Weg liegende Steine einfach zur Seite kickte und und mit vollem Einsatz nach vorne preschte, während Karsten immer mühselig über alle Hindernisse hinweg geklettert war und dann niemand mitbekam, wenn er auch mal Erfolg hatte. Hoffentlich war die Nordesee richtig eklig kalt, das gönnte er seinem Bruder und sah es als eine Art Buße für die abgeschnittenen Haare an. Und am Ende wäre der Kerl dann doch wieder der Held...

"Na auch egal."

Karsten seufzte und klappte den Kragen seiner Jacke hoch. Ansonsten hatte er ja nichts gegen seinen Bruder, rein gar nichts, sonst hätte er ihn ja auch nicht nach Borkum eingeladen. Aber dass ihm selbst alles immer so schwer fallen musste... das war irgendwie ungerecht, fand Karsten. Irgendwie traf es immer ihn, den sensiblen Künstler... Als ihr Trupp geschlossen die Bubertstraße hoch marschierte, besserte sich seine Laune. 5 Grad, erklärte Oma Emma, das Wasser wäre 5 Grad kalt, sie hätte es eben im Radio gehört. Karstens Bruder lief voraus an erster Stelle und erfuhr nichts, aber seine Freundin hakte sich schaudernd und kopfschüttelnd bei Karsten ein, sie links, Romy rechts, und so marschierte es sich ganz angenehm. Dennis und Sören überholten sie auf Fahrrädern.

"Moin Kaschi!"

Karsten grinste sein breitestes Grinsen.

"Moin!"

Olli drehte sich nach ihm um.

Am Strand herrschte Volksfeststimmung, zumindest dort, wo sich die todesmutigen Anbader gleich ins Wasser stürzen würden. Viele waren verkleidet oder im Partnerlook, manche wärmten sich mit Gymnastik auf, und Karsten schoss das erste Vorher-Nachher-Foto der Polizeiratsgruppe. Dann ging alles sehr schnell, das Startsignal ertönte, alle rannten los, kamen nass und schlotternd wieder, Karstens Bruder aufgedreht wie Angus Young nach zwei Stunden Lifekonzert, das kam wohl vom Kälteschock, sie mussten ihn für das zweite Gruppenfoto festhalten, aber als er dann endlich in Bademantel und Jacke dastand, war er sofort heimgehwillig und begann, die 5 Grad zu spüren. Karsten ließ ihn ziehen, er hatte gemerkt, dass ein paar Sonnenstrahlen die Wolkendecke durchbrachen und fand, es wäre ideales Spaziergehwetter. Und gutes Fotolicht obendrein. Er ging zum Südstrand. Fast am Ende der Strandmauer gab es eine Reihe überdachter Sitznischen, die zwar nicht richtig bequem, dafür aber windgeschützt waren, und Karsten legte eine Pause ein. Um einfach mal gar nichts zu denken. Wenn man über das Meer bis zum Horizont guckte, war das ganz leicht. Fünf

Minuten lang ging alles gut, aber danach kroch ihm die Kälte trotz Jackenkragen in den ungewohnt haarlosen Nacken, gar nichts zu denken klappte nicht mehr, und beinahe wäre er grundlos traurig geworden, doch die Rettung nahte.

"Oh hallo Karsten, du sitzt hier?"

"Franziska!"

"Ihr duzt euch? Und ich?"

Romys Vater streckte ihm die Hand hin, zog ihn auf die Beine und sagte, er hieße Joachim. Romy machte mit hochgerecktem Daumen Kreise über ihrem Bauch und trank dann aus einer Lufttasse. Karsten hatte auch Lust.

"Da vorne an der Ecke, wie heißt das da nochmal? "Heimliche Liebe", ja richtig. Wie wärs mit Tee?"

Bis zum Abend schoss Karsten noch viele schöne Fotos. Von Romy, mit und ohne Eltern, mit und ohne ihr Wissen, von den Dünen, den Wolken, bis Romy ihm die Kamera wegnahm und die letzten Aufnahmen verknipste, obwohl Karsten sich am liebsten versteckt hätte.

"Nein. Guck."

Romy hatte kein Erbarmen mit ihm, und er starrte in die Linse.

Zwei Wochen später starrte er auf die Fotos. Borkum war relativ zügig ins neue Jahr gestartet, alle Geschäfte, die auch ohne Sommergäste überlebten, hatten keine Ferien gemacht und der Drogeriemarkt Karstens Film zum Entwickeln eingeschickt. Diese Fotos waren also schon einmal mit der Fähre gefahren. Karsten hatte sie auf dem Esszimmertisch ausgebreitet und suchte sein Lieblingsbild. Es war herrlich still im Polizeirat. Nach einer mühseligen Wasch- und Wischaktion, für die Olli Frau Blumes Hilfe hatte in Anspruch nehmen müssen, waren alle Zimmer gemacht und die Wäscheschränke wieder aufgestockt, nur wenige Spuren wiesen noch darauf hin, dass das Haus bis vor vierzehn Tagen voll belegt gewesen war. Es hatte fröhliche Abschiedsszenen und gegenseitige Einladungen gegeben - "Und wenn ihr mal nach Emden kommt...", "In Uruguay haben wir viel Platz!", "Hier, unsere Segeberger Adresse!" - Romy und Karsten hatten allen am Bahnhof hinterher gewinkt, sie waren wieder allein. So verkehrt sah er auf dem einen Foto gar nicht aus, fand Karsten und strich sich über den Schnurrbart, der mittlerweile etwas weicher geworden war. Die Nahaufnahme von den Sandverwehungen pinnte er an die Bilderwand im Wohnzimmer, steckte das eine geniale Romyfoto in einen Umschlag an ihre Eltern und schob den Rest der Bilder wieder zusammen in die Fototasche. Dann machte er sich einen festverbindlichen Zeitplan für die Diplomarbeit, klebte ihn mit Tesafilm neben das Waschbecken in seinem Zimmer und ging ins Gezeitenland. Mal die Sauna ausprobieren. Und schwimmen.

Ausgepumpt aber glücklich kam er gegen 18 Uhr wieder und traf Romy in der gut beheizbaren Veranda an. Sie hatte einen Handtuchturban auf den Haaren voller Pflegespühlung und lackierte sich die Fußnägel.

"Hallo! Hast du noch was vor?"

"Sören lädt mich ein. Italee-nisch."

"Italienisch, aha. Und du isst mit den Füßen?"

Bei seiner gebärdensprachlichen Demonstration wäre er fast umgekippt, aber Romy verstand ihn sehr gut, wurde fast böse, aber nur fast, und erklärte in Wort und Geste, dass Karsten wohl dächte, sie bräuchte nicht schön zu sein, bräuchte sie doch, und dass Schönheit bei den Füßen beginne und am Kopf endete und das Italienische für die Mitte, für den Bauch, wäre...

So übersetzte Karsten ihren halbverbalen Ausbruch, zu dem Romy abschließend lächelte und anbot, ihm ebenfalls die Fußnägel zu lackieren. Karsten tat lieber, als hätte er nicht kapiert. Ihr folgender Satz interessierte ihn viel mehr.

"Du bist au-schön Kars-ten."

Ausgesprochenes T und zusammengezogenes "auch". Trotzdem strich er sich zweifelnd über den Schädel und den hellen fünf Milimeterflaum. Romy nickte.

"Ja. Und Sören fin-det den Schnuabaat süß."

"Ach! Ach der! Das zählt nicht!"

Jetzt hatte sie ihn zum Lachen gebracht, weshalb er sich ein Gläschen Wodka genehmigte und nach einem verdienten Sportlerabendbrot in Stimmung für Musik war. Musik und Arbeit – während Romy mit Sören beim Italiener am neuen Leuchtturm saß, machte die Schwingungskomposition gute Fortschritte. Überhaupt ging der Januar genauso geschäftig zu Ende, wie er begonnen hatte. Romys und Karstens Tage waren ausgefüllt mit Kunst und Musik, Arbeit am Computer und Arbeit im Atelier, mit Inspirationssuchen und Kreativitätsschüben. Um den Kopf frei zu bekommen, unternahm Karsten ausgedehnt Spaziergänge auf den Dünenwegen oder durch die Wiesen im Inselinneren, während Romy des öfteren vom Reiterhof angefordert wurde. Winter oder nicht, die Pferde mussten dort bewegt werden und eine freiwillige Hilfskraft mehr wurde immer gerne genommen. Es war ein sehr frostiger Januar mit wenig Schnee und wenigen Sonnenstunden, weshalb Karsten und Romy meistens zum Schwimmen gingen, wenn es dunkel war. Als sie in der ersten Februarwoche vom Gezeitenland nach Hause kamen, begann es unerwartet zu schneien. Wundersamerweise war der sonst so belebte Platz mit den Telefonzellen und der Litfaßsäule vor dem Polizeirat menschenleer, und sie blieben als einzige stehen, lauschten, schauten, freuten sich, die dicken Flocken erschienen ihnen wie Zauberei. Als hielte die ganze Insel extra zu diesem Anlass den Atem an, war es unglaublich still auf den Straßen, und die Flocken fielen und fielen. Romy legte den Kopf in den Nacken und drehte sich im Kreis, im Schneefall sah sie den Lichtstrahl des Leuchtturms, wie er den schwarzen Himmel durchpflügte. Sie lächelte glücklich und kam leicht aus dem Gleichgewicht, damit brachte sie Karsten zum Lachen, der in weltentrückter Stimmung beinahe sentimental geworden wäre und obwohl er glücklich auch den Tränen nahe war. Da war Lachen besser, und sie nahmen ihre Schwimmrucksäcke und gingen ins Haus. Hängten ihre nassen Sachen auf, knippsten hier und da ein Lämpchen an, derer es im Polizeirat viele gab, und standen dann vor dem geöffneten Kühlschrank. Beide griffen nach dem Jogurtbecher. Karsten sah Romy mit zusammenge-kniffenen Augen an. Hatte er den nicht gekauft? Da ließ sie auch schon los und nahm die Milch, und er zog mit seiner Beute ab ins Musikzimmer, um noch ein bisschen Klavier zu spielen. Kurz darauf gesellte sich Romy mit einer Schüssel Müsli dazu, machte Licht im Erker und begann nach ausgelöffeltem Abendbrot, in ihrem Skizzenblock zu arbeiten. Karsten störte das nicht, er schielte nur ab und zu nach draußen, ob es noch schneite. Er ertappte sich bei der Vorstellung, für immer auf Borkum zu wohnen. Eine Melodie spukte in seinem Kopf herum, er ließ seinen Fingern alle Freiheit, und es stellte sich heraus, dass es "Ave Maria" war, was Karsten kraftvoll wie einen anfeuernden Kampfgesang spielte und es sozusagen als Stoßgebet in die Welt schickte. In die verschneite.

Eine Woche darauf verdrehte er die Tempi gleich nochmal. Er und Marcel. Der hatte ihn zum Skat spielen eingeladen, was Karsten erst lernen musste, gegen 20 Uhr tauchte noch einer der Tenöre aus dem Chor auf, und nachdem sie Karsten gewaltig über den Tisch gezogen hatten und mehrere Flaschen Marien Bräu Weihnachtsbock im Spiel gewesen waren (Karsten nuckelte Ewigkeiten an seiner ersten und letzten), nahm, wenn auch nicht das Unheil, so doch das Experiment seinen Lauf. Marcel, der im Haus seiner Eltern eine Dachwohnung hatte, besorgte das alte Akkordeon seines Vaters, er selbst klampfte auf einer verstimmten Gitarre, und der Tenor trommelte bereitwillig auf der Tischplatte. Marcel war Metal Fan, über seinem Bett hing eine riesige, schwarze Fahne mit dem Wacken Emblem, er besaß eine liebevoll benähte Jeanskutte, und noch einiges andere deutete darauf hin, dass er im Shanty-Chor eigentlich nichts verloren hatte, aber es gäbe halt nicht alles auf der Insel, meinte er, und wo hätte man schonmal von einem Heavy Metal Chor gehört, bei dem die meisten über vierzig wären?

"Aber jetzt seid ihr ja da..."

Er wurde fast rührselig und nahm noch einen Schluck Weihnachtsbockbier, alldieweil Karsten ihm zuliebe das Eingangsriff von Metallicas "Enter Sandman" schraddelte. Danach explodierten die drei.

In welchem Ausmaß, stellte sich ein paar Tage später heraus, als Karsten und Marcel sich bei Nabrotzky über den Weg liefen. Marcel beichtete, er hätte bei ihrer "session" das Handy angeschaltet und aufgenommen; dass er auch gefilmt hatte, hätte er erst am nächsten Tag bemerkt, bei all dem Spaß hätte er das gar nicht richtig mitbekommen, aber nun war es wiegesagt geschehen, und seine Schwester hätte das Material ins Netz gestellt, unerlaubterweise allerdings! Marcel guckte relativ unglücklich und hilflos, und nun hätten sie halt schon über tausend views und was sollte man machen? Karsten war ziemlich perplex.

"Tausend, ist das viel? Bei youtube oder was?"

"Na ja Tendenz steigend... ich schick dir mal den Link – war halt nicht mit Absicht, guck dir an, wie wir rüberkommen, und meine Schwester die Nudel hab ich echt schon zur Schnecke gemacht!"

Karsten starrte seinen Chorkameraden an, warf den Kopf in den Nacken und lachte laut los. Die Nudel zur Schnecke – das war ja nicht mehr normal, herrjeh jetzt war ihm langsam alles egal, okey, waren sie halt auf youtube! Marcel war erleichtert, dass Karsten so locker reagierte, und beide liefen schnell nach Hause, um zu frühstücken und ihr eigenes Video zu gucken.

Romy hatte den Tisch in der Veranda gedeckt. Beim Brötchenaufschneiden beschloss Karsten, dass er nicht neugierig genug war, um den Computer vor dem Frühstück anzuschalten, und vergaß die ganze Angelegenheit sogar fast, weil er sich vom Bäcker auch noch die neuste "Borkumer Zeitung" mitgebracht hatte und sich gedankenverloren darin vertiefte, während er ein allerletztes Salamibrötchen knabberte. In der geräumigen Veranda hatte man es schön, nicht zu warm und nicht zu kalt, der dunkle Morgen draußen konnte einem gestohlen bleiben, der Verandafußboden machte beim Gehen knarzende Quietschgeräusche, in der Kommode klirrte leise Porzellan aneinander. Karsten hörte auf, zu kippeln, und dehnte stattdessen den Rücken, als Romy ihn fassungslos anstarrte, mit dem Handy in der Hand und einem Rest Marmelde im Mundwinkel. Selbstgemachte Erdbeer-Rhabarber, Oma Emma hatte sie ihnen zu Weihnachten geschenkt, und Karsten dachte mit Wohlwollen an sie zurück. Nun tippte er bei sich an dieselbe Stelle und rieb hin und her, damit sie die Marmelade mal wegwischte, was sie automatisch auch tat, aber dann zeigte sie ihm den Bildschirm. Romy besaß ein Handy, von dem andere nur träumen konnten, super modern, super schnell, super alles, und jetzt zeigte es

Karsten, weshalb ein Amateurvideo von drei angetrunkenen Borkumer Typen mittlerweile eintausenzweihundertmal angeklickt worden war. Romy hatte lediglich die Wettervorhersage der nächsten drei Tage für Borkum gesucht, und weil es nicht allzuviel Neues mit Borkum im Titel gab, war ihr das Video schnell aufgefallen – Marcels kleine Schwester hatte es ziemlich gut bearbeitet und präsentiert, das musste man ihr lassen. Karsten sah, wie er bei AC/DC's "Thunderstruck" am Akkordeon zusammenbrach, Marcel unglaublich herumblödelte, dem Tenor beim Trommeln ein Glas zu Bruch ging, und wie sie dann durch das Chorprogramm gurkten – Shantys in Metalversion. Sie waren immer schneller und härter geworden, hatten auch dazu gesungen... an dieser Stelle wurde Karsten klar, wieso seine Stimme am Morgen nach dem Skatabend so kratzig gewesen war. Also wie saubere Chorknaben hatten sie nicht gesungen! Marcel röhrte "Schiff ahoi, setz die Segel", sie alle drei machten headbanging, als ob sie sonst wie lange Haare hätten, minutenlang, und Romy gab dem Video ein like. Dann verschickte sie es an mehrere ihrer Kontakte und grinste Karsten breit an.
"Spaß?"
"Jaha!"
Karsten gab sich geschlagen.
"Ja war nur Spaß..."
Romy machte das Handy aus und wedelte damit in der Luft.
"Gibt wie-der Sch-nee!"
Karsten nickte, Schnee war ihm recht, und jetzt – er stand auf, sein Stuhl fiel fast um – würde er einen inspirierten Schlussstrich unter die Diplomarbeit setzen. Nur Mut, so ein bisschen Musiktheorie schüttelte er doch aus dem Ärmel, aus dem linken sogar! Euphorisch verkroch er sich im Musikzimmer und erschien erst wieder am Nachmittag. Das Frühstücksgeschirr stand in der Spühle. Romy hatte zwar bereitwillig abgeräumt, aber auf Abwaschen keine Lust gehabt. Sie trieb sich den lieben langen Tag in den Dünen herum und guckte bei den Pferden vorbei. Abends wollte sie malen. Und werkelte und schuf, und rang mit sich selbst, zerfetzte eine Leinwand, was gar nicht so einfach war, die Staffelei kippte dabei fast um, dann brauchte sie dringend eine

Tafel Schokolade mit Nüssen und Rosinen und stibitzte von Karsten einen Schluck aus der Wodkaflasche, ging auch duschen, bis sie sich endlich durchgerungen hatte und in Farben umsetzen konnte, was ihr im Kopf herumspukte. Um Mitternacht war sie mit dem Gemälde zufrieden, und unternehmungslustig. Probehalber klopfte sie an Karstens Zimmertür. Hätte sie das nicht getan, hätte er sich womöglich ereignislos ins Bett gelegt, nachdem er lange sinnlose Videos geguckt hatte, Videos anderer Leute, mit denen er sich eigentlich nicht gleichgesetzt sehen wollte – Romys Unternehmungslust kam auf jeden Fal wie gerufen. Sie gingen auf ein Bierchen ins "Ei", wo Karsten klar wurde, dass er im Grunde den Abschluss seiner Diplomarbeit feiern konnte, es fehlte lediglich die letzte, allumfassende Durchsicht.

"Prost!"

Trotzig stießen sie ihre Bierflaschen aneinander, Romy mal wieder mit Farbspuren auf Händen und Armen.

Im Gegensatz zu Karsten, der in Hochstimmung erwachte, hatte Romy am folgenden Morgen einen Durchhänger, ein echtes Tief. Sie lag im Bett in Zimmer 4 wie ein Klumpen Schwermetall, dachte an ihr neues Gemälde, an den schnieken Zivi, an Karsten, ans Reiten am Strand, und sie dachte daran, dass bald März war. März, das reimte sich auf Schmerz, und außerdem wäre ihr Stipendium dann zu Ende. Karstens auch. Romy konnte sich nur schlecht vorstellen, die Insel zu verlassen, was würde danach werden? Sie sah gähnende Leere, gähnte selbst auch, unwillig und missmutig, und stand schließlich doch auf. Unten stellte sie fest, dass Karsten nicht da war, vielleicht war er unerhörterweise einkaufen gegangen. Tatsächlich kam er kurz darauf mit zwei vollen Tüten wieder. Aus dem Polizeirat wummerten die Bässe, das ganze Haus schien um Hilfe zu schreien, Karsten ließ die Tüten in der Küche und rannte ins Musikzimmer, wo Romy die in Vergessenheit geratene Klangbox umklammerte. Als er die Lautstärke für normal Hörfähige herunterdrehte, öffnete sie die Augen und blickte ihn vorwurfsvoll an. Karsten hob entschuldigend die Schultern.

„Zu laut! Ist zu laut!"

Sie ließ die Klangbox los und rollte sich auf den Rücken.

„Kars-teen ha-u Luuaffuause?"

Wenn sie so gut wie alle Konsonanten verschluckte und dermaßen nachlässig sprach, konnte selbst Karsten sie nicht verstehen und tippte sich an die Stirn.

„Ey gib dir Mühe, was ist los?"

„Has du Lust auf zuause?"

„Aah, da drückt der Schuh."

Doktor Teepe setzte sich neben Romy auf den Fußboden und erklärte ihr, er hätte ähnliche Symptome und fragte sich, wie Borkum wohl im Sommer wäre. Romys Miene hellte sich auf.

„Wel-cher?"

Die Unterhaltung, die nun folgte, war eine ihrer längsten überhaupt und enthielt sehr viele Wenn, Wie, Ob, Vielleicht und Falls, was dazu führte, dass sie am Ende immer noch dieselben Heim- und Fernwehsymptome hatten, aber wenigstens zusammen leiden konnten. Außerdem stand ihrer beider Wunsch, auch mal im Sommer auf Borkum zu sein, ziemlich greifbar im Raum, im Grunde fehlte nur das konkrete Datum... Romy kam etwas mühsam auf die Beine, die vom langen Sitzen steif geworden waren, und schaltete die Anlage aus. Karsten dagegen war ungewöhnlich fit, sprang auf die Füße und verkündete, er würde jetzt kochen, etwas richtig gutes, und verdeutlichte das zu erwartende Geschmackserlebnis mit solchen Grimassen, dass Romy schon Zweifel kamen, ob das Essen wirklich richtig gut oder irgendwie riskant werden würde.

„Na du wirst schon sehen!"

Karsten zog gut gelaunt ab in die Küche, und Romy zog die schwarzen Streifen Isolierband von ihrem letzten Bild ab, die sie in der Nacht zuvor gitterförmig darauf geklebt hatte, um das Schöne auszusperren, sich von den Farben auszuschließen... Das war nun nicht mehr nötig, die Sommerpläne hatten ihr Mut gemacht und der Effekt, den die Klebestreifen auf der Leinwand hinterließen, war zudem äußerst interessant.

Die Wettervorhersage für Borkum stimmte: Es fiel noch zweimal

Schnee. Am 17. eine Viertelstunde lang und am 20. Februar nachts. Karsten wachte furchtbar früh auf, weil ihm kalt war, und anstatt lange im Bett zu bibbern, stieg er als Sofortmaßnahme unter die heiße Dusche. Auf dem Weg nach unten wäre er zwar fast erfroren, aber danach ging es ihm wesentlich besser. Er drehte ein bisschen an den Heizungen in Veranda und Wohnzimmer, machte Kaffee und Toast und wartete darauf, dass es langsam heller wurde. Im ersten Morgenlicht erkannte er durchs Küchenfenster, dass die Hecken von Raureif überzogen waren. Das Thermometer zeigte glatte Null Grad, aber es schien ein sonniger Tag zu werden, Borkum präsentierte sich weiß beglitzert. Karsten packte die Wanderlust. Die letzten Tage waren nur grau und eklig gewesen, da musste dieser wunderschöne Morgen doch ausgenutzt werden! Er horchte ins Haus, Romy war zu hören. Er hüpfte die Treppe hoch in den ersten Stock und drückte ein paar Mal die Türklinke runter, ohne zu öffnen, das brauchte man nicht zu hören, das konnte man sehen. Romy streckte den Kopf zur Tür heraus. Sie sah, wenn auch ungekämmt, frisch und munter aus, wie machte sie das nur? Karsten überzeugte sie im Handumdrehen von seiner genialen Idee, eine Winterwanderung zu machen, in einen Teil der Insel, den sie noch nicht kannten, er erwähnte Proviant, Thermoskannentee, frische Luft und tolles Fotolicht, und Romy meinte, sie wäre praktisch sofort einsatzbereit und wüsste auch schon, wo sie wandern könnten. Sie reichte Karsten ein kleines Heft, ein „Dittjes & Dattjes", Geschichten und Informationen zur Insel, aufgeschlagen auf Seite 10. Er las laut die Überschrift, „Woldedünen", und zeigte ihr thumbs-up. Man ging zunächst an den Gleisen entlang, bog rechts ein in die Süderstraße und folgte dann dem Krischan-Wolters-Pad. Danach wurde es auf der Borkumkarte grün, man durchquerte die Greune Stee und fand einen der offiziellen Radwege in die Woldedünen. Während Romy kurz frühstückte, las Karsten den Bericht aus „Dittjes & Dattjes" zu Ende und machte sich spontan Hoffnungen, Störtebekers sagenumwobenen Schatz zu finden. Sie müssten lediglich versuchen, diese Woldedünen zum Sprechen zu bringen, dann würde es ihnen angeblich an Gold nicht mehr mangeln... Und wie passend, dort gab es auch den Störtebekerweg. Und den Möwensteert – Karsten kicherte. Stadtpläne und Landkarten konnten richtig witzig sein. Zehn Minuten später waren sie soweit, um sich den Spaß mal aus der Nähe anzusehen. Auf Höhe des großen Parkplatzes erklang Glockengeläut, die Schläge hallten über die Insel und erinnerten daran, dass Sonntag und alle lange nicht im Gottesdienst gewesen waren – Karsten freute sich vor allem, dass die Glocken ihres Nachbarn ihn heute nicht aus dem Schlaf gerissen hatten, er ihnen heute ein Schnippchen geschlagen hatte. Romy wusste von solchen Problemen natürlich nichts, aber Karsten erzählte es ihr und verknotete sich die Finger bei dem Versuch, eine schwingende Glocke darzustellen. Sie hatten wirklich einen herrlichen Februartag erwischt, eine Seltenheit, auch wenn es kalt war. Unter seiner Jacke trug Karsten noch einen Kapuzenpullover, einen Wollpullover und zwei weitere Schichten Kleidung – die Kapuze setzte er nun auf, statt Mütze, und auch gleich die Sonnenbrille, die er sich vor sechs Monaten zwar gekauft, aber selten benutzt hatte. Heute war alles anders. Romy machte ein Foto von ihm unter dem Straßenschild Süderstraße. Am Krischan-Wolters-Pad durfte Romy posieren, an dessen Ende sie dann zum ersten Mal Pause machten. Außer ihnen waren nur ein paar Hundebesitzer unterwegs, und ein Borkumer, der wohl für den Winter-ironman trainierte. Die Luft war phantastisch frisch und klar, es war eine Wohltat, sie einzuatmen. Romy blickte aufs Meer, hob die Arme und atmete. Ließ die Arme seitlich sinken, atmete, hob sie wieder hoch, die Yoga-Adepten grüßen die Sonne. Aus Spaß probierte Karsten das auch mal, und es fühlte sich gut an. Die Wellen glitzerten. Nach einem Blick auf die Landkarte wandten sie sich nach links und fanden den Anton-Sharphuis-Weg, der ins Grüne führte. Ins Grüne mit gelb-grau-hellgrünem Einschlag. Falls sie einen richtigen Wald erwartet hatten, wurden sie enttäuscht, aber angenehm überrascht waren sie von der Vegetation in der Greune Stee dann doch. Hier waren sie tatsächlich noch nie gewesen, überhaupt schien die Natur ziemlich unberührt und der Weg nicht oft begangen, zumindest im Winter nicht. Sie wanderten und wanderten, machten sich auf vereinzelte Vögel und

Kaninchen aufmerksam und hatten beide das Gefühl, gar nicht auf Borkum zu sein, sondern auf einer Insel ohne Meer und Strand. Als sie den Punkt erreichten, an dem es in die Wolde-dünen ging, legten sie eine zweite Pause ein, es gab hier sogar eine Bank dafür. Informationstafel, Mülleimer, alles was des Wanderers Herz begehrte. Die Sonne schien immer noch, Null Grad waren es bestimmt nicht mehr. Romy saß mit ge-schlossenen Augen da, zupfte an ihrem Schal und wickelte ihn schließlich ab, dann sonnenbadete sie weiter, eine Hand fest an der Bank. Zur Sicherheit, zur Orientierung. Karsten der Zwiebel war es auch zu warm geworden in all seinen Schichten, die Jacke kam in den Rucksack. Er trank befreit seinen Tee aus und sang leise vor sich hin.

„Und es weht der Wind, übers weite Meer" -

Kein bisschen wehte der Wind heute, das war sehr angenehm.

„Und mit dem Wind, die Wolken wandern" -

Er rutschte auf der Bank etwas nach unten und legte den rechten Fuß aufs linke Knie.

„Mein blondes Kind, und all die andern, die fern mir sind" -

Romy legte ihre Hand an seinen Hals. Es waren Gesangs-schallwellen und Schwingungen bei ihr angekommen, die wollte sie einfangen. Karsten fand die Berührung schön, er kannte das ja schon von Romy und sang weiter.

„Grüßt von mir der Wind."

Nach der zweiten Strophe waren sie bereit zum Aufbruch in die Woldedünen, wo Klaus Störtebeker angeblich einen Großteil sei-ner Beute vergraben hatte, vor 600 Jahren, da war sicher einiges an Dünengras über die Sache gewachsen... Und Brombeerge-strüpp, und Sanddorn, Strandhafer, Pyrola und Filziger Pestwurz. Schön war es hier. Einmal verließen sie den Wanderweg und er-klommen eine besonders hohe Düne, und der Himmel öffnete sich über ihnen, wurde weltumfassend weit, bis zum Horizont war alles Natur, grün, gelb, blau, und es roch salzig aus den nahen Feuchtgebieten und dem Watt. Weit in der Ferne konnte man Borkum Stadt sehen und auf der anderen Seite die Reede erahnen. Karsten seufzte. Er würde die Insel in Thüringen ver-missen. Romy tippte ihn an.

„Sommer."

Karsten nickte nur, jetzt war er mal der Sprachlose. Kurz bevor sie das Ende des Wanderweges erreichten und den Gedenkstein betrachteten, der dort für einen gewissen Pastor Kröger aufgestellt worden war, den der Nebel vor vielen Jahren in den Woldedünen überrascht hatte und der dann leider vor Angst genau an dieser Stelle gestorben war, grade in diese Betrachtungen hinein klingelte plötzlich ein Telefon. Romy nicht, aber Karsten fuhr ordentlich zusammen und erwartete zuerst, noch ganz in Gedanken bei dem Pastor, einen nebelbringenden Radfahrer von hinten, aber das Klingeln kam vom Wegrand vor ihnen. Er lief hin, fand ein ultramodernes Blackberry im Sand und nahm den Anruf kurzentschlossen entgegen. Romy sah ihm verdutzt dabei zu. Für sie mussten Handys vibrieren und Text zeigen. Eine laute Stimme bellte Karsten an, auf russisch, nannte ihn „Gerhard mein Freund" und wollte begrüßungslos wissen, wieso er sich so lange nicht gemeldet hätte. Karsten antwortete, ebenfalls auf russisch, dass er dieses Handy soeben gefunden hätte und es dem Besitzer gerne zurückgeben würde, wer das denn wohl wäre, bitteschön? Sein Gesprächspartner befahl ihm ziemlich barsch, das Handy sofort Gerhard Schröder zu bringen, er sollte ja keinen Unsinn machen, sonst könnte er was erleben, er hörte noch von ihm. Ende des Anrufes. Romy fragte mit den Augen und zusammengedrückten Fingerspitzen einer Hand.

„Wer?"

Karsten zuckte die Achseln und sah das Blackberry an, als wäre es vergiftet. Einen Piratenschatz hatte er sich anders vorgestellt.

„Das Ding hier gehört Gerhard Schröder."

Er schrieb den Namen mit einem Stöckchen in den Sand. Romy grinste.

„Der war Bundes-kanz-ler."

„Ja weiss ich auch! Wenns denn derselbe ist, ist doch so'n Allerweltsname."

„Zurück."

„Ja genau, lass mal zurückgehen."

Letzten Endes hielten sie ihre Wanderung allerdings für beendet und stellten sich an die Reedestraße, wo ein freundlicher Lieferwagenfahrer sie mitnahm und bei der Polizei am Hauptbahnhof absetzte.

Und so lernten sie Gerhard Schröder kennen.

Natürlich veging dann die Zeit. Ging ins Land und kam nicht wieder, aus Sekunden wurden Monate, und die Katterfeld sang zu Udo Jürgens Jubiläum "Und immer immer wieder geht die Sonne auf", bis im Handumdrehen zwei Jahre vorbei waren.
Romy liebte Michael.
Karsten liebte Nicole.
Und Schröder hatte gesagt, sie sollten sich unbedingt bei ihm melden, wenn sie mal wieder auf Borkum wären.

"Hi Kaschi hi! Wir haben was Neues!"
Eigentlich hasste Karsten Anrufe am Samstag, noch dazu am Samstagmorgen, aber da er vor einer Minute aufgestanden und zur Toilette gegangen war, hatte er auf dem Rückweg ins Bett halt doch den Hörer abgenommen, um dem Klingeln ein Ende zu bereiten, wo er sowieso schon wach war... Nackt stand er im Flur und hörte die Stimme ihrer Frontfrau, der Sängerin der "Tiedemann Tanzkapelle", wie sie begeistert von dem neuen Engagement erzählte.
"Vier Wochen! Das wird cool, du wirst sehen, ich hab den anderen schon Bescheid gesagt."
"Okey und wo war das gleich nochmal?"
"Borkum heißt diese Insel. Hab ich noch nie gehört."
Schlagartig war Karsten hellwach.
"Aber ich! Das wird genial Gaby!"
"Ja, denke ich auch. Kommen gleich noch nähere Infos per Email. Und wir sehn uns dann, schönes Wochenende noch!"
"Yeah hau rein Kapelle!"
Gaby kicherte und legte auf. Karsten merkte, wie Glück und Vorfreude in ihm aufstiegen, und ausatmend presste er den Stethoskoptelefonhörer gegen die Brust und sein glücklich pochendes Herz, dann war es doch nicht mehr so toll im Flur und schnell schlüpfte er wieder unter die Decke zu seiner Freundin Nicole. An Schlaf war jetzt nicht mehr zu denken. Karsten wühlte sein Gesicht an Nicoles schönen, braunen Hals.
„Nicki, Nicki wach mal auf!"

Alles an Nicole war schön, und Karsten zog mit den Lippen an ihrem Ohrläppchen.

„Aufwachen!"

Sie brummte leise und kuschelte sich noch tiefer ins Kissen. Also streichelte Karsten ihren Rücken, was sie aber nicht munter sondern nur noch relaxter machte. Da biss er sie in den Po. Nicole wirbelte herum.

„Aah! Bist du verrückt?"

Karsten lachte zufrieden.

Später saßen sie mit hochgelegten Füßen in der Maisonne auf dem Balkon und tranken Kaffee, zwischen Nicoles liebevoll bepflanztem Blumenkasten und Karstens wild wucherndem Rosmarinstrauch. Fünf Stockwerke unter ihnen lag der St. Pauli Fischmarkt, heute ohne Marktbetrieb, und auf der gegenüberliegenden Elbseite konnte man vom Balkon aus die Bloom-und-Voss-Werft beobachten. Aber Nicole sah nur Karsten an und der guckte auf sein Handy. „Sag Romy und Mikkl Bescheid!" hatte sie noch im Bett von ihm gefordert, und nun kam er dem Wunsch nach. Whatsap hin, whatsap her, kurzes Audio von Michael, dann schaltete Karsten aus. Für die Email mit dem Vertrag der Borkumer Kurverwaltung war später immer noch genug Zeit. Er grinste Nicole breit an.

„Die freuen sich wie verrückt."

Romy und Michael hatten aufbruchbereit in ihrer Segeberger Küche gestanden, als Karsten anrief. Sie hatten schon Rucksack und Tasche umgehängt, darin waren Skizzenblock, Ölkreiden und die Englischaufsätze der 10. Klasse, die Michael bis Montag korrigieren musste, und waren auf dem Weg zu seinen Eltern, die ein schönen Haus am Ihlsee hatten. Romy kreiste mit zwei hochgereckten Daumen über ihrem Bauch und strahlte Michael glücklich an.

„Bor-kum!"

„Du bist ja total begeistert! Jetzt haben wir einen Plan für die Sommerferien, was?"

Er zog Romy an sich; der Ihlsee konnte ruhig noch ein bisschen warten. Eine Stunde später saßen sie dann aber doch auf seiner Vespa und düsten los.

Karsten lief unruhig auf dem Bahnsteig Emden Außenhafen hin und her. Nicole nicht. Sie hatte sich beim Kiosk in der Wartehalle ein Eis gekauft und saß ganz ruhig schleckend auf einer der Wartebänke, die langen Gazellenbeine übereinander geschlagen. Bewundern sah sie ihrer linken Riemchensandalette beim Wippen zu. Karsten ging eigentlich davon aus, dass deutsche Züge immer pünktlich kamen, auch die Regionalbahnen, aber auf den letzten zwei Minuten bis zur Pünktlichkeit kamen ihm nun doch Zweifel auf. Die Fähre nach Borkum würde garantiert pünktlich ablegen – oder musste die auf auf die Regionalbahnfahrgäste warten? Doc, der Banjo- und Saxophonspieler der Tiedemann Tanzkapelle, hatte den mit Instrumenten und Gepäck vollgestopften Tourbus schon vor einer halben Stunde in die Autofähre gefahren und war mit Gaby und den Jungs an Bord gegangen, aber Karsten und Nicole waren mit Romy und Michael am Bahnsteig verabredet, und endlich kam diese trödelige Regionalbahn. Keine Spur von Express, sondern richtig altmodisch grau-grün-braun. Nicole sprang auf und stellte sich neben Karsten.

„Ich bin voll gespannt! Wie lange haben wir die nicht gesehen?"
„Fast ein Jahr?"
„Länger."

Nach ihrer Stipendiatszeit hatten Karsten und Romy sich oft über Whatsap geschrieben, auch Gestenvideos und Weihnachtskarten geschickt und sich einmal beim Hamburger Alstervergnügen getroffen, wo die Tanzkapelle ihre life-Prämiere hatte. Damals war Romy schon mit Michael zusammen, den sie Mikkl nannte, weil das einfacher auszusprechen war und ihre Zunge genau wusste, was sie am Gaumen zu tun hatte. Karsten musste bei dem Namen Mikkl zwar immer an ein Kinderbuch denken, wo Mikkl Pahl der Bauer war und ständig auf die Streiche der kleinen Jungs hereinfiel, aber Romys Mikkl sah man sofort an, dass er mit Landwirtschaft nichts am Hut hatte. Er war durchtrainiert, weil er Triatlon machte, und freundlich interessiert, denn er unterrichtete Sport und Englisch, wozu er meistens Jeans und Jacket trug. Seine gelassene Freundlichkeit konnte allerdings binnen einer Sekunde von einem Killerblick abgelöst werden, den er bei den 10. Klassen gezielt einzusetzen wusste und der seine Wirkung auch noch nie verfehlt hatte. Aber heimlich graute es ihm vor der 8. Klasse, bei der er schon häufig Vertretung gemacht und festgestellt hatte, dass sogar dreizehnjährige bereits eigene Killerblicke sowie diverse andere auf Lager hatten, weshalb er noch an seinen pädagogischen Unterstufenstrategien feilte. Besonders schwierig erschienen ihm dreizehnjährige Mädchen, die von der selbstbewussten, vorlauten und sportlich unbegabten Quasselsorte. Gottseidank hatten Lehrer dieselben langen Sommerferien wie ihre Schüler, und Michael hatte sich vorgenommen, sie sechs Wochen lang allesamt zu vergessen, auch die Netten aus der 10. Jetzt sprang er aus dem vordersten Regionalbahnwagen, fing die Rucksäcke auf, die Romy ihm herunterwarf, und reichte ihr anschließend die Hand zum Aussteigen. Karsten und Nicole liefen zu ihnen. Romy hatte ihren Rucksack geschultert und sah ihnen freudestrahlend entgegen, schon von weitem machte sie große, überschwengliche Gesten.

„Du siehst supergenial, wunderschön und toll aus."

Karsten übersetzte das gerne und ziemlich frei für seine Freundin, die darüber lachte und ihn küsste. Nicole war Hundertprozent Hamburgerin und stolz darauf. Sie liebte ihre Stadt, und seit Karsten damals aus Borkum wiedergekommen und kurz an der Elbe Station gemacht hatte, liebte sie auch noch ihn. Und ihre Familie, alles Mauretanien- und Kubastämmige Hamburger. Sie liebte ihre Wohnung, ihren Job, ihr einziges Paar Manolo Blahniks, Fischbrötchen, teuren Sekt an der Alster und Astra am Hafen, kurze Kleider und lange Schals, nur Karsten, der war anders als alles. Sie hatte nie geglaubt, dass es soetwas wie Liebe auf den ersten Blick gab, doch was wie eine strapazierte Redensart klang, war bei ihr und Karsten der Fall gewesen und beide hatten sie ziemlich ungläubig aus der Wäsche geguckt. Weder sie noch Karsten war darauf vorbereitet gewesen, der großen Liebe ausgerechnet auf der Reeperbahn über den Weg zu laufen, vor dem „Molotov", um 2 Uhr nachts. Karsten, der bis vor kurzem vor allem Romygedanken im Kopf gehabt hatte, hatte es dann so gerade eben noch und vom Leben überwältigt geschafft, seine Diplomarbeit in Weimar abzugeben und war mit dem Uniabschluss in der Tasche sofort bei Nicole eingezogen. An Romy dachte er natürlich trotzdem noch, wie man eben an gute Freunde denkt, aber die einzige Frau in seinem Leben war nun Nicole. Das war große Liebe und füllte Kopf und Herz komplett aus. Was in Nicoles Kopf vorging, hatte er nun Zeit, zu lernen, aber bei ihrem Herz war er sich so sicher wie nur irgendwas. Wie bei sich selbst. Zu Beginn der Sommerferien an der Nordsee sah Nicole einfach spektakulär aus. Zu ihren roten Sandaletten trug sie weiße Jeans Palazzo und ein blau-weiß geringeltes Oberteil, und wenn sie statt einer riesigen 60er Jahre Sonnenbrille ein Hütchen auf den kurzen schwarzen Locken gehabt hätte, wäre sie glatt als Matrose durchgegangen. Michael und Karsten schafften es eben noch, sich herzlich die Hände zu schütteln, dann wurden sie in die stürmischen Begrüßungsumarmungen der Mädchen mit einbezogen. Sie alle freuten sich aufrichtig über das Wiedersehen und auf die Insel, auf die Zeit, die vor ihnen lag.

Die zweieinhalbstündige Überfahrt nach Borkum verlief für alle äußerst angenehm. Gaby und ihre Jungs hatten genau dieselbe Sitzecke in Beschalg genommen, in der Karsten vor zwei Jahren Andrea kennen gelernt hatte, und rückten für die Neuankömmlinge zusammen. Karsten stellte Romy und Michael vor, es konnte losgehen, und prompt begann das Dröhnen und Rütteln der Schiffsschraube, die Fähre legte ab. Nicole hielt sich instinktiv an der Tischplatte fest, und auch der schreckhafte Gitarrist benahm sich ziemlich albern – „Huch!" „Mensch Jörg jetzt reiß dich mal zusammen!" - aber dann dauerte es nicht mehr lange, bis sich alles normalisiert hatte, in ruhigem Fahrwasser und geregelter Lautstärke. Als kein Ufer mehr zu sehen war, der Kapitän „Halbe!" ausgerufen hatte und der Lärmpegel unter Deck wegen der vielen mitreisenden Kinder um einiges gestiegen war, hatten sich Musiker, Künstlerinnen, Lehrer und persönliche Assistentinnen über die Fähre verteilt, lediglich Karsten und Gaby waren der Sitzecke treu geblieben, wo sie sich ein Kännchen Tee teilten.

„Also nochmal Kaschi. Ich und die Jungs wohnen in „Hotel Seestern", und ihr seid?"

„Wir sind privat untergekommen, da wo Romy und ich damals auch gewohnt haben."

„Der Seestern ist in der Bubertstraße."

„Gleich um die Ecke! Ist doch super."

„Die Instrumente sollen wir in den Musikpavillion bringen und Doc fährt den Bus dann auf den Parkplatz. So hat das die Frau von der Kurverwaltung gesagt. Na wir werden schon alles finden."

„Na sicher Gaby! Du machst das schon."

„Immer ich…"

„Du bist doch unser Star."

„Ha!"

Gaby schnaufte, aber sie war nunmal die Chefin, die Band trug ihren Namen und die anderen folgften ihr blind. Nur wenn es um Geld ging machte sie einen Rückzieher. Die finanziellen Angelegenheiten der Tiedemann Tanzkapelle hatte sie von Anfang an ihrem Schlagzeuger Dirk überlassen, der konnte von allen am besten zählen. Gabys Handy klingelte. Ihr Mann und die Kinder, die sie in Hamburg gelassen hatte, wollten wissen, ob sie schon ertrunken wäre oder nicht.

„Haaaai ihr Lieben!"

Sie legte die Beine in engen Kunstlederhosen und die Füße in Absatzstiefeletten auf eine Stuhllehne und lächelte mit ihrer verrauchten Altstimme ins Samsung. Gaby hatte „the sexiest voice ever", wie Fränk sie beschrieb, der afroamerikanische Kontrabassist aus Chicago. Ihre Haare waren golden und kurz gewellt, die Nase klein und der Mund groß, und auf der Bühne trug sie Minirock oder Enges mit langem Schlitz. „Für mich", pflegte sie zu sagen, „Für uns", behaupteten die Jungs aus der Band. Karsten überlegte kurz, ob er zu Nicole gehen sollte, ergatterte dann aber vom Nebentisch die „Borkumer Zeitung" und blieb gemütlich sitzen. Nicole stand lachend mit Fränk und Dirk an der Reeling, hielt das Gesicht in Fahrtwind und Sonne und war glücklich. Sie wusste, wo Karsten war, wohin es ging und woher sie kamen, mehr brauchte sie im Moment nicht zum glücklich sein. Romy war mit dem Kopf auf Michaels Beinen eingeschlafen. Sie hatte sich auf einer der Plastikbänke des Oberdecks zusammengerollt und genoss alle Bewegungen der Fähre und Michaels Hand auf ihrer Taille. Das Gespräch der Männer interessierte sie nicht. Michael, Doc und Jörg redeten über Sport und Politik, über Feminismus und Frauen, über die Band und Musik – Michael war alles recht, solange es nur nicht um Schule ging.

Auch nachdem sie Borkum erreicht hatten, brauchte er sich nicht als organisierender Klassenlehrer auf Klassenreise zu fühlen, denn einerseits verschwand der Großteil der Reisegruppe im Tourbus, um bis vors Hotel zu fahren, und andererseits hatte er eine Freundin, die sich auskannte und zielstrebig die Kleinbahn ansteuerte. „Nicole und ich kommen dann nach", hatte Karsten gesagt und sich bemüht, beim Sprechen Romy anzublicken, denn Michale hörte ihn ja sowieso. Karsten hatte richtig Übung im Umgang mit Gehörlosen, auch mit Blinden oder Stummen, weil er in Hamburg eine Fortbildung zum Musiktherapeuten angefangen hatte und bereits in einem Therapiezentrum arbeitete, hauptsächlich mit Kindern. Zu seinen ersten, selbstdachten Gebärden waren viele professionelle dazugekommen, die er im Gespräch mit Romy frei kombinierte. Er wollte ja nur verstanden und kein Gebärdendolmetscher werden. „Göthe-straße", hatte Romy erwartungsvoll geantwortet, und Michael hatte vorfreudig die Augen aufgerissen. Bei den beiden kamen die Rollen auch immer wieder durcheinander! Nicole vergaß öfter ganz, dass Romy taub war und wunderte sich dann, wenn von Romys Rücken keine Reaktion kam, aber da sie jemand war, der gerne Kontakt hatte und die Leute anfasste, der Radius ihrer Distanzzone war einfach geringer, merkte Romy meistens vorher, wenn Nicole da war und etwas von ihr wollte. So hatten sie ein sehr lockeres, ungezwungenes Verhältnis. Michael hatte es sogar geschafft, dass Romy problemlos in seinen Augen lesen konnte und auch die winzigsten seiner Gesten und Ausdrücke richtig interpretierte, aber ansonsten redeten sie ganz normal miteinander. „Mein Herz", sagte Michael, „Meine Seele", sagte Romy, und hatten damit die Grundlage ihrer Beziehung erklärt.

Kaum hatte Michael ihre beiden Rucksäcke in den Gepäckwagen gehievt und Romy die letzten freien Plätze im vorletzten Waggon gefunden, da wurde sie erkannt.

„Romylein!"

Sören kam vom anderen Ende des Waggons auf sie zugestolpert, über Kurgastbeine und gangverstellendes Handgepäck hinweg, er lachte übers ganze Gesicht und kümmerte sich wenig um die neugierigen Blicke der Fahrgäste.

„Romylein, du bist wieder da! Ach wie freu ich mich!"

Michael grinste, Romy stand mit ausgebreiteten Armen auf, die Kleinbahn ruckte an und riss sowohl Romy als auch Sören von den Beinen. Er knallte in ihre Umarmung, sie stieß sich den Kopf an einer Haltestange, und Michael griff zu. Jemand im Waggon kicherte laut, zwei Frauen meckerten und ein Kleinkind kreischte probehalber.

„Dasist Sö-ren".

Romy hatte Michael schon viel von Borkum erzählt, er war im Bilde.

„Hi! Michael."

„Wie geh-ts Mariechen?"

Romy war wieder auf ihren Sitzplatz gerutscht und Sören hatte ihre Haltestange übernommen. Er wippte im ratternden Takt der Räder auf den Gleisen und wiegte sich in den Hüften; Stillhalten war nicht seine Stärke, bei jeder Linksbewegung kam unterhalb seines kurzen T-shirts ein rosa Nietengürtel zum Vorschein. Romy fand ihn super, Michael fand ihn scheußlich, und Sören erzählte, Mariechen wäre im Kindergarten und er hätte Dennis eben zur Reede begleitet und verabschiedet.

„Seid ihr wieder im Polizeirat?"

Romy nickte.

„Kars-ten und Nicole auch."

„Oh alles Pärchen!"

Sören war begeistert.

„Hat er immer noch den Schnurrbart?"

Michael lachte und legte den Arm um Romys Schultern.

„Jahaa, unter anderem hat der auch einen Schnurrbart."

Während die Kleinbahn alle Passagiere an der Reedestraße entlang durch die Kibitzdelle bis zum Bahnhof zog, war der Tourbus, von Doc gesteuert, längst vor „Hotel Seestern" angekommen. Gaby schickte Karsten und Nicole weg.

„Geht! Bezieht euer eigenes Haus! Aber Kaschi: Um 17 Uhr treffen wir uns mit dem Menschen von der Kurverwaltung am Musikpavillion! Dass du das nicht verpennst!"

Nicole zerrte ihren extra großen Schalenkoffer aus dem Auto, setzte die Sonnenbrille auf und war aufbruchbereit, alldieweil Karstens Wanderrucksack sich im Kofferraum verhakt hatte und seine Reisetasche auf den Bürgersteig fiel. Nicole sah die Bubertstraße rauf und runter. Rauf zur Strandpromenade und der unschönen Rückseite des Nordseeklinikums, runter zum Litfassäulenplatz und dem roten Backsteineckhaus, von welchem Karsten gesagt hatte, das wäre der Polizeirat. Endlich sträubte sich der Rucksack nicht länger und Karsten schulterte ihn erleichtert.

„Okey auf gehts!"

Neben seiner schönen Freundin sah Karsten immer etwas chaotisch und wild aus, aber auf seinen Bart achtete er sehr. Er trug ihn kurz gestutzt und bezeichnete ihn als „extended goatee", wogegen seine Haare nach der Sylvesterrasur vor zwei Jahren wieder länger geworden waren und sich bereits mit Hilfe von Haarwachs zurückkämmen ließen. Tat er das nicht und wurde stattdessen von Nicole verwuschelt, sah er fast so aus wie einer des Freien Volkes aus „Game Of Thrones". Dem Schnurrbartteil seines mittelkurzen Kinnbartes hatte Karsten es sogar zu verdanken, dass er heute mit Nicole auf Borkum sein konnte. Ohne den Schnurrbart, der vor zwei Jahren noch ziemlich unansehnlich und verloren in seinem Gesicht geprangt hatte, wäre Gaby vielleicht weniger geschockt auf ihn aufmerksam geworden, als sie sich auf der Suche nach neuen Kapellmitgliedern durchs Internet klickte. Auf Umwegen hatte sie das Metall-Shanty Video von Marcels kleiner Schwester gefunden und von dem wahnsinnigen wenn auch unansehnlichen Akkordeonspieler faszinieren lassen. Der Typ war irgendwann mit dem Stuhl nach hinten gekippt, man konnte nicht sehen, an welcher Stelle das Akkordeon ihn zerquetschte, aber schreien hörte man ihn, bevor der Tischtrommler und der Gitarrenquäler ihn retteten, und Gaby hatte beschlossen, dass diese bassige Stimme und ein eher ungewöhnliches Instrument genau das waren, was sie wollte, und hatte mit einigen Mühen Karsten ausfindig gemacht. Und ohne das Engagement der Tiedemann Tanzkapelle hätte das Projekt Borkum im Sommer womöglich noch öfter hinausgeschoben werden müssen.

Karsten ließ seiner Freundin den Vortritt, sie durfte den Klingelknopf drehen. Nicole lachte und drehte gleich zweimal.

„Einmal für dich, und einmal für mich."

Es erschien Olli, in kurzen Hosen und kanariengelbem Polohemd, der sich freute, seinen ehemaligen Stipendiaten wiederzusehen und auch Nicole kräftig die Hand schüttelte. Mit Blick auf ihr Koffermonster stellte er fest, ihnen wohl genau das richtige Zimmer zugeteilt zu haben, und öffnete die erste Tür links. Zwei Klappbetten und ein kleiner IKEA-Stofffschrank hatten im Musikzimmer Platz gefunden. Nicole machte Probesitzen.

„Geht!"

Sie strahlte Karsten fröhlich an und ließ das Bett ein bisschen quietschen. Olli war beruhigt.

„Ja Karsten du kennst dann ja alles, alles wie gehabt. Schlüssel im Klofenster, Getränke in den Keller und so weiter. Die anderen Doppelzimmer sind alle belegt und Zimmer 5 auch, und Romy und Konsorten muss ich unters Dach schicken, die sind dann im Holzzimmer."

„Alles klar Olli."

Dasselbe sagte Michael, als er und Romy ein paar Minuten später in der Eingangshalle standen, und behielten ihre Rucksäcke gleich auf.

„Zwei Treppen hoch, und dann weiß Romy weiter?"

Im ersten Stock zeigte sie ihm das Badezimmer, wo Michael über die Reserveklopapierrollen lachte, die grässliche, gehäkelte Schutzhüte trugen, im Vorbeigehen strich er der Mädchen-Gans-

Skulptur über den Kopf und folgte seiner Freundin die schmale Treppe hoch ins Dachgeschoss. Oben war es fensterlos dunkel, aber Romy ging zielsicher zwischen Wäscheschrank und Treppengeländer hindurch und öffnete rechter Hand die Tür zum Holzzimmer. Dort schien die Nachmittagssonne ins Fenster, Staubkörnchen tanzten in der Luft, es war warm und roch nach Abenteuer, Geheimversteck und Sommer. Romy ließ ihren Rucksack auf den Sisalteppich plumpsen. Sie war angekommen, ein Glücksgefühl breitete sich in ihr aus und sie öffnete weit die Arme. Michael liebte sie sehr, er lächelte.

„Toll, was?"

Er schnappte sich die Glücksfee.

„Ich bin soo froh, Romy."

Bevor er sie küsste, zeigte er auf das Bett an der Wand ohne Dachschräge und meinte, dort schliefe er. „Ich auch", war Romys Kommentar dazu.

Unten im Musikzimmer versuchten Karsten und Nicole, die Klappbetten nebeneinander zu schieben.

Als Karsten gegen 17 Uhr zum Aufbruch blies, war Nicole noch immer mit Einrichten beschäftigt. Sie hatte die Fenster geöffnet und hörte beim fröhlichen Kofferauspacken Musik: Die alten Kassetten, die Karsten schon aus der Stipendiatszeit kannte. Nicole tanzte vor dem Stoffschränkchen herum.

„Dixie ist voll cool!"

„Ja, falls Gaby mal ´ne Pause braucht… Nicki ich geh dann mal."

„Ja geh nur. Küss mich."

Beschwingten Schrittes lief Karsten zur Strandpromenade hoch und die Promenadentreppen runter zum Musikpavillion. Auch dort wurde ausgepackt und eingerichtet, Fränk zog eben seinen Kontrabass aus dem Tourbus, als Karsten dazustieß.

„Hey you are punklich!"

„Natürlich!"

Karsten schulterte sein Akkordeon und zog in der Pavillionseitentür den Kopf ein. Der Künstlereingang war klein und schmal, fünf Stufen führten nach oben. Gaby stand bereits auf der Bühne vor der Fensterfront und spielte mit dem Mikrophon. Mehr brauchte sie nicht, mehr wollte sie nicht. Mit Instrumenten hatte sie noch nie etwas anfangen geschweige denn auf ihnen spielen können, dafür waren die Jungs zuständig, also rührte sie als Sängerin auch keinen Finger, um vielleicht Dirk zu helfen, der zum Schlagzeugaufbau viele Male hin und her laufen musste, bis er endlich alle Teile oben im Pavillion hatte, der von ihren Vorgängern, der rumänischen Schlagerband, sehr ordentlich zurückgelassen worden war. Fränk zupfte ein paar Saiten, und Gaby hauchte die langsamen Anfangszeilen von „Loom of the land". Soundcheck. Dann fuhr Doc den Tourbus auf den Inselparkplatz, wo er die nächsten vier Wochen stehen würde, und machte sich zu Fuß auf den Rückweg, während seine Kapellkollegen und die Kapellmeisterin sich weiter an ihrem neuen Arbeitsplatz einlebten. Gaby öffnete die Fenster. Als Doc endlich eintrudelte, waren bereits alle den Pavillion umrandenden Bänke besetzt, auch ein neugieriges Stehpublikum hatte sich eingefunden, und Karsten saß Beine baumelnd in einem der Fensterrahmen, von wo aus er sich mit einem älteren Herren unterhielt, der ein verwegenes Zipfelkopftuch trug und auch ansonsten mehrere Modestile auf sich vereinte. Gaby legte Karsten von hinten die Hände auf die Schultern.

„So die Herren. Kaschi wir sind soweit, Doc ist wieder da, lass uns ´n bisschen spielen."

„Jou."

Karsten sprang auf, der stilvermischte Herr tippte sich grüßend ans Kopftuch, meinte „Adé meine Dame", woraufhin ihm die wilde Gaby einen Luftkuss schickte, und dann begannen Fränk und Dirk ihren Lieblingsopener: „I´ve been thinking about you" von Londonbeat. Lockerer, grooviger Diskopop. In den Promenadencafés wurde verständlicherweise die Musik leise gedreht. Nachdem Gaby die Tanzkapelle dem aufmerksamen Promenadenpublikum vorgestellt und die weiteren Auftritte angekündigt hatte, sah Karsten beim Verlassen des Pavillions schon von weitem drei Gestalten auf sich zukommen. Die mittlere leuchtete rotblond, die rechte schwarz-weiß, und links wurde Bein gezeigt - wenn Michael Shorts trug, waren die jedesmal etwas zu kurz, was schon seit Jahrzehnten aus der Mode ge-kommen war, ihn aber nicht kümmerte. Er wollte Luft an seinen Knien und Oberschenkeln. Und baden gehen wollte außerdem. Er winkte Karsten mit zwei Handtüchern zu.

„Willst du mit rein? Unsere Damen haben mir schon eine Abfuhr erteilt."

Tief Luft holend stand Karsten mit Nicole an der Hand da. Dies war also Borkum im Sommer! Blauer weiter Himmel, Meeresrauschen, bunte Strandzelte, die Promenade voller Badegäste – nee, also statt klitschnass in Unterhosen eine Umkleidekabine zu suchen, wollte er viel lieber ein bisschen flanieren.

„Lass man, Mikkl, ich hab ja jetzt gar keine Badehose dabei."

„Dann geh ich alleine."

Sobald er nicht unterrichtete, steckte Michael voller Energie, die er meistens beim Triatlontraining verpulverte, und auch für Borkum hatte er sich einen Trainingsplan ausgedacht. Dieser weitläufige Strand war schonmal äußerst geeignet, nur eine längere Fahrradstrecke musste er noch finden, und sich ein Fahrrad leihen. Aber alles der Reihe nach, jetzt wollte er ein paar Kilometer schwimmen und verabschiedete sich von Romy. Kuss. Romy klappste ihn lächelnd auf den Po.

„Hauab."

Und dann durfte Karsten mit ihr und Nicole flanieren. Erst auf der unteren Strandmauer, die rund geschwungen in den Sand abfiel und auf der anderen Seite drei Gastronomiebetriebe, das „Matrix", „Ria´s" und „Leo", kleinere Kurbetriebe wie das „Biomaris" und eine Lesehalle beherbergte, danach auf der oberen Strandpromenade, die den Fahrradfahrern zu gehören schien, wo Möwen auf Eisreste Jagd machten und kleine Kinder hinter den Möwen herjagden. Von hier konnten sie dem Musikpavillion aufs Dach gucken, und Michael entdeckten sie durch eines der Münzfernrohre an der Promenadenumrandung. Grade kam er aus dem Wasser, da konnte Romy beobachten, wie er von einer jungen Frau in Shorts und rotem T-Shirt angesprochen wurde – Romy stellte die Schärfe besser ein und fing an, zu glucksen, sich den Bauch reibend. Sie übergab den Platz am Fernrohr an Karsten.

„Oh! Da ist ja Hieke!"

„Ihr kennt hier wohl alle Leute?"

Nicole saß auf der Umrandungsmauer und baumelte mit den Füßen. Natürlich hatte Karsten ihr alles erzählt, was er über Borkum wusste, und Hieke müsste ihr eigentlich ein Begriff sein, aber richtig gut konnte sich Nicole im Grunde nur an diejenigen erinnern, die sie persönlich kennen gelernt und in ihrem geliebten Adressbuch verewigt hatte. Hieke stand da noch nicht drin. Karsten half ihrem Gedächtnis auf die Sprünge.

„Das ist eine von den Rettungsschwimmern, und Romy war mit ihr öfter reiten."

„Ach so."

Nicole sah Karsten an und freute sich. Schick sah er aus, fand sie, sogar in Jeans und T-Shirt. Als sie Karsten ihrem Chef bei einer Premierefeier vorgestellt hatte, hatte Wolfgang Joop gerufen „Oh ein Thüringer!" und den Freund seiner persönlichen Assistentin sofort unter „gut" und „Lieblingsmenschen" verbucht, denn wenn dieser Thüringer für Nicole wichtig war, dann mochte er ihn auch, da gab es gar keine Diskussionen. Dann hatte er Karsten eines der Hemden seiner neuen Kollektion geschenkt, das der seitdem mit Hosenträgern und Anzughosen zu den Auftritten der Tiedemann Tanzkapelle trug. „Ja Danke Herr Joop", hatte Karsten damals gesagt und sich einen Deut darum geschert, ob hier jemand zur Hamburger Elite gehörte oder nicht, aber wenn das der Chef seiner Freundin war, würde er ihn mögen, so einfach war das. Für die Zeit als Kurorchester hatte Nicole Urlaub genommen und alle Gedanken an Arbeit aus ihrem Kopf verbannt.

„Ich würd gern'n Bierchen trinken."

„Dann gehen wir am besten wieder runter, ins „Matrix", und Romy holt mal ihren Typen vom Strand. Wir treffen uns da?"

Karsten verdeutlichte das schnell mt ein paar Gesten, „Hol Mikkl, Bierchen, da unten", und alle drei gingen sie zu den Treppen. Romy lief voraus, Karsten legte seinen Arm um Nicoles Taille und sie ihren um seine. Im „Matrix" ergatterten sie einen Terrassenplatz, Romy kam mit Michael vom Strand, und in der Abendsonne setzten sie Keanu Reeves und dem namensgebenden Film gedenkend ihre Sonnenbrillen auf. Vier verschiedene, aber keine so wie aus Matrix. Sie bestellten Veltins vom Fass, die Sonne wanderte weiter gen Horizont, Nicole machte ein paar Fotos und versteckte ihr Handy schnell wieder („Meine Fotos!"), und Michael seufzte glücklich mit Romys Hand fest auf seinem Knie.

„´S is´ so geil… keine Schüler…"

„Ich dachte immer, du unterrichtest gerne?"

Nicole hatte ihr kleines Bier bereits ausgetrunken und lehnte sich entspannt zurück, die langen Beine neben dem Tisch ausgestreckt, um nicht mit Michaels zu kollidieren, der ebenfalls in seinem Terrassenstuhl hing als wäre es ein Massagesessel.

„Jaaa, tu ich ja auch… aber in den großen Ferien nicht. Ihr glaubt nicht, wie blöde diese Schüler manchmal sein können. Ich will auch gar nicht von reden. Ich will bloß die Ferien genießen. Romy hat viel mehr zu erzählen."

Alle sahen Romy an, und Karsten prostete ihr zu.

„Was gibts Neues?"

Romy nahm ihre RayBan ab, die sie vergangenen Sommer unerwartet am Ihlsee gefunden hatte, um Karstens Lippen besser zu sehen. „Was Neues", wiederholte der für sie. Michael grinste schon die ganze Zeit, als ob er jemandem einen Streich gespielt hätte, aber Romy konzentrierte sich auf ihre Ausprache und erklärte, sie arbeitete an den Illustrationen für ein Buch mit Kurzgeschichten. Nicole fragte nach dem Titel. Und mit platzendem P und scharfem S sagte Romy „Pissi". Karsten würgte an dem letzten Schluck Veltins, Michael lächelte weiter selbst- und illustratorinnenzufrieden, und Nicole riss nach der ersten Schocksekunde den Mund auf und lachte laut los. Mehrere Badegäste drehten sich nach ihr um, Karsten jappste und lachte auch.

„Wer -"

„Pissi istein Zie-genbock. Beim Bund. Eris das Mas-kott-chen."

„Mmm."

Nicole versuchte, mit geschlossenem Mund zu lachen.

„Und hast du schon was?"

Michael zeichnete zum besseren Verständnis auf seinem Bein herum, und Romy nickte fröhlich. Dann ging die Sonne unter, eine Gratisvorstellung in oragne, hellblau, gelb und rosarot. Mindestens dreiviertel aller auf der Promenade Anwesenden starrte gebannt nach Westen und war andächtig still. Fotos wurden geschossen, Pärchen fielen sich in die Arme, es wurde geklatscht. Karsten hätte die Welt umarmen mögen und fühlte sich emotional aufgewühlt, aber dann war er lieber einfach nur so glücklich.

„Na ja ich trink halt morgens lieber Kaffee!"
Nicole stand mit Olli und Michael in der Polizeiratsküche und bereitete mit ihnen zusammen das Frühstück vor. Olli war beim Bäcker gewesen und hatte Brötchen fürs ganze Haus mitgebracht, als Abschiedsgeschenk sozusagen, denn heute würde er die Pensionsgäste wie gewohnt sich selbst überlassen, zurück nach Hamburg zu Emma fahren und erst Ende Juli wiederkommen. Und nun war er erstaunt über Nicoles unostfriesische Trinkgewohnheit.
„Wenn ich fragen darf, woher kommen Sie denn, Nicole?"
„Aus Hamburg. Und du darfst auch gerne du sagen."
„Ach so ja gut. Und- und deine Eltern?"
„Die auch."
„Und-"
„Also meine *Groß*eltern, die kommen aus Kuba und aus Nouakschott."
„Bitte?"
„Wa? Das weiß echt niemand. Nouakschott ist die Hauptstadt von Mauretanien. Westafrika."
Michael meldete sich zu Wort.
„Und ich hab einen englischen Opa."
Nicoles Zähne blitzten.
„Nice!"
„Im Grunde sind wir alle bunt zusammen gewürfeltes Volk."
Olli kratzte sich am Bauch.
„Wenn du Filterkaffee willst: Da ist eine Kaffeemaschine und auch ein Porzellanfilter, falls du lieber selbst aufgießt."
„Das ist toll, Danke Olli! Ja ich glaub ich gieße selbst auf, das riecht immer so gut."

„Hat meine Tante auch immer gemacht. Wärmst du die Kanne vor?"

Nicole faltete die Ränder eine Filtertüte um, während Michael ein volles Marmeladentablett in die Veranda trug.

„Ja natürlich! Wegen dem Thermoprinzip!"

Sie schupste Olli, der neben ihr stand, leicht mit der Schulter, was der äußerst nett fand und amüsiert brummte. Einen Pensionsgast wie Nicole hatte er noch nie gehabt. Er ging mit fünf Brötchenschalen hinter Michael her. Überhaupt diese jungen Leute, das war doch mal was anderes als – er überlegte – als solche alten Säcke wie seinesgleichen! Heimlich grinsend setzte er sich an den Ecktisch zu dem Säckepärchen aus Zimmer 2, alten Schulfreunden von ihm, und strich sich dick Butter aufs Nabrotzkybrötchen. Romy und Michael saßen bereits an dem großen Tisch in der Verandamitte, als Karsten die Toilette im Erdgeschoss verließ und frühstückshungrig dazu kommen wollte – da roch er Nicoles frisch aufgebrühten Kaffee und schwenkte nach rechts zu ihr in die Küche ab, um ihren Nacken zu küssen.

„Iiieh du hast noch ganz nasse Haare!"

Nicole kicherte, obwohl sie sich auf Filter und Wasserkessel konzentrieren musste, und Karsten quetschte den allerletzten Wassertropfen aus seinen Haaren zwischen Nicoles Schulterblätter. Das ging, denn sie trug ein Kleid mit ganz schmalen Trägern.

„Oh geh weg geh weg, du Blödmann du! Ich muss hier aufpassen mit dem heißen Wasser!"

Karsten lachte und drückte mit dem Finger auf die Stelle, bis wohin der Tropfen den Rücken hinuntergelaufen war.

„Ist noch nicht fertig?"

„Ja doch, jetzt."

Nicole schraubte den Deckel auf die Thermoskaffeekanne, Karsten entsorgte den Filter, und dann gingen sie frühstücken. Es war 8 Uhr 30, alle Fenster standen auf Kipp, in der Veranda blühten Geranien und Karsten freute sich, dass der Linoleumboden noch genauso knatschte wie vor zwei Jahren. Im Gegensatz zu damals, als er und Romy alleine im Polizeirat gewesen waren, war die Stimmung jetzt wie in einer Jugendherberge für Erwachsene.

„Morgen!"

Voller Vorfreude stellte Nicole die Kanne mit ihrem eigenhändig gekochten Kaffee auf den Tisch und setzte sich ans freie lange Ende.

„Moin!"

Michael grinste sie an, Romy hatte den Mund voller Brötchen und lachte mit den Augen.

„Rutsch mal."

Karsten verschob seinen Frühstücksteller.

„Ich will neben dich."

„Ja komm zu mir."

„Und? Gut geschlafen unterm Dach?"

Wenn Romy „gut" von den Lippen lesen konnte, brauchte es nur eine winzige Geste, um sie verstehen zu lassen; sie nickte, und Michael antwortete auch.

„Knackewarm. Ab Nachmittag scheint da die Sonne drauf. Und ihr? Wie sind die Klappbetten?"

Nicole war lächelnd hinter ihrer dampfenden Tasse verschwunden, Karsten hatte grade nichts zum Verstecken.

„Ich dachte echt, die würden zusammenbrechen -"

Romy hustete Krümel auf ihren Teller, sie lachte, und Michael klopfte ihr auf den Rücken.

„Aah ja. Und haben wir, habt ihr Pläne für heute?"

Karsten zuckte die Achseln.

„Ab 16 Uhr ist immer Musik angesagt."

Und dann stimmten sie ab: Stadtbummel verlor gegen Strandlaufen 4:0.

„Pack die Badehose ein, nimm dein kleines Nickilein, und dann nichts wie raus zur Nordsee!"

Michael war an diesem Morgen total albern und sang ohne jede Scham wie Conny Fröbes, das Nickilein lachte, Karsten schüttelte den Kopf, und Romy fand es in Ordnung, dass ihr Freund albern war. Dann fiel Nicole noch etwas ein.

„Oh und Nordsee ist Mordsee, das gab es doch auch! Oh Gott wo hab ich das denn nochmal her... ja genau, der Aufkleber auf Mamas Auto! Da war ich in meiner Ökophase und wollte zu

Greenpeace."

„Was wolltest du denn da machen?"

Karsten kannte die Umweltschützerseite seiner Freundin noch gar nicht und guckte interessiert.

„Die Robbenbabys beschützen, das wollte ich!"

Romy meldete sich per Handzeichen.

„Da sind Robben auf Borkum."

„Ja richtig!"

Jetzt fiel es auch Karsten ein.

„Es gibt eine Seehungssandbank!"

„Ach du Scheiße."

Alle sahen Michael verständnislos an.

„Dann hatte Hieke ja Recht! Die meinte, ich soll nicht so weit nach rechts schwimmen, da könnte ich Gesellschaft kriegen, und ich dachte, sie meint die Surfer! Da war nämlich wirklich was im Wasser!"

„Stell dich doch nicht so an!"

Nach einer dreisekündigen Bedenkpause war Nicole sofort wieder in einer Ökophase.

„Fische sind da doch auch, vielleicht, und kleine Krebschen…"

Romy starrte ihr auf die Lippen. Nicole lachte und krabbelte mit krebsigen Händen über die Tischplatte zu ihr hin.

„Kneif kneif!"

Aber Michael blieb skeptisch.

„Und *dir* ist das egal, wenn dir beim Baden sowas Schwarzes, Großes um die Beine zischt? Mit Zähnen?"

Nicole hob die Schultern, während Karsten interessiert ein drittes Brötchen aß und versuchte, sich Nicole als Greenpeace Aktivistin vorzustellen.

„Ich glaube, ich fänds total super, wenn im Wasser so'n kleiner schwarzer Kopf auftaucht und mich anguckt… Ich hab auch schonmal mit Delfinen gebadet. Früher, als es in Hagenbeck noch das Delfinarium gab."

Trotzig stellte Michael fest, Delfinarien wären Tierquälerei, und er würde sich zum Schwimmen einen anderen Strand suchen, vielleicht auf der rechten Seite der Seehundssandbank. Still und leise hatte Romy eine „Burkana" Zeitschrift aufgeschlagen und zeigte die Inselkarte von der letzten Seite, mit allen Küsten-seezeichen und Strandbezeichnungen. Michael las, wohin sie tippte.

„Schweinebucht."

Karsten lachte ihn sofort aus.

„Na dann rechne dir mal aus, was dich dort erwartet!"

„Oder schwimm weiter zum FKK-Strand!"

„Ey ihr seid doch alle doof… Noch jemand Tee?"

Nachdem Karsten nicht nur seine Badehose, sondern auch Portemonnaie, Sonnencreme und Badelaken eingepackt hatte, setzte er sich auf die Gartenmauer, die Sonnenbrille auf die Nase und eine Schirmmütze auf den Kopf. Er hatte relativ helle Haut und war nicht versessen auf Sonnenbrand. Nicole cremte sich im Zimmer ein und zog ihren Badeanzug schon unter. Karsten hatte wissen wollen, wieso sie keinen Bikini trug. „Diese Dinger", hatte Nicole geantwortet und ihren Busen hoch gedrückt, „sind im Badeanzug besser aufgehoben."

„Findest du."

Dann hatte sich Karsten noch erkundigt, wieso sie sich eigentlich eincremte, da war seine Freundin fast ärgerlich auf ihn geworden, ob er irgendein Problem hätte? Sie cremte sich ein, weil sie nicht in der Sonne verkokeln wollte. „Ich dachte ja nur", hatte Karsten gemurmelt und die Sonnencreme in den Rucksack gesteckt. Nur gedacht hatte er nämlich, dass Farbige gar nicht braun werden würden, aber da lag er wohl falsch. Er beschloss, bei Gelegenheit mal bei Fränk nachzufragen, denn der war um einiges dunkler als Nicole. Neben Fränks Mokka war Nicole Milchkaffee. Endlich waren auch die anderen aufbruchbereit und erschienen nacheinander in der Hintertür, die so lange offen blieb, bis der letzte das Haus verließ, abschloss und den Schlüsselbund ins Toilettenfensterchen legte. Nicole sah, dass Karsten mit ganz geradem Rücken auf der Gartenmauer saß, und schmunzelte.

„Spring in meine Arme!"

Karsten grinste und machte, cool wie er war, einen zehn Zentimeter Hopser, von Nicole aufgefangen. Zu viert gingen sie die rot gepflasterte Strandstraße hoch, am „Ei" vorbei, am „Meer&Mehr" auch, obwohl die Mädchen im Vorbeigehen die ausgestellten Kettchen und Tücher befingerten, dann kamen ein Eis-Salon und ein Drachenladen -

„Geil Drachenladen!"

Michael hatte, einmal der Schule entronnen, alles lehrerhaft Vorbildliche von sich geworfen und sogar Spaß daran, auf rein gar nichts zu achten, weder auf Lexik noch auf Mode oder Frisuren – Romy hatte ihn heute Morgen gekämmt, sie fand das schön. Selbst rasiert hatte er sich aber doch. Einen Lenkdrachenausrüstungs- und Zubehörladen gab es also in der Strandstraße, die bereits ab dem Eis-Salon eine dreißig Grad Steigung hatte, ganz anders als die brave Bubertstraße, in der alles glatter und gerader war. Ein paar Radfahrer kamen in diesem Moment um die Ecke der Strandpromenade gebogen und stürzten sich praktisch kopfüber in die Strandstraße, so dass sie schon auf Höhe des Drachenladens einen Affenzahn drauf hatten und kreischten und juchzten.

„Das will ich auch!"

Nicole freute sich immer schnell mit und über andere, sie sah den Fahrrädern hinterher, aber Karsten drehte sie wieder bergauf.

„Strand, Nicki, Strand, konzentrier dich!"

Nach einem letzten Postkarten-Andenkenladen hatten sie es dann geschafft, der Aufstieg war zu Ende, man mochte sich gar nicht vorstellen, wie diese Straße bei Gegen- oder Rückenwind zu bewältigen war! Michael fand vor allem, sie sollten jetzt dringend Sand unter die Füße bekommen, der Anblick des weiten, weiten Strandes bei Ebbe hatte seine Läuferbeine schon ganz kribbelig gemacht, und so ließen sie ihn nicht länger zappeln sondern schlugen ihr Lager rechterhand am Anfang der Dünen auf, zwischen Trampolinanlage und Hundestrand. Michael beäugte die Trampoline zwar misstrauisch, denn soetwas lockte doch Kinder im Grundschulalter an, aber dann zogen sie sich alle bis auf die Badesachen aus, eine Bikini-Romy umarmte ihn und schickte ihn laufen, „Los lauf los", und befreit aufatmend nahm Michael die endlos wirkende Fläche der Sandbank in Angriff.

„Weg issa."

Romy legte sich bäuchlings auf ihr Laken, stützte das Kinn auf die Hände und sah ihrem Läufer hinterher und dem Treiben am Strand zu. Ihre Aussprache war, seit sie Michael kannte, etwas nachlässiger geworden. Karsten ärgerte sie ein bisschen und malte ein T in den Sand vor ihr.

„Ist, mit T."

Romy kniff die Augen zusammen und streckte ihm die Zunge raus. Nach kurzem Zaudern, weil er die schönsten Mädchen der Insel da so nebeneinander am Strand liegen sah, beschloss Karsten dann aber doch, dass er auch Bewegung brauchte und lief zum Wasser, das ziemlich kalt und fast wellenlos war. Den meisten Kindern war das egal, und an der Wasserkante trieben sich ganze Heerscharen von Badegästen herum, die sich nur bis zu den Knöcheln hinein trauten, dafür aber zielstrebig hin und her marschierten. Von der ersten Buhne bis zum Anfang des Seehundschutzgebietes auf der Sandbank. Immer hin und her, da kamen einige Kilometer zusammen, eine ausgedehnte Kneippkur. Karsten hielt nach Hieke Ausschau, sah aber nur unbekannte coole Jungendliche in roten T-Shirts und Sonnenbrillen auf dem DLRG-Ausguckswagen, einer renovierten Badekarre von Annodazumal. Auf die Bademeisterbude hatte er keine Lust, Hieke würde ihnen schon noch von alleine über den Weg laufen. Stattdessen traf er Andrea, die im seichten Wasser gelegen hatte und sich beim Aufstehen zu erkennen gab. Karsten dachte noch, dass es merkwürdig war, im Sommer die Körper der anderen sehen zu können, während sie sonst immer angezogen und eingepackt waren, aber am Strand fielen problemlos alle Hüllen. Andrea trug wie Nicole einen Badeanzug, er selbst eine ganz normale, blaue Badehose, keine Shorts oder etwas ähnlich lockeres, längeres, war also so gut wie nackt. Ja, eigentlich war das komisch im Sommer. Andrea war seine blaue Badehose sowas von egal, sie schien einfach nur erfreut über das unerwartete Zusammentreffen.

„Oh hi Karsten! Jetzt seid ihr wieder da? Warst du schon drin? Hab dich fast nicht erkannt!"

Karsten bejahte und verneinte, und Andrea meinte, bei Flut badete es sich viel besser, weil dann Wellen da wären, oder man müsste auf die andere Seite der Sandbank laufen, da wäre es immer aufgewühlter. Genau das hätte Romys Freund Michael auch gemacht, berichtete Karsten und erzählte auch gleich von Nicole, und Andrea meinte, dann würden sie sich bestimmt abends mal im „Ei" oder auf der Promenade treffen.

„Ich bin im Kurorchester."

„Wow! Dann gehörst du ja zur Prominenz!"

Eben die erschien in diesem Augenblick am Ende des Holzweges, der von der Strandpromenade bis zur Bademeisterbude führte: Jörg und Dirk, in Badeshorts, käseweiß bis auf die Unterarme, die vom ewigen T-Shirt Tragen viel Sonne abbekommen hatten, mit Handtüchern bewaffnet und einem frechen Grinsen auf den Lippen.

„Karstenkarstenkarsten. Du ziehst die Frauen an wie Bienen den Honig."

„So´n Blödsinn!"

Jörg guckte entrüstet.

„Der Honig die Bienen!"

„Ich bin keine Biene."

Andrea unterdrückte mühsam ein Kichern, und Karsten stellte vor.

„Ey ihr Blödmänner, das ist Andrea, eine echte Borkumerin, und die kenn ich von damals."

Artig schüttelten Schlagzeuger und Gitarrist Andrea die Hand, dann trennten sie sich. Andrea ging nach Hause, und Karsten wurde zum Baden gezwungen. Was sogar Spaß machte, vor allem, nachdem er Dirk eine Handvoll Sandmatsch auf die Haare geworfen hatte.

Als er an vielen bunten Strandzelten, Sandburgen, buddelnden Kindern und Eltern in Liegestühlen vorbeigegangen war, sah er, dass Romy und Nicole Beachball spielten und Michael lang ausgestreckt im Sand lag. Die Mädels spielten richtig gut, sah sportlich aus, so Karstens Urteil.

„Wo habt ihr die Schläger her?"

Nicole schlug einen Ball hoch in die Lut.

„Hat Mikkl gefunden!"

„Und ich hab Andrea getroffen."

„Andrea? Moment, gleich weiß ich wieder, wer das ist…"

Während Romy nach vorn stürzte, um einen flachen Schmetterball noch zu retten, guckte Nicole nachdenklich aber zwecklos und lief rückwärts, damit sie Romys Ball erwischte. Karsten lachte sie aus.

„Kein bisschen weißt du gleich wieder, wer das ist! Aber ich sags dir: die ganz große Borkumerin, die blonde. Ihr Bruder hat mich damals mit in den Shanty-Chor genommen."

„Ach so, die ist das. Willst du auch mal spielen?"

Eifersucht war in ihrer Beziehung Gottseidank kein Thema. Beide kannten sie ungewöhnlich viele und ganz unterschiedliche Leute, in Hamburg, in Thüringen und überhaupt, und längst kannte jeder noch nicht sämtliche Bekannte des anderen, aber Karstens Verhältnis zu Romy hatte sich Nicole nun doch genauer erklären lassen. Wie das mit dem Hören der Schwingungen gewesen war. Karsten, der sich ja auch berufsbedingt für Musikwahrnehmung interessierte, hatte ihr alles ausführlich erklärt, und Nicole hatte ihn anschließend ausführlich abgehorcht. Sie liebte Karstens tiefe Stimme. Er seinerseits vertraute ihr vollkommen; noch nie war er sich so sicher gewesen wie bei Nicole, die durch Wolfgang Joop in allen möglichen internationalen und Hamburger Kreisen verkehrte, mit denen Karsten herzlich wenig anfangen konnte, aus denen sie aber jedesmal genauso strahlend schön und verliebt wiederkam, wie sie hingegangen war und Karsten keinen Grund zur Sorge gab. Ab und zu begleitete er sie auch, auf eine Ausstellungseröffnung in den Deichtorhallen oder einen Künstlergeburtstag in der Elbvilla Karl Lagerfelds, aber Vergnügen sah für ihn eigentlich anders aus. Ob sie dafür Extrastunden bezahlt bekäme, hatte er Nicole einmal gefragt, und sie hatte ihm erklärt, das wäre Teil der Arbeit und ihr Gehalt rechtfertigte solche Vergnügen zu Arbeitszwecken. Karsten fragte lieber erst gar nicht, was sie verdiente, aber es musste viel sein. Am Borkumer Strand trug Nicole allerdings einen Badeanzug, den sie gratis nach einer Modenschau abgestaubt hatte – es hatte sonst niemand richtig hineingepasst und Wolfgang Joop das weiße Dolce&Gabbana Teil heimlich für seine Assistentin beiseite geschafft. Karsten faszinierte es an Nicole, dass sie zum

Beispiel mit Gästeklappbetten überhaupt kein Problem hatte, oder dass sie die widrigsten Umstände mit Abenteuerlust meisterte. „Ich kann das ab" war ihr Standardspruch, wenn andere vielleicht Bedenken angemeldet hätten.

Womit gegen 13 Uhr alle einverstanden waren, war Mittagessen an der Strandbude. Nachmittags rannten Romy, Michael, Karsten und Nicole zum Wasser und sprangen in die Flut, rannten wieder zurück, ließen sich von der Sonne trocknen, spielten Beachball und hatten eine längere Diskussion über Umweltschutz und die Ausbeutung der Entwicklungsländer. Um 16 Uhr wurde Karsten unruhig, er war mit den Gedanken beim ersten Auftritt der Tanzkapelle als Kurorchester, für den er sich noch duschen und umziehen wollte. Gaby legte großen Wert auf das Outfit ihrer Musiker. Also trennten sie sich: Romy und Michael kauften Eis und blieben in den Dünen, er wollte heute verwahrlosen, erklärte Michael, wozu Romy den Kopf schüttelte, und Karsten und Nicole wanderten zurück zum Polizeirat. Das Gefälle der Strandstraße bewältigten sie Arm in Arm, im Schatten der Kirchgartenbäume umarmten sie sich, und dann wäre Karsten beinahe zu spät gekommen, weil sie im Musikzimmer einfach nicht voneinander los kamen. In Rekordzeit duschte er fünf vor fünf, schlüpfte in Hose und Joop-Hemd, ein Hosenträger schnellte in der Eile zurück und traf ihn am Kinn, woraufhin Nicole lachend den Kopf ins Kissen drückte und meinte, sie würde sich ein paar Minuten Zeit lassen und Karsten an der Promenade treffen.

„Ich seh dich dann ja."

Karsten küsste sie, „Okey bis später", und rannte los. Aber was war wichtiger, Nicole umarmen oder pünktlich sein? Nicole natürlich.

Wäre er nicht so glücklich und atemlos von dem Sprint gewesen, hätte der Blick, den Gaby ihm zur Begrüßung zuwarf, ihn glatt schockgefrieren können. So aber hängte Karsten sich nur schwungvoll hinters Akkordeon und grinste die anderen Kapellmitglieder genauso blöd an wie sie ihn. Nicoool, formte Fränk mit den Lippen und verdrehte die Augen gen Musikpavillionkuppel. Dann ergriff Gaby das Mikrophon, und alle konzentrierten sich auf die Arbeit. Und die Musik. Und den Spaß, den

Schwung, das Bühnenadrenalin und den Rhythmus, dessen Funke ziemlich schnell auf die Kur- und Badegäste übersprang. Über den hohen, geöffneten Fenstern zur Promenadenseite waren fünf Lautsprecher angebracht, so dass sie ihr Publikum problemlos beschallen konnten, und auch Nicole hörte, kaum dass sie aus der Bubertstraße getreten war, wie ihr Freund mit Gaby im Duett die Tanzkapellenversion von Nancy Sinatras „Bang Bang" sang, ein wahnsinniger, grooviger Song. Sie beeilte sich, an die Promenadenbrüstung zu kommen und sah, wie die wahnsinnige Gaby in einem der offenen Fenster lehnte, ein Bein am Rahmen anwinkelte und mit ihrer rauchigen Altstimme „Will you shot me down" fragte. „Till you hit the ground" antwortete Karstens Bass singend von der Pavillionbühne, einige Pärchen hielten sich im Engtanz umschlungen, und mehreren älteren Herrschaften stand der Mund offen, aber das konnte Nicole von ihrem erhöhten Standpunkt aus nicht erkennen. Sie lächelte. „Ach Süßer."

Applaus brandete auf, Gaby stellte dankend die Kapellmitglieder einzelnd vor, und dann machten sie ihrem Namen alle Ehre und brachten das Publikum mit B.B.King´s „Save the last dance for me" zum Tanzen. Und wo sie sowieso gerade alle wild gemacht hatten, folgte der Foxtrott „Neh na na na" von Vaya Con Dios. Nicole genoss die späte Nachmittagsstundenstimmung. Alles fühlte sich gut an, einfach alles.

In den folgenden Tagen hätte Michael sie beinahe mit seiner Sportler-im-Urlaub-Energie angesteckt. Er und Karsten waren meistens als erste auf den Beinen, und während der eine in der Küche klönte und Tee kochte, holte der andere Brötchen für ihren Tisch. Die Polizeiratsgäste versorgten sich unabhängig voneinander, teilten sich den Kühlschrank und die Speisekammer, wuschen getrennt ab, bedienten die Waschmaschine und hielten ihre Zimmer selbst in Ordnung. Die Badezimmer im ersten Stock und im Erdgeschoss putzte der Hausherr gelegentlich, und beim allgemeinen Gästewechsel fegte eine original Borkumer Putzkolonne durchs Haus und stellte alles einmal auf den Kopf. Olli hatte Michael einen Fahrradverleih empfohlen,

obwohl sie für kurze Strecken auch gerne die hauseigenen Räder benutzen dürften, und Hieke hatte ihn auf die Reedestraße geschickt, dort könnte er sich Zwecks Training am besten austoben. Er hatte also ein Sportrad geliehen und fuhr die Strecke jeden dritten Tag, machte nach dem Rückweg erst bei den Fahrradständern der Strandpromenade Halt, lief über die Sandbank, schwamm an der Schweinebucht, lief wieder zurück und war dann jedesmal bis zum Mittagessen ausgepowert. Ausgepowert aber glücklich. Romy hatte glücklich einen Gemüsemann entdeckt, der den relativ hohen Preisen der Supermärkte Konkurrenz machte: er stand jeden Dienstag und Freitag mit seinem Gemüselaster auf dem Sammelparkplatz und verkaufte von der Ladefläche. Immer nur Essen gehen war selbst Nicole zu teuer, also kochten sie abwechselnd, mal mittags, mal abends, und es kam auch vor, dass unsichtbare Hände eine Ladung Obst und Gemüse anschleppten und an der Polizeiratshintertür deponierten, mit Gruß: „Aus Tüdda´s Garten“. Bei dem Namen klingelten in Karstens Erinnerung vage die Alarmglocken, dieser Tüdda war doch – ja richtig, der Türsteher vom Klaasohm. Oha, der hätte ihn fast auflaufen lassen. Karsten runzelte die Stirn, musste aber doch anerkennend zugeben, dass imposante Zucchinis und herrliche Himbeeren aus dessen Garten kamen. Seinen Klaasohm- und Chorfreund Marcel hatte Karsten auch wiedergetroffen, im "Ei" natürlich, wo er mit seinen Kumpels ein Jever trank und auf Maica wartete. Hieke hatten sie abgeschrieben, die war anderweitig vergeben, die Borkumer Gerüchteküche brodelte, und Marcel entschied spontan, dass diese Warterei sowieso keinen Sinn hatte, ließ seine Kumpel allein und rutschte lieber neben Romy auf die Bank.
"Wo habt ihr euch denn kennengelernt?"
Interessant war das Thema Frauen immer. Michael lachte. Er brauchte Bier nur anzuschauen, da fühlte er sich schon wie berauscht.
"Im Wasser! Und Karsten und Nicole auf der Straße!"
Im Laufe des Abends versuchte Marcel mehrmals, die vier für die nächsten Tage zu verplanen, aber er hatte keinen Erfolg. Einzig für das Nachtfischen konnte sich Karsten begeistern, die

anderen lehnten dankend alles ab. Eigentllich hatte Karsten gar keine Ahnung, für was er sich da grade begeistert hatte, aber früher war er öfter mit seinem Bruder angeln gegangen, an Thüringer Bächen, also wäre Nachtfischen vielleicht genau das Richtige. Na wenn das man gut ging, bei Marcel wusste man nie. Während Karsten noch Bier trinkend herumgrübelte, erklärte Michael ihrem Borkumanimateur, weshalb sie morgen keine Zeit für seine Ideen hätten.

„Ich hab Räder gemietet. Wir fahren die Dünenwege ab."

Marcel guckte misstrauisch, Nicole auch.

„Boah so wie du das sagst, klingts fast stressig!"

Hastig trank Michael sein Bier aus, um die stressigen, lehrerhaften Klänge wegzuspühlen.

„So sorry. Wir fahren so´n bisschen in den Dünen rum. Besser?"

Nicole grinste und prostete ihm zu, entspannt kuschelte sich Romy in seinen Arm, und Karsten war eigentlich schon auf dem Weg zur Toilette.

„Du Kaschi, und wegen dem Nachtfischen, hör eben mal zu."

Karsten seufzte unhörbar, während Marcel unbekümmert drauf los quatschte, von Nicole beobachtet als wäre er der Sensationsgast im „Ei", was ihn nur noch mehr anfeuerte. Romy rettete Karsten schließlich.

„Masl guck mal."

Sie deutete auf den Tisch, wo seine Kumpel saßen und in diesem Moment Platz machten für drei sehr langhaarige Mädchen.

„Ouh ich werd nicht wieder, Maica *und* ihre Freundinnen! Leute ich geh dann mal!"

Dabei schlug er Karsten auf die Schulter, der sein Bierglas am Mund hatte und um ein Haar reingespuckt hätte, dann war er weg und drängelte sich zu seinen protestierenden Kumpel zwischen die langen Haare. Karsten spürte Nicoles Hand auf seinem Knie und ihren Atem am linken Ohr.

„Ich ess voll gerne Fisch."

Er musste lachen und drehte sich zu ihr um, damit er sie küssen konnte. Michael warf mit Papierkügelchen.

Am nächsten Morgen war der Himmel ganz leicht bewölkt und

Karsten als erster mit Frühstücken fertig. Er fühlte sich wie auf Urlaub im Urlaub, schließlich hatte er hier als einziger jeden Tag ab 16 Uhr gearbeitet, gesungen und musiziert nämlich, aber heute war ein arbeitsfreier Sonntag, und er nach dem netten Abend im „Ei" eben in absoluter Urlaubslaune. Die Fahrräder hatten Michael und er schon gestern besorgt, eine ungefähre Route festgelegt und die Wecker für 8 Uhr gestellt – instinktiv war Karsten also eine Stunde zu früh aufgewacht, hatte sich gefreut und war zu Nabrotzky gelaufen. Und nun hatte er bereits seinen Ausflugsrucksack auf dem Gepäckträger festgeschnallt, Sonnenbrille und Schirmmütze aufgesetzt und drehte gutgelaunte Runden um die Telefonzellen und die Littfassäule vor dem Polizeirat. Allzuviel los war nicht an diesem Sonntagmorgen, aber ein vereinzelter Bollerwagen wurde doch schon über den Platz gezogen. Karsten grinste. Er hatte den Schirmmützenmann und die Sonnenbrillenfrau wiedererkannt, deren Look er gecovert hatte, und die zwei kleine Mädchen kutschieren durften. Sie grüßten ihn.

„Moin!"

„Moin" sagte auch Karsten und hielt, cool wie er war in seinem Look und in echt ledernen Ökolatschen, an der Polizeiratsgartenpforte an, denn dort war Nicole aufgetaucht, und bei ihr hielt er immer gerne an.

„Süßer was machst du denn da?"

„Ich fahr mich warm."

„Wir sind jetzt auch fertig."

Just in diesem Moment fiel es Karsten wie Schuppen von den Augen, dass Romy Fahrrad fahren würde. Konnte sie das plötzlich? Hatte sie ihre Fahrradangst überwunden? Er nahm die Sonnenbrille ab und guckte Nicole so vorwurfsvoll und gespannt an, dass sie lachen musste.

„Was ist?"

„Ich dachte, Radfahren wäre nichts für Romy, weil sie damals diesen Unfall hatte? Diesen Radunfall? Fiel mir grad so ein."

„Ach so. Na eben beim Frühstück hat sie gesagt, wenn wir ihr alle davonrasen würden, würde sie kein Wort mehr mit uns reden – eigentlich hat sie Michael dabei angeguckt, der fährt ja gerne schnell…"

„Na denn. Soll ich deinen Sattel noch höher stellen?"

„Moment ich teste mal – ja bitte, oh ein ganzes Stück! Sonst sitz ich ja wie auf´m Sofa!"

Karsten, der wusste, wo in Ollis Fahrradschuppen die Schraub- und Fünfkantschlüssel hingen, machte sich ans Werk und freute sich, dass er für Nicole den Mechaniker machen konnte. Sie konnte auch selber Schrauben anziehen und Nägel einschlagen und dergleichen, sogar Kabel verlegen konnte sie, er hatte es mit eigenen Augen gesehen, aber andererseits war es einfach nett, fast gentlemenlike, sich für die Freundin die Finger schmutzig zu machen und mit Werkzeug zu hantieren. Karsten fand es direkt schade, dass Romy nicht ebenfalls seiner Hilfe bedurfte – ihre Sattelhöhe passte, und Michaels sowieso, der hatte das noch im Fahrradverleih geregelt. Endlich konnte es los gehen. Karsten beschloss, sich Romy bei der allerersten Pause vorzuknöpfen; während der Fahrt konnte er ja schlecht mit Gebärden anfangen, aber als angehender Therapeut wollte er unbedingt wissen, wer sie wie aufs Rad gesetzt hatte.

Zunächst fuhren sie durch die Boeddinghausstraße und nahmen den erstbesten Dünenweg Richtung Ostland. Danach überließen sie es dem Zufall oder Michaels Intuition, wo es hingehen sollte, solange es nur nicht zurück ging. Dafür aber auf und ab und in die Kurven – die meisten Dünenwege waren so schmal, dass man mit Vorsicht aneinander vorbei fahren konnte, ohne den Lenker des anderen zu touchieren, und dann waren sie auch noch rot gepflastert, leicht versandet, unnendlich… Karsten, der das Schlusslicht bildete, brüllte irgendwann „Pause!" nach vorne, Nicole gab die Parole weiter, und wirklich stoppte Michael an der nächsten Kreuzung. Erleichtert sah Karsten zu, wie Romy abstieg und ihr Rad in den Sand am Wegrand kippte. Sie stemmte die Hände in die Seiten mit einem Gesichtsausdruck, als könnte sie es kaum glauben, wirklich so lange im Sattel gesessen zu haben. Nicole kramte ihre Wasserflasche hervor und trank mit geschlossenen Augen einen halben Liter. Es war zwar noch nicht Mittag, aber über zwanzig Grad waren es bestimmt.

„Aaah, jetzt gehts wieder. Was sagt Romy?"

„Sie findet Pause super und will mal auf diese eine hohe Düne rauf steigen, das sieht da wie´n Weg aus."

Michael sah seiner Freundin dolmetschend hinterher, und Karsten, der das so ähnlich übersetzt hätte aber Michael gerne den Vortritt ließ, folgte Romy nach oben. Es war eine richtige Aussichtsdüne, ein Hinweisschild bestätigte das.

„Na denn, gehn wir auch!"

Nicole lehnte ihr Rad gegen das Schild.

„Komm Mikkl!"

Karsten hatte eben den Sand aus den Birkenstock geschüttelt. Nicole legte ihm von hinten die Arme um den Bauch und genoss die Aussicht über seine Schulter hinweg. Auf der Düne wehte ein erfrischender Wind, der sie für die Radtour hierher belohnte, und Lust auf ein neues Ziel machte. Nicole drehte Karsten um fünfundvierzig Grad.

„Siehst du das da? Was ist das wohl?"

Bevor Karsten seine Vermutung äußern konnte, kam die Antwort von selbst. Ein Sportflugzeug hob von der Insel ab.

„Oh! Flughafen! Sollen wir da mal hinfahren?"

Michael schob die Unterlippe vor, was ihn ziemlich doof aussehen ließ, und meinte, er fände ein anderes Ziel besser. Romy, die im Schneidersitz da saß und versuchte, nicht von dem Zeug im Sand gepiekst zu werden, tat so, als würde sie Eis essen. Nicole ließ Karsten los, der sofort fröstelte.

„Ja das ist auch gut, dafür verzichte ich auf den Flughafen."

Zu sehen war allerdings nur viel dunkelgrüne Dünenlandschaft, ein Horizont mit Nordsee, Borkum Stadt weit, weit weg… Nichts deutete auf Eis hin. Aber die Rettung nahte, eine Familie mit Kindern hielt an der Wegkreuzung, und während die Eltern noch die Fahrräder abschlossen, erstürmten die zwei Jungen bereits die Aussichtsdüne. Karsten grinste sie breit an.

„Haloooo!"

Die beiden erstarrten kurz, dann kümmerte sich der kleinere nicht länger um die Anwesenden, aber den älteren konnte man ausfragen.

„Weisst du, wo´s hier Eis gibt? Hast du heute schon eins gekriegt?"

Kopfnicken.

„Wo denn?"

„Na da, in dem Café."

Der Junge zeigte zielsicher ins Grüne, und Karsten war zufrieden.

„Ja super. Dann fahren wir da auch hin. Auf Kinder kann man sich immer verlassen!"

Nette Kinder, ob mit oder ohne Auskunft, machten ihn immer gutgelaunt. Michael zog Romy auf die Füße.

„Na wenn da man die Richtung stimmt! Du darfst vorfahren."

Das tat Karsten. Genoss es, als erster den Sommerfahrtwind im Gesicht und vor sich die die ganze wellige Weite des Ostlandes zu haben, relativ leicht durch die Gegend zu fliegen – Fahrradfahren war wirklich nicht anstrengend. Man durfte nur nicht so rasen wie dieser Sportlehrer! Karsten brauchte knappe fünfzehn Minuten, dann hatte er sein Trüppchen am Flugplatz vorbei gegondelt, ignorierte das Emmich-Denkmal und strebte dem „Café Ostland" zu. Was Michael vielleicht in einem Viertel der Zeit geschafft hätte, aber ob er das Café am Ende der Ostfriesenstraße überhaupt gefunden hätte, bezweifelte Karsten doch stark. Sie stellten ihre Räder in die Fahrradständer an der Mauer. Es gab einen großen Vorhof, eine Terrasse oder Biergarten, mit Tischen und Sonnenschirmen unter zwei Bäumen, und ein paar waren sogar noch frei.

„Herrlich."

Karsten hängte seinen Rucksack über eine Stuhllehne. Michael saß schon.

„Haben Sie gut gemacht, Herr Teepe."

„Ja blogadarju Vas, sudar."

„Wie auch immer, wa!"

Die Mädchen waren zusammen auf Toilette gegangen und konnten danach berichten, drinnen wäre es auch sehr nett, irgendwie total deutsch, aber ostfriesisch, und man könnte fast bis in die Küche sehen. Eine junge Frau brachte ihnen die Speisekarte, und Nicole zupfte an ihrer Schürze.

„Verzeihung, was ist das, was Sie da am Nebentisch serviert haben?"

„Das ist dicke Milch!"

„Oh ist das kalt? Sowas möchte ich auch."

„Ja gerne. Mit Schwatzbrot und Zimt und Zucker, oder mit gemischten Früchten?"

„Hmm, mit Schwarzbrot bitte."

Romy machte Zeichen. Diesmal war Karsten mit Übersetzen dran, weil Michael in die Karte vertieft war, und lachte. Egal, was es wäre, sie wollte dasselbe wie Nicole, hatte Romy gesagt, und für sich bestellte Karsten Milchreis und hausgemachte rote Grütze.

„Und ich nehme-"

Michael klappte die Karte wieder zu.

„-Alsterwasse, Frikadelle und Kartoffelsalat bitte."

Karsten grinste ihn an.

„Sportlernahrung."

Michael grinste zurück.

„Hausmannskost!"

Die dann auch wirklich sehr gut war, genau wie Milchreis und Grütze, aber bevor Romy und Nicole ihr Urteil abgeben konnten, inspizierten sie ihre Schüsseln erstmal von außen und testeten die Schwabbeligkeit mit dem Löffel.

„Ach ist das toll, sowas hab ich noch nie gegessen! Sieht irgendwie aus wie kaputter Yogurt mit Haut, oder verkäste Buttermilch oder so… „

Romy ging ihre dicke Milch etwas entschlossener an, Michael beim Essen zuzusehen hatte ihren Appetit nur noch größer gemacht, und mit einem Schulterzucken bestreute sie alles braunweiß und bröckte Schwarzbrot darüber, was alles von der Haut gehalten wurde. Nicole ging lieber löffelweise vor, streute und aß, streute und aß, und wurde mit jedem Löffel voll dicker Milch zufriedener. An Eis dachte niemand mehr, dies hier war viel erfrischender.

„Voll super. Erinnert mich irgendwie an so'n asiatisches Zeug, das ich mal gegessen hab, oder wars türkisch?"

Karsten, der Reis und Grütze gierig verschlungen hatte, schlug Käffchen vor, was die Mädchen gut fanden, und Michael erzählte, wie der Kellner in dem türkischen Restaurant in Segeberg ihnen immer den Kaffeesatz las.

„Wenn du den Mokka ausgetrunken hast, kommt er an und dreht die Tassen um, der Sabsch läuft an den Wänden runter und das interpretiert er dann irgendwie – bisher hat er jedesmal das Gleiche gesehen. Komisch eigentlich. Oder einfach konstant."

„Was Nettes?"

„Ja, ja doch, alles im grünen Bereich. Wahrscheinlich wollte er uns nur nicht vergraulen. Aber einmal ist Romy ihm zuvorgekommen, hat die Tasse selbst umgedreht, da ist der Kellner fast wütend geworden, von wegen mit Mokka spielte man nicht, und dann musste ich noch zwei Raki bestellen, damit er sich wieder beruhigte. Na ja."

Nicole nippelte an ihrem unschuldigen Kaffee.

„Und wie gehts eigentlich Pissi, kommst du gut voran?"

„Pissi", wiederholte sie für Romy, die sofort zerknirscht guckte und „Geht so" meinte. Borkum wäre besser zum Malen. Dann mal doch, sagte Karsten mit Gesten, und Romy verzog das Gesicht noch weiter um „Yeah Schwamm drüber" zu antworten.

„Bei Wolfgang werd ich mich auch erst in einer Woche melden, frühestens."

„Sehr vernünftig. Wo fahren wir jetzt lang?"

„Fängt hier nicht irgendwo der Deich an? Hat jemand die Karte im Kopf?"

Romy und Nicole schüttelten den Kopf, und auch Karsten verneinte.

„Na dann verlassen wir uns am besten wieder auf dein Gefühl, Kaschi."

„Auf meins?!"

Gegen zwei, die grinsten, und gegen Nicoles Lächeln hatte er praktisch keine Chance und gab sich geschlagen, aber erst wollte er auch mal die Toilette testen.

„Genau."

Michael legte sein Portemonnaie auf den Tisch und folgte ihm.

Mittlerweile waren alle Plätze auf der Terrasse belegt, und als die beiden wieder kamen, saß sogar jemand auf Karstens Stuhl, was ihn auf den ersten Blick empörte, auf den zweiten aber amüsierte, denn diesen Jemand kannte er vage.

„Ja gugge, dea Gleäus."

Wenn er wollte, konnte er sächseln, und genauso kam die Antwort.

„Joa mei Herr Kolleesche."

Romy und Nicole saßen nur da mit kugelrunden Augen, die zwischen dem Kollegen und dem Klaus hin und her wanderten, während Michael leicht irritiert sein Portemonnaie einsteckte. Sie konnten nicht wissen, dass Karsten diesen aus Leipzig stammenden Klaus Schubert, oder Schubi, von den Kurkonzerten kannte, wo er den Musikpavillion drei Tage lang belagert und mit Gaby geflirtet hatte, nur um die Tanzkapelle zu einem Jazz-Abend am Uppholm Hof zu überreden. Und Gaby hatte eingewilligt. Nun fuhr sich Klaus, der Musikerkollege, dandyhaft durch die grauen Haare, schlug ein Bein über das andere und war eigentlich im Begriff, Nicole und Romy in eine anregende Unterhaltung zu verwickeln, die beide sowieso schon schmunzelten, aber Michael und Karsten fanden das unnötig, tauschten einen kurzen Blick aus und scheuchten ihre Freundinnen hoch und auf die Räder.

„Oh nun gehen Sie schon!"

Klaus jammerte unbekümmert und hob die Hände.

„Aber Sie kommen doch alle zum Jazz-Abend? Und, die Damen, setzen Sie sich doch bitte ganz nah an die Bühne…"

„Ja Klaus, natürlich!"

Nicole machte Spaß und lächelte den Stuhlbesetzer an, als wäre sie soeben zur Präsidentin seine Fanclubs geworden, was ihn beruhigte und sie gehen konnten.

„So ein verrücktes Huhn!"

Nicole lachte leise, während sie ihre Tasche auf den Gepäckträger klemmte.

„Ältere Männer in weißen T-Shirts und geblümten Boxershorts sind immer irgendwie verrückt."

„Woher weißt du das?"

Für Karstens Geschmack war Nicole manchmal einen Tick zu aufgeschlossen, zu einnehmend, und falls dieser Schubi sich nicht als wirklich genialer Musiker entpuppen sollte, hätte er gewaltig bei ihm verschissen. Wer soviel Theater machte, musste auch etwas vorzuweisen haben. Nicole machte aber nur „Ooch" und meinte, das wär bloß Intuition, junge Männer fände sie viel interessanter, junge bärtige Männer aus Thüringen zum Beispiel, gab Karsten einen Kuss, saß auch schon im Sattel und fuhr los, so dass Karsten gar keine Zeit hatte, grummelig zu werden, wenn er nicht wollte, dass Nicole in die komplett falsche Richtung radelte.

„Ey Nicki! Links rum!"

Sie kicherte und kurvte Slalom um Spaziergänger und Kinderfahrräder, von denen es auf der Straße vor dem Café viele gab. Und dann führte Karsten seine Herde zum Deich. Im Gegensatz zu den anderen hatte er nämlich den wegweisenden Pfeil gesehen und wusste, wohin er wollte, es war gar nicht so weit. Leider verpassten sie aber die Schräge, an der man die Fahrräder auf den Deich hätte hinauf schieben können, denn Karsten als Herdenführer war schwungvoll in die verführerische Abwärtskurve gegangen, und da standen sie nun, am Fuße des Deiches, auf der falschen Seite. Der Landseite. Mehr als „Oh" fiel Larsten spontan nicht dazu ein, Romy schlug sich die Hände vors Gesicht und auf den Bauch, Nicole äugte misstrauisch nach den Schafen, die vereinzelt über die Deichkuppe blökten, einzig Michael fand einen praktischen Ausweg, denn ein Zurück gab es hier nicht!

„Ja, ja denn man los, Jungs und Mädels von der Waterkant, so schwer sind die Räder ja nicht."

Sportlich, wie er war, ging er auch gleich mit gutem Beispiel voran, und alle folgten sie ihm. Nicole schob ihr Rad, solange es ging, und wollte es eben wie die anderen an der Stelle schultern, wo der Deich steiler wurde, da kam es von oben heruntergesaust und hätte sie um ein Haar umgerissen – das war Michael, der schrie und samt Fahrrad koppheister gegangen war. Er war so schnell nach oben gestürmt, dass er den Haufen frischer Schafsköttel nicht gesehen und mit voller Kraft ausgerutscht war. Im Fallen verhedderte er sich mit Lenker und Pedalen und konnte noch von Glück sagen, dass es letzten Endes nur die Hand erwischt hatte, und zwar die rechte, die sah nicht gut aus. Mit so etwas hatte keiner von ihnen gerechnet, Unfälle passierten immer so wahnsinnig schnell, dass niemand Zeit für Rechnungen hatte! Michael jammerte und schimpfte und hielt sich das Handgelenk. Romys Hände flatterten durch die Luft.

„Scheiße Mann, musst du uns so einen Schreck einjagen!"

Karsten atmete zur Beruhigung tief durch und gab dem Unfallfahrrad einen Tritt. Etwas praktischer veranlagt tippte Romy auf ihrem Handy. Sie schrieb an Sören, der immer schnell zu erreichen war, während Nicole feststellte, wenn sich die Finger bewegen ließen, wäre sicher nichts gebrochen.

„Bewegen geht. Aber das Handgelenk lieber nicht."

„Jetzt frag mich nicht, wieso, aber ich hab ein zweites Oberteil eingesteckt, das kann ich dir als Verband drum wickeln, dann kannst du es auch gar nicht bewegen."

„Ja okey."

Romy erklärte Karsten, dass Sören sie am „Café Ostland" treffen würde, er käme mit dem Bus dorthin, und dann könnte Michael mit dem Bus zurückfahren und er das Fahrrad nehmen.

„Klingt gut. Dann schieben wir jetzt halt los. Sitzt der Verband?"

Nicole nickte, und Karsten dolmetschte schnell für alle Romys Gesten.

„Du bist gut organisiert!"

Michael konnte schon wieder grinsen.

„Sören, die rasende Krankenschwester."

Romy streichelte ihm über den Rücken.

Zehn Minuten später erreichten sie das „Café Ostland" zum zweiten Mal an diesem Tag, Karsten verschwitzt, weil er ja zwei Fahrräder gleichzeitig geschoben hatte, und kurz darauf kam auch schon der Bus, Endhaltestelle Ostland, und heraus sprang Sören. Er hatte sich extra noch ein weißes T-Shirt angezogen, um mehr wie Arzt auszusehen, und begutachtete Nicoles Oberteilverband mit kritischen Augen.

„Wir können auch zusammen im Bus zurückfahren und das Fahrrad gleich mitnehmen, und ich liefer dich dann bei Doktor Zuelke ab."

Sören wusste, dass er für Romy langsamer und lippenbetont sprechen musste, weshalb jetzt auch alle vier nickten und Kleingeld zusammensuchten, 3,60 Euro kostete die einfache Fahrt, fürs Fahrrad auch. Dass Sören ein Schatz war, hatte Romy ihm schon per Handy gesagt. Und jetzt überlegte sie, ob sie auch Bus fahren sollte, aber Michael beruhigte sie, er wäre ja in guten Händen, und sie dürfte die Fahrradtour gerne bis zu Ende mitmachen. Drei Hände winkten zum Abschied, aber nur Sören erwiederte blendend gelaunt den Gruß, denn Michael musste sich ja selbst festhalten. Romy, Karsten und Nicole sahen dem Bus hinterher und dann sich an.

„Was nun?"

„Der doo-fe Deich."

Nicole schlug vor, einfach auf der Straße zu fahren, und weil der Deich abgewählt und alle mentalen Fahrradkarten in Karstens Gedächtnis durch den Unfallschreck spurlos gelöscht worden waren, schien dieser Vorschlag wirklich am vernünftigsten. So kamen sie sogar am Flugplatz vorbei, worüber Nicole sich ungemein freute, aber sie ließen ihn sportlich links liegen und radelten dem Borkumer Linienbus hinterher durch die Barbarastraße. Obwohl auf der Insel kaum Autoverkehr auf den Straßen war, verlangte Romy ab der Hindenburgstraße trotzdem, sicherheitshalber in der Mitte zu fahren, und Karsten tauschte bereitwillig mit ihr, wobei er sich daran erinnerte, dass er sie ja noch zum Thema Radfahren interviewen wollte. Bis dahin überließ er gerne Nicole die Führung, war gespannt, ob sie den Weg finden würde, den er selber auch nicht kannte, guckte sich die Gegend und die beiden Rücken vor ihm an, hatte einen „Ärzte"-Song im Kopf und begann gerade, sich an den vielen Urlaubern zu stören, die nicht nur am Strand, sondern überall herumliefen, da stoppte Nicole direkt hinter einem Pferdeplanwagen. Sie sah sich nach Romy und Karsten um.

„Wo ist denn dieser Doktor Zuelke? Da fahren wir doch hin, oder?"

Romy zuckte die Achseln. Karsten zuckte kurz zusammen, denn er hatte eine Stimme aus dem Planwagen erkannt. Auf den hintersten Plätzen, also ihm praktisch vor der Nase, saßen der Schirmmützenmann, die schöne Sonnenbrillenfrau und die zwei kleinen Mädchen aus dem Bollerwagen. Karsten zögerte nicht lange.

„Hallo! Kennen Sie vielleicht Doktor Zuelke? Wo hat der seine Praxis?"

„Hallo! Moin! Zuelke ist am Kriegerdenkmal!"

Langes Ü und gerolltes R. Der Planwagen ruckte an, die Sonnenbrillenfrau rief noch schnell, das wäre am Bahnhof, dann düsten sie mit 2 km/h und zwei Pferdestärken davon und Nicole meinte, das wäre ja toll, dass Karsten soviele nette Leute kennte. Und Romy auch.

„Dann such ich jetzt mal den Bahnhof, ich glaub ich weiß ungefähr, wo der ist."

Fast hätte es ein zweites Unglück an diesem Tag gegeben, weil die Pferde ein braunes Geschenk auf der Straße hatten liegen lassen, das der Planwagen vorher verdeckt hatte, und außerdem verliefen vor ihnen plötzlich ausgediente Bahngleise, in die man mit schmalen Reifen besser nicht hineingeriet, und so schlingerten Romy, Nicole und Karsten zunächst etwas halsbrecherisch los. Dann aber war die Gefahrenstelle überwunden und Bahnhof und Kriegerdenkmal fast schon in Sicht. Nur von Michael und Sören keine Spur, auch nachdem sie zehn Minuten auf einer Parkbank am Denkmal gewartet und Romy mehrere Nachrichten übers Handy rausgeschickt hatte. Sören antwortete nicht, und sie wurde ungeduldig.

„Hoffenlich is nich gebro-chen."

„Ey Leute wir sind ja auch doof."

Nicole stand auf.

„Sonntags hat die Praxis doch sicher gar nicht auf!"

Karsten schlug sich an die Stirn.

„Boah sind wir blöd...und was jetzt?"

Das lag alles nur an dem vielen Urlaubsvolk, das hier ständig Festtagsstimmung verbreitete, selbst am Sonntag Gewusel, Gelächter und Geldausgeben, da musste man ja durcheinander kommen mit dem Zeitgefühl! Auch Romy guckte empört und stampfte mit dem Fuß auf. Machte das „total-blöd"-Zeichen. Und dann fuhren sie zum Polizeirat. Und siehe da, eben schloss Sören hinter sich die Gartenpforte und schrak zusammen, als Karsten Sturm klingelte und knapp vor ihm abbremste.

„Haaaallo Sportfreunde!"

Sören strubbelte Romy freundschaftlich durch die Haare.

„Michael ist verarztet, alles leger."

„Wo wart ihr denn?!"

„Na bei Doktor Zuelke. Zum Glück war er zu Hause näch."

Die Sportfreunde nickten sich vielsagend zu.

„Yeah, gewusst wo…"

„Also ihr Lieben ich zieh dann mal ab, hol di fuchtig, chau!"

„Tschüß, und Danke Sören!"

„Da nai för!"

Leichten Schrittes ging er von dannen, und Karsten und Nicole folgten Romy ins Haus.

„Das klingt voll niedlich, wenn der Platt spricht, findest du nicht, Karsten? Da nai för…."

Doktor Zuelke hatte Michaels Handgelenk für mindestens zwei Tage Ruhe verordnet, weshalb Romy ihm eine Tuchschlinge um den Hals gemacht hatte, in die er das Handgelenk legen konnte, sonst würde er die zwei Tage niemals durchhalten.

„Jetzt bist du einviertel stillgelegt. Fuchtig!"

Nicole hatte für sich beschlossen, dass „fuchtig" so etwas ähnliches wie cool bedeutete und benutzte ihre neuen Fremdsprachkenntnisse hemmungslos. Michael auch.

„Denn man tou."

„Proust!"

Nicole war allerbester Laune. Sie saß neben Romy am Ende eines langen Biergartentisches, auf den sie Bier gestellt hatten, vor sich den äußeren linken Bühnenrand im Garten des Upholm-Hofes. Der Jazz-Abend war zu einer Jazz-Sommernacht geworden und hatte seinen Höhepunkt mittlerweile erreicht – Michael, Romy und Nicole waren etwas zu spät gekommen. Die Randplätze waren das Bühnennaheste, was zu ergattern gewesen war. Klaus hatte sie trotzdem entdeckt und spielte seitdem nur noch seitlich, und zwar Tenorsaxophon. Zu den „Borkumer Dixilanders" gehörte außerdem noch eine Posaune, ein Schlagzeug, eine Trompete, ein Banjo und eine Bassgitarre, weshalb Dirk sich bereitwillig unters Publikum gemischt hatte, wo er von einem angeheiterten Damenkränzchen adoptiert worden war, und Fränk hatte komplett auf den Abend verzichtet. Seinen Kontrabass zum Upholm-Hof zu schleppen war ihm zu aufwendig gewesen. Stattdessen war er mit Andrea ins Kino gegangen. Die übrige Besetzung der Tiedemann Tanzkapelle hatte sich bisher wacker geschlagen und die Jazzer zu Beginn des Abends eine Stunde lang unterstützt, und jetzt rief Klaus sie noch einmal auf die Bühne. Für „Sellerie" und den „Tiger Rag" wünschte er sich Gaby zurück, Karsten ans Fagott, Doc ans zweite Banjo, und Jörg an die Gitarre. Alle erschienen, außer Karsten. Klaus alberte herum, verschenkte eigenhändig gesammelte Muscheln an die Kinder im Publikum und kündigte die letzten Songs des Abends an, und Nicole lief vorsichtshalber mal hinter die Bühne, um nachzugucken, was ihr Freund da so trieb. Sein Hemd zog er sich aus.

„Was hast du denn – was haben sie denn mit dir gemacht!!"

Karsten stopfte sich ein Papiertaschentuch ins linke Nasenloch, es verfärbte sich rot. Nicole besaß ein Handtäschchen und war für Notfälle ausgerüstet. Sie machte ihm einen neuen Tempo-proppen.

„Die Nase zudrücken ist aber besser. Was ist denn jetzt passiert."

Karsten schniefte vorsichtig und wischte sich die zerrauften Haare aus der Stirn.

„Mmm, na ich hatte so'ne kleine Auseinandersetzung. Ey der Arsch kam mir quer! Aber zugeschlagen hab ich nicht zuerst!"

„Wer denn."

„Watt weiß ich! Irgendso'n Trottel halt. Wenn du ein'n mit noch mehr Nasenbluten siehst, das isser."

„Ach Karsten. Tuts sehr weh?"

„Küss mich, dann bin ich geheilt."

„Sie rufen nach dir."

Karsten grinste noch breiter, ließ sich küssen, straffte die Schultern und betrat mit wirren Haaren, Tempo in der Nase und seinem alten, russischen Heavy Metal T-Shirt die Bühne. Fagott in der Hand. Hinter der Bühne unterdrückte Nicole ein Kichern, weil sie die totenstille Schrecksekunde mitbekam; dann hörte sie einen unmöglichen Fagotttriller, Gabys Lachen, ein Raunen aus dem Publikum und schließlich Klaus´ ungerührte Ansage, jetzt gingen sie in den Endspurt. Irgendwo in der Upholmstraße schlich ein blutig angeschlagener, unsymphatischer Badegast herum, der es gewagt hatte, zu sagen, an dem einen Tisch säße ja schon wieder so ein schwarzer Affe, ein Frauenaffe, wie er sich ausgedrückte, er hätte neulich erst einen im Musikpavillion gesehen.

Der nächste Morgen überraschte die Insel mit Sommmerregen. Eine einzelne, große Wolke hatte genau über Borkum Halt gemacht und regnete sich zwei Stunden lang ab, dann zog sie erleichtert weiter und zerfledderte über Niedersachsen. Unten wurde das Wasser überall gierig wie von einem Schwamm aufgesogen. Die Straßen dampften. Romy war auf dem Weg zum Bäcker mächtig nass geworden und schälte sich schwitzend und auch ein wenig dampfend in der Waschküche aus ihren Klamotten, während draußen noch alles tropfte und pladderte. Nicole brachte ihr einen Bademantel, damit sie nicht in Unterwäsche durchs Haus zu laufen brauchte, und nahm im Austausch die große Brötchentüte in Empfang.
„Du bist aber lieb! Du hast ja Brötchen für allemann geholt! Sind auch noch fast trocken."
In der Veranda öffnete sie ein paar der Fenster auf Kipp, denn trotz des Regens war es warm. Sie stellte das Radio an, wischte die Tische ab und werkelte hier und da, vor sich hinsummend und in ihrem gelben Kleid wie die Sonne drinnen, die gleich wieder am Himmel zu sehen sein würde. Sie verteilte die Brötchen gerecht auf allen Plätzen und dachte an Karsten, der noch schlief, wohingegen das Ehepaar aus Zimmer 2 in der Veranda erschien, freundlich die Sonne grüßte, sich über die volle Brötchenschale freute und seinen Stammplatz in der Ecke bezog. Nicole ließ sich genüsslich den Kaffeedampf ums Gesicht wabern und atmete tief ein. Karsten hatte ihr gestern alles erzählt, er war einfach nicht gut darin, alles in sich hineinzufressen, wegzudenken und womöglich längere Zeit melancholisch zu sein, und sie fand es auch viel beruhigender, die Dinge auszusprechen, ob sie die nun gerne hörte oder nicht. Affenfrau war natürlich nicht besonders toll, aber bedrücken ließ sie sich davon

nicht, wer war sie denn, dass sie sich um einen einzelnen idiotischen Badegast kümmern würde! Sie lächelte. Gekümmert hatte sich Karsten schon. Romy kam trocken angezogen runter zum Frühstück.

„Was machen wir heute?"

Da hatte Nicole genau die richtige gefragt. Sofort zückte Romy ihr Handy und zeigte Nicole die whatsap-Einladung von Sören.

„Kaffeeunkuchn."

„Wir alle? Ja schön! Vorher ein kleiner Stadtbummel…"

„Und abendsindie Dis-ko."

„Disse?!"

Nicole lachte.

„Am Donnerstag?"

Nur mäßig begeistert zuckte Romy mit den Schultern.

„Sörens Plan."

„Na der hat ja vielleicht Ideen! Aber cool, machen wir das!"

Nicole achtete überhaupt nicht darauf, ob Romy komisch sprach, ob sie Laute verschluckte oder ihre Satzmelodie eintönig war. Andererseits gab sie sich aber auch keine Mühe, extra deutlich zu sprechen, um der anderen das Lippenlesen zu erleichtern. Es musste halt so klappen, und Romy beschwerte sich nicht. Im Gegenteil, sie fand den Umgang mit Nicole sehr angenehm und unkompliziert. Aber ob sie heute Abend in Sörens Disko mitkommen würde, stand noch in den Sternen. In einer richtigen Gehörlosendisko war sie bisher zweimal gewesen, früher, mit den Leuten vom Gebärdensprachkurs, und hatte dort festgestellt, dass sie einfach kein gutes Rhytmusgefühl besaß. Auch pulsierende Lichter und Taktschläge über den Fußboden reichten nicht aus, um sie zum Tanzen zu animieren, und eine stinknormale Disko war für Romy vor allem dunkel.

Ihre Freunde kamen heute einfach nicht aus den Federn, also gingen die Mädchen alleine am Strand spazieren, unter einem leicht bewölkten Himmel. Regnen würde es heute aber sicher nicht mehr. Das hatten auch die Jungs vom Borkumer Technischen Hilfswerk entschieden, die vor den Dünen zur Schweinebucht aus ihren LKWs sprangen und begannen, ein großes, langes Zelt aufzubauen. Romy und Nicole hatten umsonst nach

Seehunden auf der Seehundssandbank Ausschau gehalten, dafür entdeckten sie nun die LKWs und stellten neugierige Fragen.

„Hallo Jungs! Was wird denn das, wenns fertig ist?"

Die THW-Typen starrten Nicole an, als hätten sie noch nie die persönliche Assistentin eines Hamburger Modeschöpfers gesehen, die sie anlächelte, als wollte sie sie gleich verschlingen, aber einer fasste sich dann doch ein Herz und erklärte schüchtern, sie bauten hier das Veranstaltungszelt für das Volleyballturnier auf.

„Oh, Romy, Volleyball!"

Nicole hielt Romy beide Handflächen hin, damit sie abklatschen konnte, und machte weiter ein bisschen Spaß mit den THWlern, die sich langsam so fühlten, als wären diese beiden wahnsinnig hübschen jungen Frauen nur ihretwegen am Strand.

„Wie heißt ihr denn? Ich bin Nicole, und das ist Romy."

Es folgte ein allgemeines Händeschütteln und Namen Nennen, wovon kein einziger in Nicoles Gedächtnis hängen blieb, aber bevor sie noch weiter über das Turnier reden konnten, wurden die Jungs von ihrem Gruppenleiter zurückgepfiffen, was quatschten sie da! Los an die Arbeit! Lasst die Mädels in Ruhe ihr Töffels! Nicole lachte leise, hakte sich bei Romy ein und meinte, das wäre doch vielleicht was, sie zwei als Volleyballmannschaft?

„Hast du nicht Lust?"

Romy machte eine unentschlossene Grimasse, denn sie war sich nicht sicher, was Nicole gesagt hatte, aber als sie zur Verdeutlichung eine flache Angabe und einen gebaggerten Luftvolleyball bekam, fiel natürlich der Groschen und sie überlegte Nicoles lustige Idee.

„Wie müssenüben und wir haben kei-nen Ball."

„Ja klar üben wir, hier ist ja genug Platz, und einen Ball besorgen wir schon… Mikkl findet doch immer alles! Die Beachballschläger hat er ja auch gefunden!"

Romy gefiel die Idee immer besser.

„Ich bin gut in Volleyball. Und du."

Nicole grinste.

„Geht so! Ich kann ja von dir lernen!"

Sie hatten die untere Strandpromenade erreicht und setzten sich auf die einzige versandete Bank weit und breit. Romy fand, das war mal wieder eine typische Nicole-Aktion. Sich auf Dinge einlassen, von denen man eigentlich gar keine Ahnung hat, fremden Leuten vertrauen, sich in ungewisse Abenteuer stürzen, ein Risiko eingehen, mitreißend und extrovertiert sein... das alles konnte Nicole, und man sah es ihr gar nicht an, wie sie da jetzt so still und entspannt saß und den Kopf gegen die Promenadenmauer lehnte. Romy erinnerte sich an ein Gespräch, dass sie vor zwei Jahren mal mit Karsten geführt hatte, als sie beide auf Borkum gewesen waren. War man das, was man konnte? War es wichtig, viel zu können oder weniges sehr sehr gut? Oder war es ganz egal, was man konnte und machte, und es kam nur darauf an, wie man war? Also *wie* Nicole war, das wusste sie so ungefähr, aber...

„Nicole was ist eigen-t-lich dein Beruf?"

„Mein Beruf? Was ich gelernt habe, meinst du? Na ob du´s glaubst oder nicht, ich hab eine Schneiderlehre gemacht."

„Was."

„Schneider."

Nicole schnitt in der Luft herum, strich etwas glatt, steckte zusammen und nähte, alles in vier Sekunden, und Romy machte runde Augen.

Nicole auch, als sie kurze Zeit später über die Polizeiratsgartenmauer gucken konnte. Karsten hatte sich Ollis zweite Schiffermütze aufgesetzt, dazu trug er eine von Michaels leicht zu kurzen Jeans-Shorts und Nicoles rosa Lieblings T-shirt, das mit dem weiten Ausschnitt, er hatte mit der Gartenschere geschnippelt und auch Unkraut gerupft, jetzt fegte er den Sand vom Weg. Er sah unmöglich aus, und Nicole wusste erst nicht, ob sie lachen oder weinen sollte. Aber dann kam Romy ihr zu Hilfe, krümmte sich mit beiden Händen vorm Bauch über die Gartenmauer und machte merkwürdige „Aah"-Geräusche, ihr Gesicht ein einziges großes Lachen. Nicole schüttelte grinsend den Kopf.

„Alle verrückt hier."

„Watt denn."

Karsten ließ den Besen Besen sein und kam zur Pforte.

„Einen wunderschönen guten Morgen die Damen! Nicki ich brauchte mal dein T-Shirt, meine Nase ist immer noch voll empfindlich und ich wollte an keinen Kragen stoßen."

„M-mm. Aber wenn wir heute Nachmittag zu Dennis und Sören gehen, ziehst du dir was anderes an, ja?"

„Jaaa mal sehn."

Nicht nur auf den Dünenwegen und am Strand, auch in Borkum Stadt konnte man sehr angenehm spazieren gehen, solange man nur nicht darauf bestand, es zu viert nebeneinander zu tun, denn die Bürgersteige waren allesamt sehr schmal und gepflastert. Natürlich konnte man auch auf die nicht von Autos befahrenen Straßen ausweichen, aber nachdem Romy und Michael mehrmals von Fahrradfahrern angeklingelt worden waren, gingen sie doch lieber hinter Karsten und Romy und nicht auf gleicher Höhe. Sie lasen die Aushänge vor dem Rathaus, merkten sich den Fischhändler, besuchten ein Töpferatelier und standen schließlich auf dem Platz, den Karsten vom Klaasohm her kannte. Er erzählte den anderen, wie die Häuptlinge und das Wiefke hier von der Littfasssäule gesprungen waren.

„Die spinnen, die Römer."

Bei Gelegenheit zitierte Michael gerne aus Asterix&Obelix, aber Karsten verteidigte die Inselkultur. Er hätte Klaasohm auch erst nicht verstanden, letztendlich wäre es aber gar nicht verkehrt, gewisse Bräuche beizubehalten, ob die nun Sinn hatten oder nicht.

„Das ist mehr wie so´ne gelebte Erinnerung."

Karsten war selbst erstaunt, wie er das auf einen Punkt gebracht hatte. Nicole nickte nachdenklich.

„So wie die Osterfeuer an der Elbe, oder geputzte Stiefel für den Nikolaus."

Michael sah prüfend an der Säule aus roten Backsteinen hoch.

„Ich würde da lieber nicht runterspringen. Du?"

Karsten sah erst ihn, dann die Säule an und schüttelte den Kopf.

„Ich nicht."

Michael fand es beruhigend, dass Karsten nicht mutiger war als er, und spann den Gedanken schnell ein bisschen weiter: Schöner war Karsten auch nicht, oder klüger, oder stärker… Tja als ob es darauf ankäme! Aber Karsten hatte diese tolle, tiefe Stimme, und Romy hatte ihm die Bilder gezeigt, die sie damals auf Borkum gemalt hatte, von Musik und Schwingungen beeinflusst. Beeindruckend sahen die schon aus, keine Frage, aber Michael war es ganz recht, dass Romys Musikphase abgeschlossen war, sie sich weiterentwickelte und ihre Einflüsse nicht mehr von Karstens Hals oder Rücken kamen. Jetzt machte sie grade ein paar Fotos. Karsten hatte die Arme um Nicoles Taille gelegt und Michael löschte resolut alle vorherigen Gedanken aus seinem Kopf. Er umarmte das Karsten-Nicole-Pärchen von hinten. Romy lachte, Nicole kicherte, Karsten schimpfte ihn spaßeshalber ein bisschen aus, und Michael zeigte der Kamera einen dick verpflasterten rechten Stinkefinger. Er und Karsten hatten mittags nämlich gekocht, Porree-Hühner-Cremesuppe, und dabei war ihm das Messer ausgerutscht. Nun war er beidhändig lädiert. Das hinderte ihn aber keineswegs daran, Sörens Erdbeerkuchen zu essen und Kaffee zu trinken. Dennis, Sören und ihre Tochter Mariechen wohnten in einem über hundert Jahre alten weißen Haus hinter der Borkumer Grundschule. Es gab einen winzigen Garten mit Steckrosen am Eingang, jeder Schritt im Haus verursachte ein anheimelndes Holzgeräusch, und durch die hellen Gardinen kam warmes Sonnenlicht. Mariechen wachte über die Schüssel mit Schlagsahne, die sie nach Gutdünken austeilte und Romy aus Zuneigung förmlich damit überhäufte, und als sie sich nach zwei Stunden verabschiedeten, hatten sie außerdem noch Dennis´ alten Volleyball, ein paar Taschenbücher und eine Schirmmütze der Borkumer Feuerwehr bekommen. Karsten war das natürlich alles entgangen, er hatte nur ganz kurz Hallo sagen und das Haus bewundern gekonnt, dann musste er arbeiten. Und mal wieder einen Dauerlauf hinlegen, um nicht zu spät in den Musikpavillion zu kommen. Romy streichelte Mariechen, der sie bereits vier nützliche Gesten beigebracht hatte, die anderen verabredeten sich für 23 Uhr vor dem „Riverboat".

Die Zeit bis dahin verbrachten sie mit lesen, fernsehen, gar nichts tun und pokern, und Karsten guckte gegen 20 Uhr mal im „Seestern" vorbei um zu sehen, was die Band am Donnerstagabend so trieb. Nicht viel, weshalb auch alle für die Disko zusagten.

„Das ist so´n Geheimtipp. Angeblich ohne Badegäste. Insulaner-intern sozusagen."

Karsten saß bei Jörg auf der Bettkante und bewunderte die Ordnung, die in dessen Hotelzimmer herrschte.

„Gut, dann hau mal jetzt ab, ich will noch duschen. Muss mich schön machen für die Insulanerinnen."

„Ja, brezel dich auf!"

„Verschwinde!"

Jörg grinste unglaublich blöde und wenig überzeugend, aber Karsten glaubte ihm trotzdem und lief zurück zum Polizeirat. Vor dem „Riverboat" in der Bismarckstraße herrschte bereits reges Gedränge, das nach dem Zusammentreffen der drei Grüppchen, Kurorchester, Polizeirat, Dennis und Sören, zu einem großen Gedränge wurde und es gar nicht auffiel, dass einige hier gar keine Insulaner waren. Romy hatte sich letztendlich doch zum Mitkommen entschieden, denn Sören hatte ihr verraten, es würde an diesem Abend Mister Borkum gewählt, und auf einer Mister-wahl war sie noch nie gewesen, das ging vielleicht auch ohne Musikhören und war eher was fürs Auge. Dennis und Sören wurden vom Türsteher überschwenglich begrüßt (Dennis raunte Karsten ins Ohr, mit neunzehn wäre er auch mal Mister Borkum gewesen), Gaby bat er trotz Gedränge um ein Autogramm auf einen Riverboat-Flyer („Was soll ich schreiben?" „Für Bernie Grausam." Gaby lachte laut und drückte auf den signierten Flyer einen Lippenstiftkussmund.), und dann stand einem Abend mit viel Erasure, Sisters of Mercy und Depeche Mode nichts weiter im Wege. Karsten war froh, dass er wieder ganz passabel aussah, aber vor allem Doc und Jörg hatten mit ihrem Aufbrezeln so viel Erfolg, dass sie gleich sieben neue Bekanntschaften machten und danach Probleme hatten, Telefonnummern und Insulanerinnen nicht durcheinander zu bringen. Auch Fränk erfreute sich großer Beliebtheit, er tanzte mit allen, Mann oder Frau oder beiden, oder auf der Bühne… Bis er dort weggeschickt wurde, er stand ja schließlich nicht zur Wahl, die dann auf Marcels Kumpel fiel, den Mechanikerlehrling, der im weißen muscle-shirt seine Mechanikermuskeln zeigte und im Laufe der Nacht noch Hieke eroberte.

„Und das wird nicht gut gehen. Sie ist immer noch die Tochter vom Chef."

Marcel stand mit Karsten nach dem Tanzen verschnaufend an der Theke und kommentierte das Geschehen.

„Und was ist mit Maica?"

Marcel guckte böse.

„Die ist mit so´nem Scheißmarinesoldaten zusammen. Ey die kommen aus ihrer Kaserne an der Reede, setzen sich an unseren Strand und schnappen sich unsere Mädchen!"

„Unerhört…"

Karsten hatte keinerlei Verständnis für Marcels Sorgen, solange er seiner eigenen Freundin beim Tanzen zusehen konnte.

„Eure Sängerin sieht auch heiß aus."

„Mensch Marcel die ist doch viel zu alt für dich!"

Karsten konzentrierte sich wieder auf den deprimierten Chorfreund und zeigte nach rechts.

„Die da. Die ist viel besser. Forder sie auf. Jetzt. Los."

„Aber das ist die Freundin von der Freundin meiner Schwester, die war mal mit-"

„Egal!"

Karsten schubste ihn in die richtige Richtung und lachte, als Marcel stolperte und Bier verschüttete. Aber da hatte ihn die Freundin der Freundin der Schwester, die mal mit sonstwem zusammen gewesen war, schon das Bierglas aus der Hand genommen, trank es halb leer und Karsten nahm an, dass Marcel jetzt zufrieden war. Echt, Borkum war ein Dorf, jeder kannte jeden, was es da an insulanerinternen Beziehungskisten gab! Die Segeberger Beziehungskiste kam zu ihm an die Theke.

„Schluss für heute!"

Michael fuhr sich mit dem Unterarm über die verschwitzte Stirn.

„Yeah eigentlich hab ich auch genug."

Michael schlug die Augen auf. Er blinzelte ein paar Mal und lauschte. Auf die Geräusche von draußen, wo ziemlich viel los zu sein schien, aber solange kein Auto- oder Verkehrslärm dabei war, kam es ihm auch nicht laut oder störend vor. Dann die hauseigenen Geräusche, gedämpfte Stimmen von unten, Wasserrauschen, ein Türschloss, und Romy brummte leise neben ihm. Michael merkte, dass er lächelte, und drehte sich zu ihr um. Auch unten im Musikzimmer horchte Karsten nach innen und außen. Er fühlte sich grundlos vorfreudig, einfach weil es ein frischer, sonniger Morgen war, weil Nicoles Hand neben seinem Kopf lag und schlief, also kuschelte er ein bisschen mit der schlafenden Hand, dachte dann aber an Rosinenbrot und stand auf. Also ein ruhiges Haus war der Polizeirat in der Hauptsaison nicht! In der Göthestraße war immer viel los, und dann die nahen Kurhotels, die Kirche und die Kurverwaltung… draußen fuhr das Pferdegespann mit dem Ausflugswagen vorbei. Lärm konnte man das eigentlich nicht nennen, befand Karsten genau wie Michael. Sie rannten an diesem Morgen mal gemeinsam über die Sandbank, sprangen kurz in die Wellen und rannten wieder zurück, zu Rosinenbrot und Frühstück, wohingegen Romy und Nicole den ganzen restlichen Tag mit dem Volleyball am Strand verbrachten. Die THW-Jungs hatten außer dem Veranstaltungszelt auch noch viele Volleyballnetze aufgestellt und begrüßten die Mädchen wie alte Bekannte, aber beim Training zuschauen durften sie nicht. Gegen Abend wehte die Musik des Kurorchesters von der Promenade übers Wasser, die Sportlerinnen gingen mit glücklichen Sommergefühlen im Bauch unter die wohlverdiente Dusche, und dann umarmten sie Michael, der beim Fischhändler gewesen war und einen Abendbrotgartentisch auf dem kleinen Platz vor dem Küchenfenster vorbereitet hatte. Karsten entdeckte sie dort, als er mit der untergehenden Sonne im Rücken die Bubertstraße heruntergeradelt kam. Später, im Musikzimmer, blieb das Licht aus, Nicole Hand lag nicht neben Karstens Kopf auf dem Kopfkissen und sie schliefen auch überhaupt nicht.

Karsten stand in uralten Trekkingshorts, Turnschuhen und Kapuzenpullover an der Bademeisterbude des FKK-Strandes. Zusammen mit Marcel, ihrem Anführer, der sich Lerche nannte, und zwei weiteren Borkumern, mit denen er nun gleich in ein großes, hölzernes Motorboot steigen sollte. Das war die Kugelblitz, und es war der Abend des Nachtangelns. Karsten war nicht der einzige Neuling, weshalb Lerche eine kurze Einführungsrede hielt, todernst und beinahe feierlich:

„So Jungs. Das Boot muss ins Wasser, Godo fährt den Trekker. Es wird nicht gesungen und geschaukelt. Wer sich nicht benimmt, fliegt über Bord."

Karsten war ganz Ohr, dieser Lerche meinte, was er sagte. Groß und kräftig, dauer braungebrannt und bierbäuchig war er, und Karsten wollte unbedingt vor ihm bestehen und alles richtig machen.

„Wir angeln mit Paternostern. Die Schnur immer aufwickeln, wenn sie nicht im Wasser ist, sonst gibt das Kuddelmuddel an Bord."

Er sah die Neulinge ausdruckslos an, Marcel sah weg, fühlte sich nicht angesprochen, aber dann grinste er plötzlich breit und zufrieden, als ob ihm ein Schabernack eingefallen wäre. Karsten bekam Lust, ihn in die Rippen zu boxen, aber da war Marcel schon zu Godo auf den Trekker geklettert, der die Kugelblitz auf einem Ablaufwagen zur Wasserkante ziehen sollte. Die anderen trotteten nebenher.

„Schuhe aus."

Marcel gab Karsten einen Wink.

„Die werden sonst nur nass, mach schnell!"

Der Trekker wendete, um das Boot samt Wagen mit dem Heckmotor voran ins Waser zu schieben, Lerche turnte behände, was man ihm gar nicht zugetraut hätte, auf der Kupplung herum, die er löste, und sprang von dort, ohne auch nur einen Tropfen auf die Hose zu bekommen, ins Boot. Von Schaulustigen bestaunt schoben es Marcel, Karsten und die beiden Borkumer mit vereinten Kräften an, Godo und der Trekker ruckten anderweitig, dann waren sie alle bis zu den Knien nass und hieften sich mehr oder weniger sportlich über die Reeling. Karsten freute sich noch an seinem perfekten Stemmsprung, als die Schaukelbewegung ihn mitriss und er um ein Haar einen Salto vorwärts gemacht hätte. Geistesgegenwärtig zog er die Beine an und landete wie ein Sportprofi auf ihrem Turnschuhhaufen.

„Gaut."

Glücklich über Lerches Lob, der belustigt den Enterversuchen zusah und die Hand schon auf dem Außenborder hatte, pickte Karsten sich seine Schuhe heraus und lachte über Marcel, der ihm fast auf den Schoß getaumelt wäre. Endlich saßen sie alle, und von einigen hartgesottenen FKKlern bestaunt ließ Lerche den Motor an. Die Kugelblitz pflügte sicher durch die Brandungsdünung, noch wärmte die Abendsonne, und Karsten war voller Abenteuerlust und Aufregung, wie berauscht vom Nordseesauerstoff. Einfach schauen, in sich aufnehmen und atmen, für Gedanken war grade kein Platz in seinem Kopf. Lerche schreckte ihn auf, als Borkum und die Silouette der Strandpromenade nur noch entfernt zu sehen waren.

„Hepp wi all?"

Karsten grinste verblüfft. Ob sie alles dabei hatten?

„Das fragst du *jetzt*?"

Lerche lachte ihn gutmütig aus. Sie fuhren Richtung Rottum, es wurde langsam dunkler, und außerdem Zeit für ein erstes Söpke. Den allerersten Schluck opferten sie natürlich Neptun, einen zweiten bekam Rasmus, und dann hielten sie Ausschau nach Seeschwalben.

„Denn die Seeschwalben sehen den Makrelenschwarm, die Makrelen sehen die Stinte, und unsere Staniolköderchen hier, die sehen auch aus wie Stinte, klein und silbrig. Und wenn ihr nun Seeschwalben seht, die nach Stinten ins Wasser tauchen, dann sind da auch die Makrelen. Nu´ nimm du mal den Kieker. Ich pack eben die Söpkebuddel weg."

Er reichte das Fernglas an Karsten weiter. Der wusste zwar nicht genau, wie Seeschwalben aussahen, suchte aber aufmerksam das Meer nach Vögeln ab, während es in seiner Kehle noch angenehm schnapswarm war.

Nicole suchte auch das Meer ab. Sie hatte mit Andrea, Gaby und Doc beim Italiener in der Strandstraße Eis gekauft, und dann hatten sie sich alle hinter die Brüstung der oberen Strandpromenade gesetzt, von wo aus man die Beine über die Wandelhalle unten baumeln lassen konnte. Gemächlich war die Sonne am Untergehen und Nicole unruhig geworden. Ihre leere Eiswaffel hatte sie in den Müll und einen Euro in das nächstbeste Münz-fernrohr geworfen. Nun versuchte sie, in den letzten Sonnen-strahlen ein kleines Boot mit fünf Männern darin zu erspähen. Aber da war nichts, außer Windrädern, der Sandbank, ein paar Surfern und einem Krabbenkutter.

„Wenn die Richtung Rottum gefahren sind, ist das viel weiter links. Das kannst du gar nicht sehen."

Andrea war neben sie getreten.

„Machst du dir etwa Sorgen?"

„Na ja eigentlich nicht, aber Marcel ist auch mit von der Partie."

„Oha."

„Karsten kann super gut schwimmen – aber ich hab irgendwie so 'ne Vorahnung. Ist schon komisch, wenn das Meer so weit ist…"

„Die kommen wahrscheinlich erst im Dunkeln wieder. Und dann muss der Fisch auch noch ausgenommen und geräuchert wer-den."

„Alles heute noch?!"

Klick machte es, die Ein-Euro-Guckzeit war abgelaufen, und Nicole drehte sich zu Andrea um, die weise nickte.

„Alles heute noch. Nachtangeln eben… Warst du schonmal Nachtbaden?"

Nicole lachte, ihre Augen blitzten.

„Willst du? Auch heute noch?"

Andrea zuckte mit den Achseln.

„Es *ist* schon irgendwie unheimlich, aber es macht Spaß!"

Genau das Richtige für Nicole. Für Gaby auch, und für Fränk, die anderen sagten alle entsetzt ab. Und so kam es, dass um 22 Uhr ein zur Legende bestimmtes Selbstauslöserfoto entstand, auf dem ein zufrieden lachender Fränk zu sehen war, wie er von drei übermütigen Damen in Badeanzügen waagerecht in den Armen gehalten wurde. Zu ihren Füßen Sand, um sie herum Strand-dunkelheit. Dann rannten sie ins Wasser, und es war wirklich genauso unheimlich, wie Andrea prophezeit hatte. Und kalt noch dazu!

„Man kann nicht sehen, was da so alles im Wasser ist… Mensch Fränk von dir ist ja über*haupt* nichts zu sehen!"

„Ja ich taaarne."

„Du tarnst dich, haha. So ich geh jetzt raus. Macht ihr noch lange?"

Gabys Stimme war etwas weiter weg zu hören.

„Menno, ich find die Handtücher nicht!"

„Oh my god."

Fränk stapfte lachend ans Ufer, Nicole folgte ihm eilig, einzig Andrea ließ sich noch kurz auf dem Rücken treiben. Selbst der weiche Sand war kalt, als sie zu den Strandzelten zurück flitzten, atemlos kichernd, jeder darauf bedacht, in der Dunkelheit nicht den Anschluss zu verlieren. Schnell zogen sie sich um, Fränk wurde dazu hinter ein anderes Strandzelt geschickt, und freuten sich anschließend übers trocken sein, über strubbelige Haare und die Aussicht auf eine heiße Dusche. Gaby und Fränk verabschiedeten sich vor „Hotel Seestern", Andrea begleitete Nicole noch bis zur Ecke Göthestraße, dann sahen sie Romy, Michael und Marcel, die auf der Gartenmauer hockten und Bier tranken. Marcel sprang auf, als er Nicole erkannte, die ihn verwundert begrüßte.

„Und Karsten? Wo hast du den gelassen? Seit wann seid ihr zurück?"

„Seit grade eben… Die anderen räuchern bei Volli, und Lerche ist – äh -"

Verlegen trank er einen Schluck.

„Der´s mit Kaschi zu Doktor Zuelke."

„Was?! Warum?"

Nicole vergaß, den Mund wieder zu schließen.

„Na ja *mir* würde der um diese Uhrzeit wahrscheinlich gar nicht mehr aufmachen, aber Lerche…"

„Was ist mit Karsten!"

„Der hat sich nur die Wade ´n bisschen aufgerissen, ist nicht schlimm! Fünfzig Makrelen ham wir geangelt, das gibt zehn für jeden, aber Volli kriegt natürlich auch sein´ Teil, und Godo auch."

Nicole nahm ihm die Bierflasche weg und setzte sich neben Romy, die genauso belämmert guckte wie sie. Andrea beschloss, ebenfalls noch zu bleiben.

„Und wie ist das mit dem Bein passiert?"

Mit der Kugelblitz halb voller Fische und der halb geleerten Söpkebuddel hatte sich im letzten Moment doch noch die eine Paternosterschnur im Boot verheddert, der eine Borkumer Angler zu heftig an ihr geruckt, sie unglücklich an Karstens Wade entlang gezogen, und die musste nun von Doktor Zuelke verarztet werden, nachdem Lerche vorsichtshalber den Rest der Flasche über ihr ausgegossen und Marcel sein Halstuch als Notverband geopfert hatte. Jetzt drehte er sich erleichtert um, als man eine Fahrradklingel hörte und Godo mit Karsten auf dem Gepäckträger hinter der Kurverwaltung auftauchte.

„Hau is. Lerche kommt gleich noch mit den Makrelen. Ho-oup!"
Weg war er, und ein Gruppentransport brachte Karsten ins Musikzimmer, wo er fast sofort einschlief. In Klamotten, nach Fisch und Schnaps stinkend.

„Ey tut mir voll leid Nicole."
Marcel war schon wieder ganz verlegen, auch weil Nicole ihm den Arm drückte und meinte, nun wäre doch alles wieder okey, sie wären wieder da und Karsten lebte noch. Dann gingen Marcel und Andrea, und sie zog ihrem leise schnarchenden Freund Hose, Schuhe und Pullover aus. Das ging, Karsten war völlig weggetreten und der linke Turnschuh leider ziemlich blutbesudelt. Etwas ratlos und mütterlich fühlend besorgt ging sie wieder hinaus zu Romy und Michael. Irgendjemand musste ja die Stellung halten. Michael hob seine lädierte linke und die angeschnittene rechte Hand.

„Also *dein* Typ macht vielleicht Sachen…"
Nicole schnaufte lachend.
„Tut euch zusammen! Also echt…"
„Auch´n Bierchen?"
Eigentlich war sie ja mit dem Gedanken an Duschen vom Strand gekommen, aber jetzt, fand sie, konnte sie genauso gut auch noch auf diesen Lerche und den frisch geräucherten Anglererfolg ihres verletzten Liebsten warten und sagte „Ach ja bitte". Michael stieg also in den Polizeiratskeller, um für Nachschub zu sorgen, während die Mädchen an der Gartenmauer lehnten wie an der Theke ihrer Kneipe. Badegäste liefen an ihnen vorbei, von der Strandstraße in die Bismarckstraße und zurück, Grüppchen

herumalbernder Jugendlicher, restaurantmüde Ehepaare, richtig müde Kinder mit ihren kurbedürftigen Eltern, ganz gefährliche Marinesoldaten, und schließlich auch Lerche, der Nicole ein Paket rauchwarmer Makrele überreichte. Er deutete einen Gruß an, führte zwei Finger an die Stirn.

„Aber Hüftumschwung kanner ja, dien Kaschi."

Sprachs, nickte und marschierte weiter, Marcel diesem Dösbaddel wollte er auch noch ein Paket bringen, verdient hatte er es sich ja. Makrele frisch aus dem Rauch schmeckte herrlich, auch um 23 Uhr 30 an der Gartenmauer, oder grade deswegen. Ganz fettige Finger bekam man beim Essen.

Den nächsten Morgen verschliefen alle vier komplett. Karsten war zwar in der Nacht hochgeschreckt, hatte nach Nicole getastet und sie dort gefunden, wo sie sein sollte, hatte erleichtert geseufzt und war aufs Klo gehumpelt, aber ansprechbar war er erst gegen 12 Uhr. Da saß Nicole am offenen Fenster im Musikzimmersessel, Kaffee trinkend und Zeitung lesend. Michael und Romy kamen vom Einkaufen zurück, die Sonne schien, und in Karstens Bauch rumorte es. In seinem Kopf eigentlich auch, aber das ließ sich ignorieren.

„Hey, guten Morgen Süßer! Petri Heil!"

„Mmm, Morgen! Boah ich verhungere."

„Fischbrötchen?"

Karsten stutzte. Er hatte „Wie eklig" sagen wollen, fand aber plötzlich Gefallen an Nicoles Witz, und bat auch gleich um Kaffee dazu.

„Echt? Wie eklig! Na schön, mach ich dir. Gehst du vorher duschen, ja?"

Karsten stand auf, guckte an sich herunter und seine Freundin zufrieden an.

„So viele Makrelen hab ich rausgezogen, Nicki! Das war total spannend im Dunkeln und im Boot, bis…"

Er befühlte den Verband von Doktor Zuelke.

„Na ja bis auf das hier. Den Verband lass ich lieber trocken."

Nicole umarmte ihn.

„Fishermen's… ach du mein Superangler!"

Ihre dritte Urlaubswoche brach an. Die Tiedemann Tanzkapelle spielte so routiniert wie beseelt im Musikpavillion, Michael war mit wieder voll funktionstüchtigen Händen zu seinen Trainingseinheiten zurückgekehrt, er radelte, lief und schwamm jeden zweiten Tag, Nicole und Romy hatten sich beim Beachvolleyballturnier angemeldet, und am Sonntag, als Michael seine Romy in die „Heimliche Liebe" zum Essen eingeladen hatte, waren Karsten und Nicole in die entgegengesetzte Richtung gelaufen und hatten Mittag in der FKK-Strandbude gegessen. Und wo sie schonmal da waren, pflegten sie auch gleich ein bisschen die Kultur und legten ihre freien Körper in eine Mulde der Dünenausläufer, von wo man den Strand beobachten konnte und selber von ein paar Büscheln Günzeug geschützt war. Es wehte ein ganz leichter Wind, Strandhafer und Dünengras beugten sich in den Brisen nach links, der Sand unter ihnen war warm und weich. In den feinen Härchen auf Nicoles Unterarm hatten sich winzige Sandkörner verfangen und bildeten ein filigranes Muster, das sah schön aus auf der braunen Haut. Karsten konnte sich nicht satt sehen an seiner Freundin, die auf dem Bauch lag und sich nicht darum kümmerte, ob sie Sand ins Gesicht oder die Haare bekam. Sie hatte die Augen geschlossen und hielt Karstens Hand fest. Es fühlte sich unglaublich frei an, einfach so und ohne alles am Strand zu liegen und Wind und Sonne zu spüren. Karsten rollte sich auf den Rücken und machte auch die Augen zu, atmete glücklich ein und aus, ein Strandkäferchen lief über ihre Beine.

„Nicki?"

Wohlig seufzend drehte sie sich um, und Karsten konnte nicht wiederstehen: er ließ Sand auf ihren Busen rieseln. Nicole lachte leise.

„Aufhören!"

Kein Stück hörte er auf.

„Nicki traust du dich auch, nackt zu baden?"

Sie stützte sich auf beide Ellenbogen und Karstens Werk rieselte auf ihren Bauchnabel.

„Wenn du mich mitnimmst, dann trau ich mich."

„Aaaha. So hat Romy das auch gesagt. Wenn Michael sie mit-
nähme, traute sie sich auch, Fahrrad zu fahren."

„Ach so ist das. Na dann baden wir gleich. Aber vorher muss ich
noch…."

Sie küsste ihn, aber die linke Hand schaufelte ganz schnell einen
Haufen warmen Sand zwischen seine Beine.

Nackt baden fühlte sich fast beängstigend frei an, gar nichts
trennte einen mehr von der Nordsee, man kam sich ganz schutz-
los vor, obwohl Badehose oder Badeanzug ja nie wirklich dicke
Schutzschichten waren! Karsten hatte einen geeigneten Augenblick abgepasst, an dem grade weder Radfahrer noch Reiter oder
Strandläufer am Ufer entlangzogen, sich Nicoles Hand ge-
schnappt und war mit ihr ins Wasser gerannt. Am besten nicht
nachdenken! Auch das Ziepen in der Wade vergessen, Salz-
wasser förderte sicher die Wundheilung. Sie sprangen durch die
Brandung, schwammen in der unbewegteren Tiefe dahinter,
tauchten und umarmten sich, als sie mit den Füßen wieder auf
Grund kamen. Nach dieser Schwimmerfahrung war ihnen alles
egal. Hand in Hand gingen sie zu ihren Sachen in den Dünen
zurück, und dann noch ein Stückchen weiter, obwohl es eigentlich verboten war, dort groß herumzulaufen, aber das wollten sie
ja auch gar nicht. Nicole fand eine absolut blicksichere, unter
Naturschutz stehende Mulde, und in der blieben sie eine ganze
Weile.

Gegen Ende der dritten Woche wurde Gaby nervös, das Programm begann sie zu langweilen, die Auftritte wurden ihr zu
eintönig, sie nahm einen Termin bei der Kurverwaltung war. Es
wurde vereinbahrt, erst ab 17 Uhr aufzutreten und in der Stunde
vorher Kinder in den Musikpavillion einzuladen, damit sie dort
die Instrumente ausprobieren konnten. Unter Anleitung des je-
weiligen Musikers, versteht sich! Und für den Folgetag durften
Musikwünsche abgegeben werden, von denen immer einer aus-
gelost und in der knappen Zeit eingeübt werden sollte. Mit
wiederhergestellter guter Laune stöckelte Gaby am Polizeirat
vorbei, schrie Michael „Moin!" zu, der auf dem Weg zu Nabrotzky war, um zu testen, ob der Kuchen so gut wie die

Brötchen war, und gönnte sich kurz darauf eine Auszeit in „Ria´s Beach Bar", im Liegestuhl und mit Kaffee und einem Muffin. Ein bisschen Ruhe vor den Jungs tat ihr ganz gut, fand sie, aber die währte nicht lange. Sie hatte kaum den Muffin verspeist und die Krümel aufgepickt, da bekam sie Gesellschaft von Klaus, der sich ohne zu fragen zu ihren Füßen auf die Promenade setzte.

„Gnädige Frau!"

„Habe die Ehre."

Und dann war es zu zweit doch unterhaltsamer als alleine.

Karsten, Nicole und Romy unterhielten sich in aller Öffentlichkeit der Göthestraße, nämlich im Polizeiratsgarten, wo sie eine wackelige Gartentischkaffeetafel aufgebaut hatten, die Michael eben mit Kuchen vervollständigte. Nicole suchten in den Büschen nach Hölzchen, um dem Wackeln ein Ende zu bereiten.

„Sei vorsichtig, Nicki."

Karsten misstraute den Büschen. Erst gestern hatte er sich die Rose an der Hausmauer genauer ansehen wollen und war prompt von einer Biene unters Auge gestochen worden, das sofort zugeschwollen war. Vierundzwanzig Stunden später sah er schon wieder einigermaßen manierlich aus, aber er versteckte sich doch lieber im Schatten seiner Schirmmütze. Michael grinste ihn an.

„Ey du Qualle! Gib mal Kaffee!"

Karsten grinste schief zurück.

„Ja du Kuchenfritze! Tasse?"

„Täss Käff! Fuchtig!"

Unzerkratzt und ungestochen unterstützte Nicole den Wackeltisch mit ein paar Stöckchen und rutschte zufrieden auf ihren Klappstuhl.

„Oh Apfelkuchen!"

„*Gedeckter* Gutsherrnapfelkuchen."

Bei Gebäck nahm Michael alles sehr genau.

„Ja super. Romy welchen willst du?"

RayBan bebrillt und bauchfrei tippte Romy auf die Erdbeersahnerolle. Karsten bekam den Moonstrietzel („Was!? Was ist das?! Allein schon...") und Michael den Käsekuchen, sie gaben allen vier Sorten die volle Punktzahl und schmiedeten Pläne für die nächste und letzte Woche, während Romy Kaffee nachschenkte. Plötzlich klingelte Karstens Handy.

„Gott wie unpassend!"

„Das kommt davon, wenn man´s mit sich rumträgt!"

Er verrenkte sich, zog es aus der Hosentasche, „Oh, Schröder", und ging ran.

„Privjet!"

Es war nicht ungewöhnlich, dass der ehemalige Bundeskanzler sich mal bei Karsten meldete, dem ehrlichen Finder des immens wichtigen Blackberrys. Öfter, drei, viel Mal pro Jahr, wenn er zum Beispiel etwas auf Russisch wissen wollte und den sozialen Netzwerken nicht traute. Karsten hatte schon beim allerersten Anruf klargestellt, dass ihn das Privatleben anderer nicht die Bohne interessierte, was Schröder zu schätzen wusste und gesagt hatte, für Leute in seiner Position wäre Vertrauen Mangelware und jemand wie Karsten sehr selten. Und er hatte hinzugefügt, Karsten solle ihm gleich Bescheid sagen, wenn er wieder auf Borkum wäre. Nun war es andersherum gekommen. Schröder sagte, er beneidete sie, sein Jahr wäre bisher zum Wegwerfen gewesen, nichts liefe gut, und auf die Insel käme er erst wieder im nächsten Sommer. Dann hatte er eine Idee, endlich mal eine gute:

„Ja wollta die Klitsche hamm?"

„Wie, euer Haus?"

„Naaja ist doch egal, alles egal, wollta oder wollta nich."

„Für eine Wochen haben wir noch Quartier, aber danach… ich muss das eben mit den anderen besprechen. Ich ruf dich zurück."

„Mach das."

Schröder legte auf, und Karsten guckte amüsiert in die Kaffeerunde.

„Also, ihr Superurlauber, wollen wir noch länger bleiben?"

Er berichtete kurz. Romy und Michael waren sofort mit von der Partie, sie hatten keinerlei Verpflichtungen in Segeberg und Romy die Arbeit an Pissie so gut wie abgeschlossen, einzig Nicole und Karsten mussten mehrere, nervenaufreibende Telefongespräche führen, bis die Verlängerung ihres Aufenthaltes beziehungsweise ihrer Abwesenheit genehmigt wurde. Karstens Ausbilder im Hamburger Therapiezentrum verlangte die schriftliche Bestätigung der Kurverwaltung, dass sein Azubi täglich Musikunterricht geben würde und darüber einen Bericht schrieb; insofern kam Gabys neue Vereinbahrung wie gerufen und ließ sich bestimmt zur Zufriedenheit des Ausbilders ausbauen, fand Karsten, und Nicole versprach nach einem letzten, zehnminütigen Telefonat mit ihrem Arbeitgeber schließlich, während der fünften und sechsten Urlaubswoche den Vormittag über erreichbar zu sein. Anschließend rief Karsten bei Schröder an und sagte zu.

„Wo is´n das Haus von dem?"

„Am Südstrand."

Und weil sie für den Rest des Tages sowieso noch keine Pläne hatten, stiegen sie kurzentschlossen auf den neuen Leuchtturm, um schonmal einen Blick auf den Süden zu werfen. Karsten litt sichtbar, er hatte im Eifer des Gefechts ganz vergessen, dass er ja eigentlich Höhenangst hatte. Als Nicole ihn käsig an einem Fensterchen auf halber Höhe lehnen sah, fiel ihr zum Glück ein, was er ihr über Romys Fahrradangst gesagt hatte, und nahm ihren Freund fest bei der Hand, versicherte ihm, sie wäre ja da und nähme ihn mit. Karsten verzog hoffnungsvoll das Gesicht, auf dass diese Therapiemethode auch bei ihm funktionierte, und ließ Nicoles Hand erst wieder los, nachdem er es geschafft und ein paar Minuten oben auf dem vergitterten Rundgang mit dem Rücken gegen den roten Backstein der Leuchtturmspitze gestanden hatte. Die anderen liefen munter umher, pressten sich an die lebensrettende Umgitterung, zeigten gen Süden und benahmen sich überhaupt wie typische Badegäste, fand Karsten, der einsam leidende Künstler in Panik, als sie ihn einkreisten und ein hilfsbereites Mädchen ein Gruppenfoto von ihnen machte.

„Habt ihr jetzt genug gesehen? Könn´ wir jetzt wieder runter?"

Zumindest Michael ging nicht auf Karsten ein.

„Wie weit kann man eigentlich am Strand laufen? Ist da irgendwann Schluss?"

„Das ist´ne Insel, du Lehrer! Wo soll denn da Schluss sein!"

„Na da hinten."

„Okeeeey… sieht tatsächlich nur grün aus. Ohne Strand."

Strand zu Ende? fragte Romy besorgt mit Gesten, und Michael

nickte allwissend.

„So isses."

Beim Abstieg war eine Wanderung bis ans Ende der Welt bereits beschlossene Sache. Zunächst wanderten sie aber zu näheren Zielen: Karsten in den Musikpavillion, und Michael, Romy und Nicole in Borkums Stadtkern zum alten Leuchtturm, den sie ebenfalls zu erklimmen gedachten. Während Karsten sich und sein Akkordeon auf der Promenade von ein paar mutigen Kindern bewundern ließ, es auf und zu zog und Tasten gedrückt werden durften, während eine kichernden Schar junger Mädchen Doc und das Banjo auf der linken Seite bezupften und Fränk seinen Kontrabass rechts vor den Pavillion gestellt hatte, wo er von mindestens zehn Kindern belagert wurde, nahmen Gaby und Jörg Wünsche für das morgige Konzert entgegen. Einzig Dirk war untätig aber unschuldig daran, denn das Damenkränzchen vom Jazz Abend hatte ihn auf der Promenade wiedererkannt und ohne viel Federlesens mitgenommen. Nun musste er im „Matrix" mit Sekt anstoßen und benahm sich überhaupt ziemlich passiv. Karsten sammelte ihn kurz vor 17 Uhr wieder ein. Dirk versuchte, sich zu rechtfertigen.

„Das Fleisch war willig, der Geist war schwach."

„Äh...Moment. Das klingt falsch."

Dirk seufzte.

„Aber genauso war es."

„Ey los dann beweg dein schwaches Fleisch mal hinters Schlagzeug, Gaby guckt schon ganz böse."

Als Nicole ihn um 19 Uhr abholte, war die Tiedemann Tanzkapelle der Frieden selbst. Sie hatten ausnahmslos Gabys Lieblingssongs gespielt. Nun verstreuten sie sich in alle Winde, von denen an diesem Abend kein einziger wehte. Karsten und Nicole setzten sich romantisch ans Ufer der windstillen, glatten Nordsee, warteten auf den romantischen Sonnenuntergang und wollten sich grade küssen, da erzählte Nicole unpassenderweise, dass Michael schon wieder bei Doktor Zuelke gewesen wäre. Mit zusammengepressten Lippen und Augen grinste Karsten, ihm war nach Lachen zumute, durfte er das jetzt? Wie ernst war die Sache? Dann hörte er Nicoles Kichern und merkte, wie sie ihren Kopf in seinen Schoß legte.

„Ja wir sind doch auf den alten Leuchtturm gestiegen, der ist gar nicht so hoch, und rumherum ist ein toller, uralter Friedhof mit Piratengräbern."

„Ach ja?"

„Und als wir wieder runter wollten, hat Michael den Kopf nicht genug eingezogen und sich voll die Stirn aufgeschlagen. Der macht auch immer alles mit soviel Schwung!"

„Und dann?"

„Wir haben uns ordentlich erschreckt, wie er da so mit blut-überströmten Gesicht auf der Treppe stand, aber dann waren da ein paar nette Jungs von irgendeinem Verein -"

„Borkumer Jungs Verein."

„Na wahrscheinlich. Mit denen haben wir Michael zu Doktor Zuelke gebracht, der hat die Stelle genäht und gefragt, ob er für uns eine Gruppenkarteikarte anlegen soll, wir kämen ja jetzt öfter, und danach haben wir auf den Schreck eine Pizza gekauft und Romy pflegt ihren Mann jetzt im Dachstübchen."

„Man kann euch auch nicht alleine lassen…"

Karsten fuhr mit den Fingern durch Nicoles Locken. Die Sonne ging unter, langsam, wie sich das gehörte, und es wurde doch noch was mit Romantik und Küsserei.

Romy hatte in den letzten Tagen konzentriert gearbeitet und endlich die noch fehlenden Blätter von Pissie fertig gezeichnet. Sie hatte die Nase voll von diesem Ziegenbock, der unter ihren Händen beziehungsweise durch ihren Stift zum Leben erwachte, dessen Ziegenbart mit jeder Illustration länger wurde und irgend-wann Oliver Korithke ähnelte, wodurch er Romy gleich wieder symphatisch vorkam. Zufrieden schickte sie die Arbeit bei der Post als Einschreiben ab, nahm Michael an die Hand und be-lohnte sich mit der Bernsteinkette, die sie bei dem Juwelier gesehen hatte, wo Sören angestellt war. Während die beiden plaudernd an der Kasse beschäftigt waren, schlenderte Michael an den Vitrinen entlang. Er hätte Romy gerne die Kette ge-schenkt, aber er durfte nicht. Sie wollte sich selbst belohnen, hatte Romy erklärt, was Michael im ersten Moment ziemlich unbefriedigend gefunden hatte. Er wollte ihr auch etwas schenken – und sah die perfekten Ohrringe.

Später verstaute Romy lächelnd ihren neuen Schmuck in dem Juwelierkästchen, das sie von Sören bekommen hatte, denn sie und Nicole wollten baden gehen. Michael hatte den Küchendienst übernommen, Karsten war im Musikpavillion, die Mädchen hatten frei. Noch. Ab Montag würden sie Volleyball spielen, das Turnier ging in die erste Runde und bereitete ihnen einige Sorgen, wenn sie auch in der untersten Amateurklasse eingetragen waren. Nicoles Angaben klappten einfach nicht hundertprozentig. Aber beim Baden vergaßen sie das alles. Sie winkten Hieke zu, die blond und braungebrannt auf dem DLRG-Wagen stand, tauchten und spielten Wellenreiten. Es war herrlich. Als sie nach vielen vielen Wellen in ihre Badelaken eingewickelt da standen, denn es war ihnen kalt geworden, kamen Fränk, Dirk und Karsten angerannt. Noch im Laufen versuchten sie, sich aller Klamotten zu entledigen, lachten und blödelten herum, hatten Badesachen schon unter und Dirk purzelte den Mädchen vor die Füße als er merken musste, dass man zum Hosenausziehen besser auf einem Fleck steht. Romy gluckste, Karsten schrie „Erster!", dann rasten die Musiker um die Wette ins Wasser und kühlten sich ordentlich ab. Ein Fotograph bat an diesem Abend noch um ein Foto von Karsten, Romy und Nicole, wie sie untergehakt über die Promenade zum Polizeirat spazierten, und nachdem sie geduscht und Romy sich wieder geschmückt hatte, gab es Spaghetti mit Meeresfrüchten à la Mikkl.

Aufgrund dieser kulinarischen Erfahrung beäugten sie am letzten Sonntag vor Beginn des Volleyballturnieres den Fang von Marcel und Godo auch mit ehrlichem Gourmetinteresse und vorgetäuschtem Kennerblick. Alle sechs standen sie an der Schweinebucht, es waren exakt zwei Stunden vor Niedrigwasser. Die Borkumer hatten ein T-förmiges Schiebedings mit Netz dran durch das hüfthohe Wasser über den Meeresboden geschoben und soeben die erste Ausbeute auf eine Plastikplane am Strand geschüttet. Krebse flüchteten aus einem Haufen Krabben, Nicole griff ohne zu zögern nach der winzigen, silbrigen Scholle, die darunter geraten war, und trug sie zurück ins Meer, und Marcel machte ihnen vor, wie sie die Krabben händeweise in den Bastkorb schaufeln sollten, der danach an die Uferkante gestellt wurde, wo ihn ab und zu eine seichte Welle umspühlte, ohne dass er umkippte. Godo brachte die zweite Ladung, die ziemlich mager ausgefallen war.

„Sou wer will wer hat noch nicht?"

Alle sahen sie auf, doch nur Michael fasste sich ein Herz. Karsten war schließlich schon angeln gewesen, jetzt war er mal dran. Nicole lachte, „Fuchtig!", Romy freute sich still und Karsten lief dem fettesten Krebs hinterher, weil er mal sehen wollte, ob der los schwamm oder was der vorhatte.

„Geh nicht zu tief rein, sonst kannst du das Netz nicht auf Grund halten, das drückt dich weg! Schön langsam schieben, aber stetig. Und ab!"

Der Bollerwagen, mit dem sie alles an den Strand gekarrt hatten, stand verführerisch untätig da, und Karsten galoppierte mit Nicole als Fahrgast eine Runde über den harten Sand der Uferkante. Danach hatten sie Zuschauer bekommen, neugierige Stuttgarter und ein paar kleinere Kinder, die unmöglich still halten konnten. Sie umjubelten Michael, der mit dem Netz aus dem Wasser kam, und standen versuchsweise bei Karsten Schlange, um auch mal gezogen zu werden, aber daraus wurde nichts. Die Krabben, Krebse und Babyschollen waren jetzt wichtiger. Der Bastkorb wurde voll, und Godo lobte Michaels Schiebetechnik, der völlig vergaß, dass diese Kinder wahrscheinlich schon in die Schule und einem armen Lehrer auf die Nerven gingen... beschäftigte Kinder, fiel es Michael später ein, hatten gar keine Zeit, zu nerven. Gib ihnen pieksige, wuselnde Krabben, und sie sind richtig nett und hilfsbereit. Mittlerweile hatten alle rasenden Hunger bekommen, den Romys Proviantkekse nur noch weiter anfeuerten, aber zufrieden mit dem Ergebnis der Fischerei waren sie trotzdem.

„Granat."

Endlich hatte Karsten sich an das plattdeutsche Wort für Krabben erinnert, während er Godo half, das Netz auseinanderzunehmen. Man löste den Knoten an der längerenSchiebestange, zog sie aus dem Querbalken und wickelte das Netz um diesen herum auf. Romy hattte den Granatkorb im Bollerwagen verstaut, Nicole die Plane zusammen gelegt, Marcel die letzten Krümel aus der Kekspackung gepickt und Michael sich bereitwillig als Zugpferd vor dem Bollerwagen platziert. Sie waren fertig zum Aufbruch.

„Und jetzt? Wie gehts weiter?"

Nicole strahlte Godo offenherzig an, und der erklärte, sie führen jetzt zu Hiekes Oma, von der sie das Netz geliehen hatten, und dort würden die Krabben dann in Meerwasser gekocht.

„E-upp!"

Er drehte sich zu Marcel um.

„Maarzel, dat hepp wie fast vergessen! Dat Water!"

Marcel guckte überrumpelt, öffnete schlackernd die Arme und zeigte hilflos auf Romy, die ahnungslos und aus Spaß die drei mitgebrachten leeren Plastikflaschen mit Sand gefüllt hatte.

„Düvel uck."

Godo grinste verständnisvoll, schüttelte den Sand wieder heraus und wiederholte den Plan mit dem Meerwasser. Romy starrte ihm erst misstrauisch auf die Lippen, die sich unter Godos schwarzem Bart versteckten, wollte sich schon ärgern, erkannte dann aber, dass von Kochwasser für die Krabben die Rede war, und leerte seufzend die letzte Flasche selbst. Wind kam auf, als sie schließlich den Rückweg antraten, er brachte Wolken mit sich, und sofort erschien ihnen auch die Nordsee rauher und schäumender als zuvor. Trotzdem war es schön, über den Strand zu wandern, den Wind in den Haaren zu spüren. Alle hatten das Gefühl, eine urtümliche, ehrliche Arbeit geleistet zu haben und freuten sich, dass sie wussten, wohin sie liefen. Nicole freute sich auch, dass Karstens Hand immer so schön warm war. Karsten erdete sie, hielt sie in der Wirklichkeit fest, obwohl es ja öfter so aussah, als ob er der verrücktere von beiden wäre. Sie sog tief die gesunde Nordseeluft ein, Karsten sah sie an und war ebenfalls von Herzen glücklich. Er hob ihre verschränkten Hände und küsste Nicoles Finger.

„Lass mal laufen, Nicki, ja? Bist du schneller als ich?"

Nicole grinste, sie ließen sich los und rannten, erst nicht ganz so schnell, aber dann mit voller Kraft, und wollten gleichzeitig lachen und kämpften, bis Karsten am Ende doch schneller war. Als sie sich atemlos umdrehten, um auf die anderen zu warten, sahen sie, dass Romy Michael beim Bollerwagen ziehen half und die Augen geschlossen hatte. Der Wind wehte ihre rot-blonde Mähne nach hinten, sie lächelte und ging ganz sicher neben Michael auf der anderen Seite der Deichsel.

„Guck dir das an."

Karsten erzählte Nicole, wie Romy damals gelitten hatte, als es zuviel Wind und Sand bei geschlossenen Augen gegeben hatte und er mit ihr durch den Dünenweg gerannt war.

„Mit Michael kann sie das. Die Situation ist so ähnlich, oder?"

Nicole nickte.

„Sie sieht ganz zufrieden aus. Ganz gelöst. Keine Probleme."

Michael gab Romy Sicherheit. Sie vertraute ihm vollkommen und traute sich, auch mit geschlossenen Augen zu laufen.

Hiekes Oma wohnte zwischen Bahnhof und Rathaus in einem der typischen Borkumer Häuser mit Gästezimmern und Frühstücksveranda. Statt Vorgarten gab es drei gemauerte Stufen zu einer Art Vorplatz mit großen Blumenkübeln und Gartenbank. Godo verstaute die Granatausrüstung im Schuppen hinter dem Haus, hängte das Netz zum Trocknen auf und folgte dann den anderen in die Küche. Hieke hatte sich gleich der Meerwasserflaschen bemächtigt und die Fischer an den Küchentisch gesetzt, während ihre Oma eifrig aber stressfrei kleine Flaschen Rhabarbersaft verteilte und sich zu freuen schien, dass sie gleich Granat kochen durfte. Allerdings merkte sie dann, was ihre Enkelin vorhatte.

„Ach nee Hieki dat laat man…"

Wenn man die Krabben in Meerwasser kochte, röche das ganz entsetzlich, das wollte sie doch lieber nicht in ihrem Haus; Süßwasser, das kam bei ihr in den großen Topf, und Salz erst danach auf die fertig gekochten Krabben. Godo grummelte Unverständliches und quetschte sich beleidigt neben Karsten auf die Bank, und Rhabarbersaft hatte er auch keinen abbekommen.

„Hepp wi kein Baia?"

„Nu sei doch nicht gleich krüsch!"

Hieke gab ihm ein Bier aus dem Kühlschrank, Marcel goss unter

Romys vorwurfsvollen Blicken das Meerwasser in die Spühle und Hiekes Oma erzählte weiter von Garmethoden und anderen erfolgreichen Selbstversorgungen, zum Beispiel während des Krieges, als sie alle versucht hatten, Kartoffeln anzubauen.

„Und die wurden uns noch grün vom Feld gestohlen! Von Börkumern!"

Alle fühlten sich sehr wohl in dieser Küche. Dann kochte das Wasser, die Krabben mussten sterben, wurden gekocht, gesiebt und gesalzen, und dann waren die Selbstversorger eine ganze Weile mit Puhlen beschäftigt. Wohlweislich hatte Hiekes Oma ihren Küchentisch mit Zeitungspapier abgedeckt, an dem man sich auch gleich die Hände abwischen konnte. Als nichts mehr übrig war, schenkte sie Aquavit aus, die Flasche hatte im Eisfach gelegen. Die erste Runde diente der Verdauung, die zweite schlug ein wie eine Bombe oder dem Anlass entsprechend wie eine Granate, und als Karsten, Nicole, Romy, Michael, Marcel und Godo irgendwann in der Abenddämmerung auf der Straße standen, fühlten sie sich alle außer Godo absolut lebensfroh und wackelig auf den Beinen. Godo lachte sie aus und ging mit seinem Schwiegervater Skat spielen.

„Ey ich glaub ich hab'n Eiweißschock."

Michael schüttelte sich ungläubig.

„Und ich glaube, ich hab noch nie Rhabarbersaft getrunken. Könntsch mich glatt dran gewöhnen."

Mit der geliehenen Schiffermütze auf dem Kopf und seinen aquavitwackeligen Beinen vollführte Karsten ein kleines Rhabarbertänzchen, Nicole hielt sich die Hand vor den Mund und lachte, und Romy guckte so verdutzt wie ihr Freund, aber eiweißgeschockt war sie nicht.

„Karstenliebling, gib mir mal deinen Arm."

Nicole bekam ihn, legte ihn sich um die Schultern und ihren eigenen um Karstens Hüfte, so hielt er still und konnte zuhören.

„Komm wir laufen noch ein bisschen durchs Dorf… oder du führst mich aus…"

Entschlossen nickte Karsten, aber Romy und Michael wollten lieber nach Hause gehen. Das war okey, bei sechs Wochen gemeinsamem Urlaub musste man wirklich nicht immer alles zusammen machen. Karsten führte also Nicole aus und wusste gar nicht, wohin. Durch Zufall kamen sie zum „In Undis", wo Nicole es sehr schick fand, auch wenn sie keine Lust auf tapas hatte, aber das Knoblauchbrot war sehr gut, und dazu gab es Krombacher vom Fass. Karsten hatte auch keine Ahnung, wie es kam, aber er stieß mit der katalanischen Saisonkraft auf eine Art Brüderschaft an, Nicole war selbst in Jeans und H&M T-Shirt schön wie nie, es war immer noch früh am Abend, und wenn das mit dem Ausführen weitergehen sollte, machten sie jetzt am besten eine Pause an der frischen Luft. Der kleine Park am Bahnhof bot sich dafür an, dort konnte man nach Herzenslust sitzen und über die Passanten lästern. Wenigstens ein Weilchen, dann waren sie bis Einbruch der Dunkelheit stiller und legten abwechselnd den Kopf auf die Schulter des anderen. Um Punkt 20 Uhr verkündete Nicole, sie wäre wieder hundert Prozent fit und müsste mal aufs Klo.

„Upp Hüsche."

Die Schiffermütze hatte anscheinend Karstens Sprachzentrum und alle Plattdeutschkenntnisse aktiviert, aber Nicole meinte nur auf Hochdeutsch „Okey let´s go", und dann landeten sie ausgerechnet in der „Seekiste". Auch dort gab es Krombacher, aber nachdem Nicole auf Toilette gewesen war und Karsten zwei Bier bestellt hatte, entschied er, dass die Ausführerei hier ein Ende haben sollte, denn das Seekistenpublikum kam ihm unsympathisch vor, so auf den ersten Eindruck, den er auch gar nicht vertiefen wollte. An der Theke stehen bleiben war hier sinnvoller. Karsten konnte förmlich spüren, wie alle seine aufsehenerregende Freundin anglotzten, als Nicole sich unbekümmert neben ihn stellte.

„Prost!"

„Prost."

Die 0,3-Gläser hatten sie im Nuh ausgetrunken, Nicole fand die „Seekiste" auch doof, obwohl es an der Bar ja ganz nett war, und Karsten bezahlte mit seinem letzten Kleingeld. Er hatte plötzlich große Lust auf Blödsinn, drehte Nicole den Rücken zu, sagte, sie solle springen, Nicole lachte und sprang, und dann trabte Karsten mit ihr aus der Kneipe hinaus auf die Bismarckstraße. Nicoles

Fuß traf dabei versehentlich einen Stuhl und Karsten taumelte leicht gegen einen dicken Holländer, aber dann hatten sie es geschafft. Für den kurzen Weg bis zum Polizeirat setzte sie ihm die Mütze verkehrtherum auf und er legte einen Endspurt hin, obwohl die Reiterin auf seinem Rücken ziemlich schwer wurde. Zum Dank bekam er dafür auf den Musikzimmerklappbetten eine 1A-Schultermassage.

Mit Manu Chau und „Bongobong" begann am Montagmorgen das große Borkumer Beachvolleyballturnier. Manu Chau stimmte alle Volleyballer- und ballerinnen sofort entspannt, megafriedlich, und ließ sie alberne Tänzchen im Sand vollführen, während sie dem Ansager vor dem Veranstaltungszelt lauschten. Romy und Nicole waren rechtzeitig aus den Betten gekrochen, ziemlich aufgedreht und nervös beim Frühstück gewesen und schnell los gerannt. Michael und Karsten dagegen waren um diese Uhrzeit noch gar nicht reaktionsfähig. Der Großteil der Sportler, die von überall herkamen, sogar aus Bayern, hatte am Strand gezeltet, aber Romy entdeckte auch original Borkumer Teams, zum Beispiel Andrea und ihren Bruder Dennis. Sören trug Töchterchen Mariechen auf den Schultern und winkte fröhlich, „King of the Bongo, hear me when I come Baby" sang er, aber das konnte Romy auf die Entfernung nur schlecht erkennen. Und dann war Schluss mit lustig, dann wurde gespielt: An über fünfzehn festen und circa fünfzig mobilen Volleyballnetzen, die auf der weiten Ebene zwischen Sandbank, Nordstrand und Schweinebucht Platz fanden wie ein Milchkännchen auf einer Kaffeetafel. Als Karsten und Michael gegen 10 Uhr 30 an den Strand kamen, hatten ihre Freundinnen bereits ein Spiel verloren und grade eben eins gewonnen, sie befanden sich deshalb noch total im Siegestaumel und nahmen begeistert entgegen, was ihnen mitgebracht wurde: Eiskaltes Gatorate und Müsliriegel, aber auf den zweiten Blick stutzte Nicole.

„Wieso ist´n da Blut an der Flasche?"

„Oh Scheiße."

Karsten besah sich seinen rechten Ellenbogen, der zwar verpflastert aber allem Anschein nach durchlässig war. Es musste

Blut an seinem Unterarm heruntergelaufen und auf der Gatorate-flasche gelandet sein, die er in der Hand getragen hatte. Er guckte schuldbewusst, Nicole schüttelte nur den Kopf und Michael berichtete brühwarm, sie hätten ihnen halt ein bisschen Sportlernahrung mitbringen wollen, aus dem Drogeriemarkt beim Bäcker, und irgendwie wäre Karsten mit dem Fahrrad in den Gleisrillen stecken geblieben.

„Hab mich kurz hingelegt, ist nicht so schlimm Nicki."

„Dann lass dich mal verarzten, da im Zelt ist ein Rotkreuzstand, glaub ich."

Gehorsam zog Karsten ab, und von Michael wollten die Mädchen wissen, ob das jetzt zur Gewohnheit geworden war? Romy tippte sich sogar an die Stirn.

„Bal-d is alles kaputt."

Michael strich sich die Haare versuchsweise nach vorne, damit sie die Stelle verdeckten, an der Doktor Zuelke ihn mit drei Stichen genäht hatte, und meinte, das wäre doch alles halb so wild.

„Habt ihr jetzt Pause? Wann seid ihr wieder dran?"

Nicole seufzte, grinste, „Um 12", und knabberte an ihrem Müsliriegel. Romy war schon bei ihrem zweiten.

Das 12 Uhr Spiel gewannen die Mädchen ebenfalls, doch wahrscheinlich nur, weil ihre Gegner die Mittagshitze nicht gewohnt waren, im Gegensatz zu ihnen, die sie sich schon seit drei Wochen im Borkumer Sommer tummelten. Der verpflasterte Karsten und der genähte Michael jubelten über jeden Punkt, überall am Strand wuselten sportliche Menschen herum, Bälle flogen durch die Luft und Möwen über sie hinweg, bis es um 13 Uhr Essensausgabe im Veranstaltungszelt gab. Zusammen mit Andrea, Dennis, Mariechen und Sören, der eine Lunchbox auspackte, picknickten sie in den Dünen, und Karsten und Michael, die ja kein Turnierarmband und Anrecht auf Verpflegung hatten, ergänzten das Picknick mit Milchreis und Kuchen aus einer der Strandbuden. Nachmittags verloren Romy und Nicole ihre beiden Spiele, Michael ging schwimmen und Karsten zur Arbeit, die Kapelle rief, und so verliefen auch die nächsten Tage. Siege und Niederlagen wechselten einander ab, ein bedeckter, windiger Tag mischte sich unter die sonnigen, und Nicole kaufte neue Sonnencreme. Abends wuschen sie ihre verschwitzten Shorts und Tank-Tops aus.

„Hast du Sachen dabei, die du noch gar nicht getragen hast?"

Nicole hatte mal wieder vergessen, Romy beim Sprechen anzusehen. Sie standen hinter dem Haus an den Wäscheleinen.

„Echt, langsam hab ich das Gefühl, alle Klamotten hätten irgendwo Sand! Und ich bin auch gespannt, wie wohl das Haus von Schröder ist! Wie da wohl die Betten sind!"

Romy war fertig mit Wäsche aufhängen und drehte sich zu Nicole um. Ihr fiel auf, dass Nicole ein bisschen artiger aussah als sonst, das lag an…

„Nicki deine Haare sin vollangewor-den."

Nicole, die es schon kannte, dass Romy nicht auf das einging, was sie grade gesagt hatte, lachte und hatte eine gute Idee.

„Weißt du, was wir machen, wenn unser letztes Spiel gelaufen ist? Wir gönnen uns´ne Kurpackung. Wir gehen zum Friseur, und ins Nagelstudio auch. Hast du Bock?"

Friseur, Kur, Fingernägel, wiederholte sie sicherheitshalber. Romy fand die Idee super, und nachdem ihr Team am letzten Spieltag nach einmal gewonnen und trotzdem nur neuntes von zwanzig geworden war, worüber die Mädchen jubelten, als wären sie auf dem ersten Platz gelandet, aber Romy hatte den Verdacht, dass Nicole genauso gefeiert hätte, wenn sie letzte geworden wären, stürzten sie sich erwartungsvoll und erholungsbedürftig in das Schönheitsprogramm, das Sören für sie zusammengestellt hatte. Erst die Kuranwendungen im Souterrain des „Kachelot" Hotels, dann die Hände im Kosmetiksalon „Kokon", und schließlich der Termin beim Friseur am Leuchtturm. Karsten und Michael waren in den letzten Tagen merkwürdig beschäftig gewesen, sie taten geheimnisvoll, ohne dass ihre Freundinnen das groß bemerkt hätten, und beschwerten sich auch nicht darüber, dass die beiden soviel Zeit am Strand verbrachten, wo sie neue Bekanntschaften schlossen und sich zwecks Ballrettung im Sand wälzten. Michael hatte sich auch nur einmal den Fuß verdreht und das Knie aufgeschürft, wollte jedoch um keinen Preis sagen, wie es passiert war, und Karsten hatte sich den Tag zuvor so ärgerlich den linken Oberarm geprellt, dass sie schon wieder zu Doktor Zuelke hatten gehen müssen. Der schüttelte inzwischen nur noch schweigend den Kopf, wenn einer von ihnen in der Praxis erschien. Als Romy und Nicole ausgehfertig für die große Turnierabschluss Strandparty aus dem Haus kamen, Romy mit Glitzer auf den Fingernägeln und einer neuen Frisur, mit der sie aussah wie die jüngere rotblonde Schwester von Jane Birkin, und Nicole mit wieder kurzen Locken und knallroten Nägeln, saßen Karsten und Michael artig und zufrieden auf Klappstühlen im Polizeiratsgarten. Jeder hatte eine Bierflasche in der Hand, sie trugen Schirmmützen, kurze Hosen, T-Shirts und ihre diversen Lädierungen zur Schau, und sahen aus wie schlecht gezeichnet. Beavis und Butthead als Rentner? Nicole erschrak bei diesem Gedanken. Was war sie gemein, dann doch lieber wie Lehrer und Musiker auf Abwegen.

„Wollt ihr wirklich nicht mitkommen?"

Der Musiker schüttelte den Kopf, der Lehrer verneinte, aber sie würden sie abholen, wenns recht wäre. Um Mitternacht?

„Ja gut! Hoffentlich findet ihr uns!"

„Umitter-nach-t amein-gang."

„Genau, so gehts."

Ob alles okey wäre, wollte Nicole noch von Karsten wissen, da stand er auf, küsste sie und meinte „Ja absolut, alles super", aber auf dem Weg zur Party versicherte sie Romy, die Männer würden sich schon wieder berappeln und mit ihrem Geheimnis herausrücken, was die wohl wieder planten! „Männer sind ko-misch", war Romys abschließender Kommentar dazu, und dann hatten sie erstmal Spaß im und vorm Veranstaltungszelt.

Bis kurz vor zwölf, als Nicole sowieso die Nase voll hatte von Sand in den Schuhen, Bier aus Plastikbechern und Neue Deutsche Welle Diskoschlagern. Und dann hörte sie, wie die Volleyballer vom SC Münster sich gegenseitig anfeuerten, Romy endlich „anzubaggern", worüber sie absolut blöde lachten und den Volleyballwitz noch dreimal wiederholten, was Romy natürlich absolut ignorierte. Nicole drehte sich entnervt um.

„Du Kleiner. Da hinten habt ihr ein paar Ballmädchen, die eher in eurer Klasse spielen."

Sie hakte sich bei Romy ein und zog sie zum Ausgang, wo hoffentlich Karsten und Michael auf sie warteten. Also echt, SC Münster! Plötzlich hatte sie sogar Sehnsucht nach Hamburg und freute sich darauf, ab Montag wieder mit Wolfgang zu telefonieren und sich um hanseatische Angelegenheiten zu kümmern. Das Abholen von der Party klappte problemlos. Erleichtert ließen Romy und Nicole sich durch die Dünen zur Strandpromenade führen, von ihren Kavalieren, die sich sogar gekämmt und rasiert hatten. Nicole zupfte an Karstens extended goatee, der nun wieder erkennbar war, und Karsten der freche Kerl klatschte ihr leicht auf den Po.

„Schmetterball."

Widerwillen musste Nicole lachen und schubste ihn weg.

„Ey hör bloß auf mit Bällen, ich hab jetzt erstmal genug davon!"

Karsten lachte ebenfalls und schubste zurück, es fehlte nicht viel und sie hätten sich zwischen den Strandzelten gebalgt, da hörten sie Michael fluchen. Er war barfuß in eine Glasscherbe getreten. Romy sah Nicole fassungslos an, dann suchte sie in ihrer Tasche nach Tempos, und Nicole hoffte sehr, dass die nächsten zwei Wochen einiges an Veränderungen mit sich bringen würden. Dieser Verletzungswahn musste wirklich mal aufhören.

Aufhören tat dann zumindest die Geheimniskrämerei. Beim letzten Frühstück in der Polizeiratsveranda rückten die Jungs mit ihrem Wissen heraus und erzählten, dass sie auf dem Dachboden gewesen waren, auf dem allerobersten. Nur so aus Spaß hätten sie dort herumgestöbert und ein paar alte Karten gefunden, handgezeichnete Ingenieurspapiere.

„Keine Schatzkarte."

„Nee Nicki!"

„Und dann seid ihr von einem Haufen Gerümpel angegriffen worden und daher die Prellung?"

Nicole sah sich zwei vorwurfsvoll-beleidigten Gesichtern gegenüber, trank aber ungerührt ihren Kaffee und versuchte, mal nicht zu lächeln. Schicksalsergeben wandte sich Michael an Romy.

„Also ich hatte ein kleines Problem auf der Dachbodenleiter."

Das letzte Wort begleitete er mit Gesten, Romy verzog den Mund und nickte, und Karsten behauptete todernst, ein Haufen wäre das gar nicht gewesen, und Gerümpel würde er das auch nicht nennen.

„Na schööön."

Nicole beschloss, die Männer ernst zu nehmen und bei deren Spaß mitzumachen.

„Und was habt ihr jetzt vor? Was wird aus den Plänen?"

„Wir haben auch noch weiter geforscht!"

Michael lehnte sich zufrieden zurück und faltete die Hände über den fünf Nabrotzky-Brötchen, die er gegessen hatte.

„Während ihr am Strand gespielt habt."

Nicole streckte ihm die Zunge raus. Das Ergebnis ihrer Nachforschungen zeigten sie den Mädchen anschließend am großen Esszimmertisch. Sie hatten ihre eigene Borkumkarte gezeichnet und aus den Ingenieursplänen alle Angaben für Bunker, Seezeichen und Gleisstrecken übernommen, was die Mädchen nun doch erstaunte.

„An der Promenade sind doch gar keine Gleise!"

„Aber da waren welche! Und guckt euch mal die Trassen durch die Dünen an!"

„Und was ist das da?"

„Franzosenschanze heißt das."

„Ganz schön viele Bunker....alles zweiter Weltkrieg?"

„Nee zum Teil auch älter, die eine Karte ist von 1890."

„Mein lieber Herr Gesangsverein!"

Karsten war zufrieden, dass Nicole beeindruckt war, Romy starrte noch immer auf die Inselkarte und fuhr mit dem Finger auf den Gleisen bis weit ins Ostland, und Michael sah aus, als säße er im Englischunterricht mit Schülern, die endlich das past progressive richtig anwandten, und zwar ohne deutschen Akzent. Insgesamt sechs Bunker gab es auf der Insel, nur für Borkum Stadt war keiner eingezeichnet, und über eine Schmalspurbahn waren sie zu erreichen gewesen. Die Strecke vom Bahnhof bis über die Strandpromenade wurde in den alten Karten als „Dünenbahn" bezeichnet und hatte nichts mit den Bunkern, Batterien und Geschützstellungen zu tun, sondern mit Tousismus.

„Kam der Krieg undie Leu-te laufenallein die Bunker bisins Ostland."

Romy strengte sich extra für Nicole an und begleitete ihre Gesten mit Sprache.

„Ja blöd eigentlich, wa. Aber vielleicht reichten denen in der Stadt ja ihre Keller. Am Ende sind auf Borkum auch gar keine Bomben gefallen."

„Und so pro forma wurden halt ´n paar Bunker in die Dünen gebaut…"

„Na hier der eine, das war schonmal ein Flugabwehrbunker. Steht in der Karte. Der hatte also ein Geschütz oben drauf."

„Aaa-ha."

„Und an der Franzosenschanze sollten die Franzosen aufgehalten werden."

Nicole sah Karsten konsterniert an.

„Wieso die Franzosen? Wieso nicht die Engländer?"

„Weil… weil weil die viel älter ist, noch aus Napoleons Zeit."

„Na. Napoleon auf Borkum. Wenn du meinst…"

Romy war verschwunden und kam mit einem Stapel „Dittjes & Dattjes" aus der Veranda wieder. Sie hatte ein optisches Farbgedächtnis und suchte nach der hellgrünen Ausgabe, in der sie ganz sicher etwas über die Franzosenschanze gelesen hatte. Nicole besah sich die alten Fotographien an der Wand über dem Telefon. „Tante Hüpf" hatte jemand frech auf einen post-it Zettel geschrieben und darunter geklebt. Genau, action, eine Frau der Tat.

„Und jetzt? Wie gehts jetzt weiter?"

„Karsten und ich dachten, wir könnten mal die Gleisstrecken ablaufen. Und auf die Bunker klettern."

„Und einen Schatz finden."

„Ooch, na wer weiß…"

„Das hab ich mir gedacht! Wer eine Karte zeichnet, will auch einen Schatz finden!"

Karsten zuckte dazu nur mit den Schultern, Michael guckte hochnäsig, Nicole lachte leise und Romy zeigte allen, was sie über die Anlage inmitten der Binnenwiesen gefunden hatte. Während der napoleonischen Kontinentalsperre lag der Anlegehafen am Wasserarm der Hopp, des Inselflusses, an der Stelle, wo es auch heute noch Franzosenschanze heißt. Für die französische Besatzung der beherrschende Pukt für eine eventuelle Invasionsabwehr, ein historisches Bauwerk.

Kurz vor Mittag kam Olli auf Borkum und im Polizeirat an. Er verabschiedete sie und lieh ihnen den hauseigenen Bollerwagen, damit sie ihr Gepäck besser in die Kibitzdelle in Schröders Haus bringen konnten. Karsten hatte da noch eine Frage.

„Du Olli, wer war eigentlich Polizeirat?"

„Mein Großvater. Der alte Henry Bannier. Und mein Vater war Wasserbauingenieur und Marinebaurat."

„Aaah."

Karsten sah die anderen bedeutungsvoll an.

„Und du?"

„Ich nicht. Ick bünn wat anners."

Michael grinste.

„Auf jeden Fall wars aber schön hier."

Wie um ihm zu wiedersprechen kam in diesem Moment Frau Blume um die Ecke der Kurverwaltung gebogen, schlecht gelaunt und schlecht geschminkt wie immer. Bevor sie auf die Idee kommen konnten, ihr noch viel Spaß zu wünschen, zogen Karsten, Nicole, Romy und Michael lieber los und in ihr neues Quartier. Den Haustürschlüssel bekamen sie im „Aike´s" vom Wirt, so war es telefonisch vereinbart worden, und nachdem Karsten mit leicht zittrigen Fingern die Alarmanlage ausgeschaltet hatte, standen sie neugierig im Borkumer Feriendomizil des Ex-Kanzlers. Sie guckten in jedes Zimmer, inspizierten den Garten und den Keller, dann testete Nicole die Toilette und bewertete das Haus im Vergleich zum Polizeirat vernichtend mit „Null Flair", was Michael mit „Aber zweckmäßig" korrigierte. Karsten weigerte sich, das Schrödersche Schlafzimmer zu benutzen und ging stattdessen mit Nicole in das spartanisch eingerichtete Kinderzimmer, dessen Betten normal groß waren und sich nebeneinander schieben ließen. Michael und Romy fanden das Elternschlafzimmer herrlich, es gab dort einen Fernseher dem Bett gegenüber, sowas hätte er noch nie gehabt, erklärte Michael und probierte das Trimmdichgerät aus, das vor den großen Fenstern stand. Er lächelte Romy zufrieden an.

„Die SPDeee, jucheh, jucheh!"
Romy kannte den Schnack und grinste zurück.
„Die CDU, huhu, huhu…."
„Lass mal nicht auspacken, Romy, komm wir gucken mal, wie weit es zum Strand ist."

Karsten, dem die Strecke mit dem Gepäckbollerwagen erstaunlich lang vorgekommen war, freute sich über die zwei tollen Fahrräder, die er in der ansonsten leeren Garage fand. Er fragte Nicole, ob sie mitkommen wollte, um Gaby und die Jungs zu verabschieden, doch Nicole meinte, sie hätte schon nach dem Abschlusskonzert tschüß gesagt, würde sich jetzt aber an die Haltestelle der Kibitzdelle stellen und winken. Der Zug führe um 12 Uhr ab, sagte Karsten und trat dann fast zu spät in die Pedale, weil sie sich vorher noch geküsst hatten und wie immer schlecht voneinander los kamen. Nicole setzte ihre Sonnenbrille auf und zog ein rotes Kleid an, mit dem sie garantiert die Aufmerksamkeit der bahnfahrenden Tanzkapelle auf sich ziehen würde, nahm ihr Handy und machte es sich auf einer der Bahnsteigbänke bequem. Sie schickte eine Email an Wolfgang, damit er nicht vergaß, dass sie ab Montag wieder halbtags arbeiten würde. Und an der frischen Luft, wie es sich gleich zu Arbeitsbeginn ergab. Auf der Suche nach einem geeigneten Plätzchen, an dem sie sich für ein paar Stunden ungestört würde niederlassen können, war Nicole auf die Holzbank im Vorgarten gestoßen. Karsten holte ihr den Sonnenschirm von der Terrasse und ein Tischchen aus dem Wohnzimmmer, fertig war das Urlaubsbüro. Dort saß sie nun jeden Morgen von 8 bis 12, telefonierte, schrieb, plante und hörte zu – tatsächlich machte Zuhören einen erheblichen Teil ihrer Arbeit aus, denn Wolfgang redete gerne und hatte dabei die besten Einfälle. Nicole war wahrscheinlich die einzige, von der er sich auch mal abwürgen ließ. Was sein muss, musste wohl sein. Nicole fand, dass Multitasking eindeutig besser funktionierte, wenn man dabei herumlaufen konnte und die Dinge direkt vor sich hatte, aber zwei Wochen lang würde es auch von der Vorgartenbank aus gehen. Michael verbrachte die meisten Vormittage sportlich, er joggte den halben

Kilometer zum Südstrand, schwamm eine halbe Stunde und lief wieder zurück, um danach faul und in Unterhosen im Garten zu liegen. Oder er begleitete Romy auf der Suche nach malwürdigen Motiven, durch die Süddünen und die Greune Stee, wo sie getarnte Rehe und Fasane beobachteten. Dann rannte er eben Nachmittags an den Strand. Die einzige, die nicht zu kochen brauchte, was Nicole, ansonsten wechselten sie sich ab, auch mit Einkaufen, und außerdem hatte Michael im Keller einen Grill gefunden, den er auf die Terrasse geschleppt hatte und abends öfter mal befeuerte. Einmal fuhren er und Romy mit den Rädern bis zur Reede, begutachteten die Segelyachten im Hafen und kletterten verbotenerweise in einem alten Wrack herum, das dort im Abseits lag, alles ohne Verletzungen, und entdeckten auf dem Rückweg einen Fischverkäufer an der Kreuzung Reedestraße-Seedeich. Dort befand sich die Borkumer Müllumschlagstation, und gleich daneben das Sportfischerheim samt Räucherei und Verkauf. Beide freuten sich sehr über ihre Entdeckung, kauften geräucherte Pfeffermakrele und Schillerlocken und setzten sich zum Essen auf den Deich mit Blick aufs Watt und das Wattenmeer. Michael lachte, als Romy „Wattemeer" sagte und verschluckte sich an einem Pfefferkorn, als sie ihn schubste und Richtung Strandhafer rollen wollte.

„Watt denn!"

Michael überlegte, ob er jemals im Watt gestanden hatte, bei einer Wattwanderung? Als Kind? Er konnte sich zwar nicht erinnern, sich aber lebhaft vorstellen, wie Romy und auch Nicole barfuß, mit hochgekrempelten Hosen und entsetztem Gesichtsausdruck in dem grauen Matsch stehen würden, und bekam einen neuen Lachanfall. Oh Gott jetzt musste er Romy schnell erklären, was er so lustig fand, sonst würde sie gleich böse auf ihn, er kannte das schon. War ja auch zu verstehen.

Die Crêpes mit Apfelmus, die sie am nächsten Tag mit Nicole und Karsten in der Strandstraße aßen, sorgten dann gleich nochmal für Heiterkeit, weil Nicole so herzhaft hinein biss, dass das Apfelmus auf der anderen Crêpeseite eindrucksvoll herausschoss und Karsten direkt vor die Füße platschte – Michael der alberne Kerl klappte vor Lachen förmlich zusammen und musste sich an die Hauswand setzen, ohne dass ihm sein Pappschälchen herunterfiel. Während Romy und er anschließend über die Promenade zurück zum Südstrand spazierten und Nicole vor der Post auf Andrea wartete, mit der sie verabredet war, radelte Karsten ins Dorf zu Hiekes Oma. Ganz wie er das vor knapp zwei Wochen mit seinem Ausbilder in Hamburg vereinbart hatte, gab er Musikunterricht, und zwar einem zehnjährigen Jungen, den er von den Kinderbelagerungen des Musikpavillions kannte. Die Eltern hatten ihn angesprochen, weil ihr Sohn völlig von dem Akkordeon fasziniert gewesen war, und so saßen Karsten und Viktor nun jeden Abend eine Stunde in Hiekes Omas Küche und spielten. Karsten schrieb seinen Bericht und alle waren zufrieden. Viktor war Autist, das machte die Sache nur noch interessanter, fand Karsten, und Hiekes Oma staunte über die schnellen Fortschritte, die schon richtig gut klangen, und spendierte Saft und selbstgebackenen Kuchen. Heilfroh war Karsten auch darüber, dass er das Instrument nicht immer hin und her zu schleppen brauchte, er durfte es auf der Küchenbank liegen lassen.

Es war Donnerstag, als mitten im Akkordeonspiel Wind aufkam. Ein offenes Fenster schlug krachend zu, das Glas blieb heil aber der Schreck war groß, und dann wurde aus dem Wind ein richtiger Sturm. Hiekes Oma behauptete, es hätte schon seit Mittag unheilvoll gerochen, da hätte schon was in der Luft gehangen, und lief so schnell sie konnte in den Hof, um ihre Wäsche zu retten, bevor die wegflog. Karsten guckte seinen Schüler vielsagend an.

„Hossa!"

„Hossa" sagte Viktor auch und spielte unbeeindruckt weiter, aber Karsten machte sich schon ein paar Sorgen wegen des Heimweges. Es war draußen auch viel dunkler geworden. Auf der Straße hasteten lachende Badegäste vorbei, man sah ihnen an, dass sie den Strand überstürzt verlassen hatten und sich nun in ihre Fremdenzimmer verkriechen wollten – Karsten stellte sich vor, wie in diesem Moment rauhe Mengen Borkumer Sand auf der Insel verteilt wurden, mit Handtüchern, in Schuhen und Eimerchen, oder einfach nur mit dem Wind, der sich mittlerweile um hundert Prozent gesteigert hatte. Eine Böe blies einen schwachen Badegast um, und Karsten dachte „hundertzwanzig, Windgeschwindigkeit hundertzwanzig km/h", da machte Hiekes Oma das Küchenradio an und erfuhr, es wäre ein plötzlicher Sturm der Windstärke acht.

„O-ha."

Das war ein sparsamer Kommentar, aber er bestätigte Karstens Bedenken, wie er bloß heil nach Hause kommen sollte. Viktors Eltern klingelten an der Tür, sie machten einen fröhlichen Eindruck, und hinter ihnen stand Nicole, die Karsten ebenfalls anstrahlte. Zusammen kämpften sie sich durchs Dorf, bewältigten winddurchheulte Straßen und um alle Ecken sausende Böen, bis sie den Bahnhof erreichten, wo die letzte Kleinbahn des Tages abfahrbereit auf sie zu warten schien. Nicole lachte, weil der Wind ihr den Einstieg über die Trittstufen doch ziemlich erschwerte, der wollte sie immer zur Seite wegdrücken, und Karsten sie hilfsbereit von unten anschob. Die Fahrt bis zum Jacob-van-Dycken-Wegen in der Kibitzdelle verlief beängstigend ruckelig aber problemlos, trotz des Sturms draußen und der harten Holzbänke drinnen konnte man sich in den restaurierten Waggons geborgen fühlen. Nicole erzählte begeistert vom aufgewühlten Meer, wie sie mit Andrea auf der Promenade gestanden und von dort die schwarze Wolkenmasse beobachtet hätte, die sich über den Himmel walzte, als ob sie die Insel plätten wollte. Eine richtige Druckwelle wäre der vorausgegangen, die Badegäste wären in Scharen vom Strand geflüchtet, Hieke und die anderen Rettungsschwimmer hätten sich wie Wahnsinnige ins Wasser gestürzt, um abgetriebene Leute zu retten, voll die Helden, fand Nicole, und dann wäre ein gewaltiger Regenschauer mit den Wolken gekommen und sie und Andrea grade noch rechtzeitig in den Polizeirat gesprintet.

„Olli hat mir gesagt, wann die letzte Bahn fährt, und das passte ja genau! Wir sind auch gar nicht nass geworden, war ja nur ein Schauerchen."

„Ein dickes Schauerchen."

„Regen kann gar nicht dick sein."

Nicole verschränkte ihre Finger mit Karstens linker Hand und lachte leise, und er behauptete, ein Schauerchen wäre sie selber.

Weil sie ihn so nett gerettet hatte, backte Karsten noch am gleichen Abend einen Marmorkuchen für Nicole. Obwohl Michael sich bis spät in die Nacht in der Küche aufhielt, wo er den Kuchen schonmal gierig mit den Augen verschlang, ließ Karsten beide hartherzig auskühlen und nahm stattdessen früh am nächsten Morgen alle mit an den Strand, um sich die Auswirkungen des gestrigen Sturmes anzusehen. Den Kuchen hatte er eingepackt, sowie zwei Thermoskannen, eine mit Tee und eine mit Kaffee zum Frühstück. Am Himmel zogen zwar immer noch große Wolken dahin und brachten weiß-blau-grau ordentlich Bewegung über den Horizont, aber man merkte jetzt schon, dass es ein schöner Tag werden würde. Ohne Regen. Der Südstrand sah angenehm unaufgeräumt aus, gar nicht mehr so brav wie die Tage zuvor. Einige Strandkörbe waren umgekippt und wurden von ihren Vermietern bereits wieder freigeschaufelt, es gab ungewohnte Sandverwehungen bis oben auf der Promenade, und an der Wasserkante lag vereinzelt Zeug herum – Romys Sammlerherz schlug bei diesem Anblick schneller: Strandgut! Sie war förmlich versessen auf Strandgut, auf angespühlte Schätze, leere, alte Flaschen, wertvolle Holzstücke, Tauenden und so weiter. Die Anhäufungen an den Buhnenwänden in Gegenwindrichtung kamen allerdings auch ihr eher wie Müll vor, aber nachdem sie zu viert den Kuchen gegessen hatten und am Wasser entlang liefen, fand sie so einiges, was sich mitzunehmen lohnte. Die anderen ließen sich schnell von der Sammelleidenschaft anstecken. Nicole fand sogar ein winziges Stück Bernstein, und Michael schaffte es, ein Knäul Angelschnur samt Haken und Senkblei zu entwirren, ohne dass Blut geflossen wäre. Der Südstrand schien wirklich einen positiven Einfluss auf die allgemeine Gesundheit zu haben. Karsten breitete großzügig die Arme aus.

„Atmet tief ein, Kinder, die Luft ist frisch und sauber, tut euch gut…"

Er erinnerte sich an die Winterwanderung durch die Greune Stee, bei der Romy mit ihm auch aufs Meer gesehen und eine Art meditative Atmung zelebriert hatte, und er lachte, als er aus den Augenwinkeln sah, dass die anderen jetzt tatsächlich neben ihm

standen und in derselben Pose wie er konzentriert die Nordsee-
luft einsogen. Dann überkam sie alle das Kichern ob des auf-
kommenden Gruppenfeelings, und entspannt ging jeder an sein
Tageswerk: Nicole an die Arbeit, Romy an den Zeichenblock,
Michael in die Garage, um das zweite Fahrrad aufzupumpen und
einkaufen zu fahren, denn er war heute mit Kochen dran, und
Karsten zog sich ins Kinderzimmer zurück, weil er ein bisschen
Fagott üben wollte.

Nun hatten sie eine ganze, friedliche Woche in Schröders Haus
verbracht, sich an den neuen Strand und das Einfamilienhaus-
Vorstadtambiente gewöhnt, als Karsten und Michael es nicht
mehr aushielten. Samstagabend kamen sie angeheitert aus dem
„Aike´s", man sah ihnen sofort an, dass sie etwas ausgeheckt
hatten, und wirklich erzählte jeder seiner Freundin sofort, was sie
am folgenden Tag anstellen wollten. Das heißt, die Idee hatte
Karsten gehabt, aber ausführen musste sie Michael, zusammen
mit Marcel und Tüdda, die sie glücklicherweise im „Aike´s"
getroffen hatten. Sonst wären sie womöglich völlig ideenlos wieder nach Hause gekommen, aber so hatte ein Veltins zum
nächsten geführt und war der Plan fachmännisch entwickelt worden. Karsten und Michael hatten es als ersten Schritt ihrer karto-
graphischen Forschertätigkeit auf die Franzosenschanze abgesehen. Tüdda sollte sich als Borkumer Vogelschutzwart ausgeben,
der zusammen mit seinen Lehrlingen Marcel und Michael die
Population in dem dichten Baumbestand um die Franzosenschanze protokollieren wollte. Tüdda hatte grimmig behauptet,
das würde ihn sowieso interessieren, wie es dort aussähe, denn
das wäre überhaupt kein Borkumer, der in dem großen Landhaus
wohnte. Das ganze Grundstück wär „nicht ganz koscher", hatte
sich Tüdda aufgeregt, und um 1955 durch Tausch und raffinierte
Kaufgeschäfte in den Besitz eines ehemaligen Bürgermeisters
gelangt.
„Hau is mögelk in de Welt! Kann ja nei angahn!"

Nicole lag neben Karsten im Bett und spielte mit seinen Brust-
haaren.

„Und warum gehst du nicht mit?"

„Weil der da mich evennnntuell kennt. Also rein theoretisch könnte der, der da auf der Franzosenschanze wohnt, mich schonmal gesehen haben. Mit der Kapelle, oder sogar beim Chor, und da glaubt der bestimmt nicht, dass ich auch Vogelwartslehrling bin. Aber Schmiere stehen darf ich."

„Na mir egal, was ihr da macht, Hauptsache, ihr kommt heil wieder."

„Jaaa, ach wir machen halt´n bisschen Blödsinn, Nicki."

„Ja das glaub ich auch."

Sonntagmorgen. 9 Uhr 30. An der Ecke Franzosenschanze Weidenstraße standen Michael, Karsten, Marcel, Tüdda und Lerche, der irgendwie Wind von der Sache bekommen hatte und darauf bestand, dass Tüdda als angeblicher Vogelschutzwart unbedingt seine original uruguayische Polizeimütze tragen müsste. Der willigte schließlich ein, und nachdem beide sich noch an frühere, glorreiche Schandtaten erinnert hatten – die Umleitung der vollbesetzten Kleinbahn auf ein Abstellgleis beim Betriebsschuppen zum Beispiel, oder als sie Olli zum Sechzigsten in einen Strandrollstuhl gesetzt und in Kellnerkostümen ins Wasser geschoben hatten – Michael guckte auf die Uhr.

„Woll´n wir?"

Tüdda salutierte zackig, Lerche lachte, dass sein Bauch wackelte, es konnte los gehen.

10 Uhr. In der Ferne läuteten die Kirchenglocken. Karsten hatte an der hinteren Einfahrt zum Gelände der eigentlichen Franzosenschanze Posten bezogen und tat so, als wüsste er, was er dort tat, nämlich gar nichts. Schmierestehen war ihm schon immer seltsam unnötig vorgekommen. Undurchführbar auch, denn wie und vor was sollte er denn warnen? Er wartete also einfach darauf, dass die drei wieder auftauchten und fragte sich, was er täte, wenn sie das nicht machten. Ihm fiel nichs ein. Bei genauerem Hinsehen fand er die Gegend plötzlich öde, verlassen und unattraktiv, diese Übergangszone zwischen Wohnviertel und Landwirtschaft war ideal zum Leichen vergraben, oder zum Lagern von Schmugglerware, oder – Karsten riss sich zusammen und stoppte die Spinnereien, aber Kinderpornographie hatte er

trotzdem eine Sekunde lang gedacht, das kam davon, wenn man zu Unzeiten den Fernseher einschaltete und von Nachrichten bombardiert wurde, auf die man lieber verzichtet hätte! Böse spähte Karsten Richtung Sportplatz linkerhand, da flog ein Schwarm Vögel aus dem Wäldchen um die Franzosenschanze auf und beruhigte ihn. Marcel, Michael und Tüdda schienen ihre Aufgabe richtig ernst zu nehmen. Dann dauerte es nochmal fünf Minuten, in denen rein gar nichts passierte, es Karsten immer langweiliger wurde und er schon überlegte, aus Protest in den Straßengraben zu pinkeln, als endlich seine Kumpane wieder sichtbar wurden. Michael stolperte noch über eine Baumwurzel, Marcel klopfte sich ein paar Blätter von der Jacke, dann standen sie zu viert in der Einfahrt. Und durch den Zufahrtsweg kamen drei Pferde galoppiert.

Tüdda schnaufte schicksalsergeben.

„Gottvadammich. Byl, Nannen und Knödel."

„Die Dämonenreiter."

Marcel versuchte, sich hinter Karsten unsichtbar zu machen, was misslang, weil der selber bemüht war, hinter Tüdda in Deckung zu gehen, denn der trug schließlich die Polizeimütze und wurde von den Jüngeren ganz natürlich als ihr Anführer angesehen. Und wirklich stellte Tüdda sich frech und breitbeinig an den Wegrand, grüßte laut mit „Moin!" und wollte die drei Ranger des Domenenrentamtes vorbeireiten lassen.

„Moin Tüdda. Wat daun ji da?"

„Nix."

„Na denn hol di fuchtig."

Sie trabten weiter, die Dünen kontrollieren.

Karsten kicherte erleichtert.

„Und was ist jetzt mit der Schanze? Irgendwas entdeckt?"

Marcel grinste ihn so breit an, dass Karsten sofort die abstrusesten Vorstellungen hatte, die Marcel dann aber glatt überbot: In der Hand hielt er eine total alte, total schmutzige Münze.

„Silber. Ey ich schwör! Das ist Silber!"

Michael hob lehrerhaft den Zeigefinger.

„Und napoleonisch!"

Sie folgten Tüdda, der das Abenteuer als beendet ansah, den Weg zurück Richtung Reedestraße. Marcel berichtete von Vögeln, Autos und einem Landhaus mit Wassergraben, rubbelte im Gehen an seiner Silbermünze und war genau wie Tüdda der Meinung, dass da garantiert keine echten Insulaner wohnten.

„Weil?"

„Weil die einen riesigen Elektrogartengrill mit Schornstein haben."

Karsten verkniff sich jeden Kommentar und hörte lieber zu, was Tüdda erzählte, nämlich dass der Bruder von Poppinga nach einem kräftigen Sturm und ablaufendem Wasser in der Nähe der „Heimlichen Liebe" mehrere spanische Golddublonen im Sand gefunden hatte. Karsten beschloss, die Geschichte haarklein vor Nicole auszubreiten, die sich ja über ihn und Michael lustig gemacht hatte, weil sie Karten zeichneten aber gar keinen Schatz finden wollten... hatten andere schon gemacht! Hier, der Poppinga, oder wer auch immer das war, und Marcel jetzt auch! Er wurde richtig gut gelaunt und fand, das frühe und teilverkaterte Aufstehen an diesem Sonntag hatte sich absolut gelohnt.

Als sie endlich wieder bei Schröders anlangten – Tüdda war in seinen Schrebergarten gegangen, er wollte die „Sutschinis" kontrollieren, wie er sagte, aber Marcel blieb weiter mit von der Partie, weil er sonst nichts vorhatte – saßen Romy und Nicole in Shorts und barfuß mit hochgelegten Beinen davor uns flirteten mit dem Dorfpolizisten. Das heißt, Nicole stand Rede und Antwort, Romy schwieg einfach nur super gut aussehend und spielte Ray Ban Model. Für Karsten und Michael sah das nach Flirten aus. Dann grüßte dieser Polizeityp, als ob er George Clooney persönlich wäre, „Sou ich muss weiter", Nicole sagte „Ja Heiner", Romy winkte nachlässig und zog dann ihren Freund an der Hand ins Haus, damit er ihr ungestört von seinem Abenteuer erzählen konnte. Marcel hatte unbekümmert den freien Platz eingenommen und Lust auf ein Bierchen, aber erst wollte Karsten wissen, wer das gewesen war.

„Alter Bekannter von euch oder was."

Nicole lächelte ihn unschuldig an.

„Ach nee – das war bloß Heiner. Der sagt, er geht hier Streife, außerdem hat der Schröder ihn wohl extra drum gebeten."

„Und sitzt ihr immer so halb nackt hier rum, wenn der vorbeikommt?"

Karsten war es im Grunde sehr unangenehm, solche inquisitorischen Fragen zu stellen, aber alleine diese Kombination - Heiner, Streife *gehen*, Sonntags – kam ihm so blöd vor, dass er lieber mal nachhakte. Nicole wusste sofort, was Karsten dachte, und konnte ihn besten Gewissens beruhigen.

„Na hör mal Süßer, Romy und ich haben uns die Fußnägel lackiert, da mussten wir doch barfuß sein."

Sie stand auf.

„Komm ich zeig dir, was es zu Mittag gibt, und Marcel, du kannst auch mit essen. Bleib ruhig auf der Bank da sitzen, vielleicht lockst du ja noch eine schicke Politesse an."

Marcel brummte zufrieden, aber Politessen gäbs auf Borkum nicht, nur zwei knallharte Polizistinnen, und die bräuchten, wenns nach ihm ginge, nicht am Sonntagvormittag auf Streife zu gehen. Und hier schon gar nicht. Und dann benahmen sie sich den ganzen Rest des Tages vorbildlich: Tranken nur ein einziges Bier, aßen Spaghetti carbonara, tummelten sich am Strand und verarzteten Marcel, der, um Maica zu imponieren, die auf der Strandmauer herumspazierte, von eben dieser mit Anlauf heruntergesprungen war und nicht damit gerechnet hatte, dass der Sand eher hart als schön weich sein würde. Er verstauchte sich den Knöchel und ratschte sich den Ellenbogen an einer Muschelschale auf. Nett, wie sie war, begleitete Maica ihn nach Hause, weshalb Marcel der Meinung war, der Sprung hätte sich doch absolut gelohnt. Abends grillte Michael auf der Terrasse, und Karsten brachte den anderen ein paar Shantys bei. So ein schöner Tag, sagte Romy mit Zeichen, und Michael vergrub sein Gesicht in ihrer rotblonden Mähne, wo er so nuschelnd wie andeutungsvoll behauptete, der Tag wäre ja noch gar nicht zu Ende.

Am nächsten Morgen, als es zum Frühstück nur Knäckebrot und kalte Pizza gab, weil niemand Lust hatte, zum Bäcker zu gehen, überlegte Nicole, dass sie sich auch auf Hamburg freute, auf zu Hause. Sie vermisste ihr eigenes Bett und das Großstädtische, den Hafen und sogar den St.Pauli-Altona-Lärm, und sie dachte ziemlich lange an ihre winzigen Neffen, die Söhne ihres älteren Bruders. Einen jüngeren hatte sie auch, aber der lebte in der Schweiz und war kinderlos. Sie trank einen zweiten Kaffee und ging an die Arbeit zu ihrem Handy, das auf dem Tischchen im Vorgarten lag, wo es schon seit geraumer Zeit vibrierte und sie rief. Romy baute in den folgenden Tagen eine Skulptur aus Strandgut und lag in den Wiesen herum, wo sie Nahaufnahmen von Wasserläufen malte. Michael trainierte wild durcheinander, quatschte mit Hieke und den Rettungsschwimmern, ließ sich von Dennis und Sören die Borkumer Grundschule und deren Haus- aufgaben-Mittagessen-Tandemprojekt mit dem Seniorenwohn- heim zeigen, und einmal brachte er Andrea zum Abendessen mit. In Schröders Küche gab es einen Raclette-Grill, den probierten sie zu fünft aus. Und Karsten ging jeden Tag schwimmen und abends um 18 Uhr zu Hiekes Oma, um Viktor Akkordeonun- terricht zu geben. Als Nicole ihn mal wieder abholte, schlen- derten sie über die Promenade zurück Richtung Südstrand, wo sie an der allerletzten Milchbude mit alten Bekannten zusam- mentrafen: Uli und seine schöne Frau Lydia. Die beiden hatten in der Milchbude bei Tapas und Rotwein gesessen und machten sich eben auf den Heimweg, sie grüßten, Karsten grüßte und Ni- cole sagte, sie hätte sooolchen Hunger.

„Hast du dich deshalb so schick gemacht, damit ich dich zum Essen einlade?"

Nicole reckte sich und küsste ihn.

„Nö."

„Na dann lad ich dich ein. Am besten essen wir auch Tapas. Viktors Eltern haben mir sowieso grade alle Stunden bezahlt…"

Also bot er seiner Freundin den Arm, sie betraten die Milchbude, und dann erstrahlte durch die Plexiglasscheiben plötzlich alles gelb-orange, das Licht änderte sich komplett, weil die Sonne un- terging. Nicole seufzte ergriffen, und Karsten hatte das größen- wahnsinnige Gefühl, dieser Sonnenuntergang wäre sein persön- licher Verdienst.

Und ehe sie es sich alle versahen, hatten sie nur noch zwei Tage auf der Insel. Freitag, Samstag, und Sonntag früh würden sie die erste Fähre nach Emden nehmen. Michael und Karsten bekamen

Torschlusspanik.

„Mensch wir wollten doch die Dünenbahn erkunden!"

„Ja und was ist mit Hooge Hörn, was ist mit dem Ende der Welt?!"

„Das müssen wir beides noch machen! Ey warte – morgen. Wir bereiten die Mädels drauf vor, und morgen startet die Aktion. Wird'n Ausflug."

„Mit Fahrrad. Wir müssen noch zwei leihen."

„Yeah, und Proviant einkaufen!"

Wild entschlossen stellten sie ihre lieben Freundinnen vor vollendete Tatsachen und den fertigen Ausflugsplan: Nachfahren der ehemaligen Dünenbahnstrecke, Kontrolle der Bunkerstützpunkte, Abkochen in den äußersten Ostlanddünen, möglicher Fußmarsch nach Hooge Hörn, Freiheit, Sport und Spaß für alle Teilnehmer. Romy und Nicole guckten sichtlich beeindruckt, erkundigten sich vorsichtshalber aber nach Punkt 3.

„Was wollt ihr kochen?"

„Abkochen heißt das."

Michael rieb sich die Hände und erklärte, was sie am Vormittag von Andrea gelernt hatten, die ebenfalls am Fahrradverleih gewesen und sofort von ihnen eingeladen worden war, beim Ausflug dabei zu sein. Zwecks Abkochen würde Andrea einen Primuskocher mitbringen, und einen Wasserkessel und eine Pfanne auch, damit könnten sie dann unabhängig etwas zum Mittag fabrizieren und bräuchten nicht zurück zum „Café Ostland" zu fahren. Nicole fand, das klänge super, Romy hatte jetzt schon Hunger, dann summte ihr Handy. Sören. Der Borkumer Buschfunk war durch den Fahrradhändler in Gang gesetzt worden und der Plan für Samstag auf windeseiligen Umwegen bei ihm im Juwelier angekommen – ob er und Mariechen mit dürften?

„Wir sind auch ganz artig."

Romy zeigte den anderen den Display, sie nickten großzügig und Sören begann sofort, sich zu freuen. Wenn sie abkochen wollten, würde er eben noch Bananen einkaufen. Romy schickte ihm ein Erstaunt-Emoji, und Sören schrieb, sie kennten wohl nicht Ollis berühmtes Borkumer Rezept für Dünenpfanne?

Nachmittags standen Michael und Nicole in dem großen „Markant" Supermarkt der Kibitzdelle.

„Okey. Salami, Tomaten, Eier. Gummibärchen?!"

„Nee das hab ich auf die Liste geschrieben, das gehört nicht dazu."

„Guck mal dänische Lakritze gibts hier auch!"

Michael drehte eine Tüte wie ein Steuerrad hin und her, dabei zitierte er aus „Jim Knopf und Lukas Lokomotivführer".

„Schwarz ist es, aber Lakritze ist es nicht!"

Nicole kannte das nicht und fand Michael verrückt, aber wenn er Gummibärchen wollte, würde sie dänische Lakritze in den Dünen essen.

Sören und Andrea hatten Fahrradtaschen an ihren Gepäckträgern hängen, die von allen als ein Wunder der Praktik gelobt und schnell mit dem Proviant gefüllt wurden. Andrea übernahm die Getränke, denn Sören hatte ja auch noch Mariechen zu transportieren. Dafür schnallten sie als Gewichtsausgleich den Primuskocher auf Michaels Gepäckträger fest und es konnte los gehen. Sie hatten sich oben an der Nordstrandpromenade getroffen, wo sie versuchten, sich 1920 und den Betrieb der Dünenbahn vorzustellen, was aber nur ansatzweise gelang, weil es hier vor 90 Jahren einfach ganz anders ausgesehen hatte. Dann traten sie in die Pedalen und bogen erst bei „Café Sturmeck" rechts ab, denn dort begannen die Dünenwander- und Radwege. Trotz seines relativ guten Orientierungssinns und der selbstgezeichneten Karte, die sich vom vielen Angucken schon fast in sein optisches Gedächtnis eingebrannt hatte, war es Karsten nicht möglich, zu sagen, wo hier die sechs Bunker versteckt sein sollten. Selbst Andrea kannte nur zwei offizielle, einen total versandeten in der Greune Stee und einen am Radweg Nummer 5, in dem sich früher die Borkumer Jugend zum Knutschen getroffen hätte. Karsten fand das unheimlich. Unter einem idealen Plätzchen zum Rumknutschen stellte er sich etwas anderes vor. Na schön, dann verzichteten sie eben auf die Bunkerbesichtigungen. Vorerst. Es war ein herrlicher Tag zum Fahrradfahren. Nicht zu heiß und kaum bewölkt, auch nicht zu windig, es fuhr sich ganz leicht. Mariechen sang sogar auf ihrem Kindersitz auf der Querstange von Sörens Fahrrad. Nicole trug Shorts und eine lockere Bluse,

Romy und Andrea sahen gut aus in kurzen Hosen und ärmellosen T-Shirts, aber Mariechen stach sie alle aus in ihrem luftig-bauschigen Prinzessinnenkleid und der selbstgemachten Perlenkette. Sören erzählte Karsten, der neben ihm fuhr, dass er sich einmal in den Dünen verlaufen hätte, zu Fuß, die Sicht wär nicht ganz klar gewesen, Bremsen hätten ihn gestochen, deshalb hätte er nicht mehr auf den Weg geachtet, und plötzlich wäre da nur noch Sand und Gestrüpp gewesen, ohne Leuchtturm oder Meeresrauschen zur Orientierung.

„Da fühlt man sich mittenman ganz erschöpft, wenn man nicht mehr weiß, wo man ist – echt man ist dann nur noch hungrig, durstig, müde."

„Und was hast du dann gemacht?"

„Weitergelaufen. Ich stand ja auf einem Trampelpfad mit Pferdespuren, also bin ich weiter. Mit letzter Kraft! War totaaal ätzend."

Er fuhr sich mit einer Hand durch die blonden Haare und schüttelte den Kopf.

„Ich kann Pferde nicht leiden."

Karsten lachte, Mariechen sang, er fühlte sich rundum glücklich. Mühelos fuhren sie bis zum Seedeich, den sie ohne größere Probleme oder Ausrutscher erklommen und eine erste verdiente Pause einlegten und sich selbst neben die Räder ins hohe Deichgras. Vor allem Michael äugte nach Schafen, aber hier hatten sie anscheinend länger nicht gegrast. Oder geköttelt. Mariechen pflückte Gänseblümchen und besonders schöne Grashalme, mit denen sie Nicoles Lockenkopf verzierte, weil sie in Romys Haaren einfach nicht stecken bleiben wollten. Michael seufzte und stöhnte ein paar Mal wohlig, dann war auch er still, alle genossen sie schweigend: den weiten Himmmel, das Meer, den Wind, die Möwenschreie, auf den Wiesen hinter ihnen muhte eine Kuh. Als irgendwann laut Romys Magen knurrte, kicherte Sören und schickte seine Tochter mit einem Schälchen Blaubeeren an die Arbeit.

„Der absolute Luxus!"

Mariechen nahm ihre Aufgabe sehr ernst und ließ Beere für Beere in die aufgesperrten Münder fallen, wonach sie alle wieder fit und unternehmungslustig waren. Lust auf mehr hatten. Bis sie das Ende des Deiches linkerhand erreicht hatten und einen ziemlich versandeten Weg einschlugen, hatte Nicole alle Verzierungen verloren und Andrea die Führung übernommen. Ihr Ziel war der Truppenübungsplatz im Ostland, eine große große Sandmulde mit Feuerstelle, wo sie leere Patronenhülsen, leere Dosen und Kronkorken fanden.

„Na was haben die denn hier geübt."

„Mülleinsammeln bestimmt nicht!"

Nicole schwitzte in der windstillen Mulde und schob ihr Rad neben Andreas.

„Wolltest du hierher?"

„Nee es geht noch weiter. Da oben, auf die hohe Düne da klettern wir rauf. Die Räder können hier bleiben."

Nicole nickte erleichtert und schloss sich mit Karsten zusammen. Die Sonne stand im Zenit. Allen wurde ziemlich warm, wie sie so mit Fahrradtaschen, Rucksäcken und Primuskocher beladen hinter Andrea her stapften, die zielsicher einem kaum sichtbaren Pfad in den Dünen folgte. Es roch sogar warm, trocken und würzig, und sie waren ganz allein. Bis in die Sternklipppdünen verschlug es Turisten und Badegäste fast nie. Aber ein Wildkaninchen flüchtete in sein Lieblingsgestrüpp und ein Fasan zeigte sich am Rand des großen Sandplatzes, einzig von Romy bemerkt, die sich als letzte in der Marschreihe noch einmal umgedreht hatte. Der Pfand wand sich nach links und bergauf, Andrea schob Kriechweide und stachelige Sanddornäste beiseite, dann waren sie oben und am Ziel. Karsten freute sich.

„Ach ist das schön hier! Total schön!"

Michael setzte den Primuskocher ab und breitete die Arme aus.

„Herrscher der Welt! Wohin mein Auge blickt, alles ist Freiheit, Luft und Weite, das Herz erquickt!"

„Ey du Poet."

„Ja?"

Nur Sören mischte sich verständnisvoll ein.

„Tatsächlich ist dahinten erstmal Schluss, da ist Hooge Hörn, wird bei Flut alles unbegehbar. Dann De Hahlingtjes, das Wattenmeer und die Reede, und links Oldemanns Olde Dünen.

Außerdem muss hier wirklich mal einer so gestanden haben wie du, Michael, und gerufen haben: Duala."

Die Jungs kicherten, aber Nicole guckte plötzlich angestrengt.

„Wartet mal, ey wartet, das kommt von…"

Sie strahlte.

„Yeah! Ich bin schwarz, ich hab da so´ne dunkle Ahnung! Duala war eine deutsche Kolonie in Südwestafrika. Ge-nau!"

Zufrieden mit sich selbst und ihrem Langzeitgedächtnis machte sie es sich im Sand bequem, der warm von der Mittagssonne war, dazu ein leichter Wind vom Meer her – das war allerdings ein ganz herrlicher Rastplatz, zu dem Andrea sie geführt hatte! Duala klang auch richtig gut, nach Wildnis und Schönheit zusammen.

„Dunkle Ahnung, sehr witzig…"

Karsten packte die Getränke aus. Apfelsaft und Mineralwasser, sehr gesund und lauwarm. Während Romy mit Mariechen Löcher in eine unversehrte Sandkante bohrte um sich zu freuen, wie es dabei rieselte und um die Bohrstelle herum abbrach, überlegte Michael laut, wie es wohl wäre, hier oben mit Prosecco anstoßen zu können. Alle sahen ihn entgeistert an. Prosecco?! Beschämt ob seiner Yuppiegelüste drehte er ihnen den Rücken zu und war drei Sekunden lang beleidigt, aber nicht länger. Ihm waren die Gummibärchen in seinem Rucksack eingefallen, die machten vieles wieder wett, fand er, und waren total unostfriesisch, genau wie Prosecco. Na man würde ja sehen, was aus der angepriesenen Dünenpfanne wurde – er wälzte sich im Sand herum, Romy grinste ihn an, bewarf ihn mit Sandbröckchen. Mariechen wollte ein bisschen herumlaufen und Kaninchen suchen, da gingen er und Romy am besten mit. Sören, Karsten, Nicole und Andrea waren mit dem Primuskocher und dem Proviant beschäftigt. Michael winkte.

„Na dann kocht mal schön."

„Mariechen mein Häschen, ich pfeif, wenns fertig ist, hörst du?"

Mariechen nickte und lief mit Romy an der Hand davon. Michael hinterher. Für Dünenpfanne briet man Salami und Tomaten an, gab Bananenscheiben dazu und schlug pro Person zwei bis drei Eier darüber. Unter Anweisung von Sören, der spontan ganz faul geworden war und keinen Finger rühren wollte, machten sich Karsten und Nicole an die Arbeit. Andrea war für das Feuer zuständig und versuchte, einen halbwegs festen Untergund für den Primuskocher zu finden. Ihre kubanische Großmutter hätte auch immer mit Bananen gekocht, erzählte Nicole, mit Gemüsebananen allerdings, und Karsten nickte zustimmend zu seinen eigenen Erinnerungen.

„Stimmt, und in dem einen Studentenwohnheim, da waren welche aus Nigeria, die machten mit Gemüsebananen Bratkartoffeln und tranken Bier mit Milch."

Sören krümmte sich zusammen.

„Oh Gott."

„So alles fertig, was passiert jetzt?"

Es war spannend, unter freiem Himmel zu kochen, und alle freuten sich über das erste Brutzelgeräusch. Sören pfiff nach Mariechen, die sich von Michael huckepack tragen ließ und ihrem Vater einen wunderschönen, nützlichen Möwenschädelknochen mitbrachte, an dem sogar noch der knöcherne Schnabel war.

„Na jetzt sag bloß, du hattest lieber das mumifizierte Kaninchenohr gehabt."

Michael ging in die Hocke, seine Reiterin rutschte herunter und zeigte stolz ihren Fund. Romy legte ihn dekorativ zwischen Dünengras und Wasserflasche, machte ein Foto, küsste Michael, und dann wurde die erste Portion ausgeteilt. Es folgte eine zweite, dritte, vierte, danach waren alle satt und stießen mit Apfelsaft auf Olli an, der der Welt ein so tolles Rezept vermacht hatte, das aber wahrscheinlich nur in Duala schmeckte und über Borkum hinaus keine Verbreitung gefunden hatte. Es dauerte nicht allzu lange, bis Michael unruhig wurde. Siestamäßig in einer Dünenmulde herumzuliegen schaffte er nur fünfzehn Minuten lang, ab dann dachte er darüber nach, was man in dieser tollen Umgebung noch so alles anstellen könnte.

„Wer kommt mit nach Hooge Hörn?"

Andrea rappelte sich auf.

„Ich."

Er stupste Romy an.

„Und du?"

Romy starrte mit aufgerissenen Augen in den blauen Himmel, bis sie blinzeln musste, und machte eine Geste, die nur Michael und Karsten verstanden. Pinkelpause. Sie verschwand kurz außer Sichtweite und war anschließend abmarschbereit. Nicole war bewegungsunwillig, sie hatte eine andere kleine Mulde gefunden, lag da auf dem Bauch und beobachtete Sandkäferchen aus nächster Nähe, wobei sie fast einschlummerte. Karsten strolchte in der Gegend herum, denn er hatte die Hoffnung auf einen Bunker doch noch nicht ganz aufgegeben, und Sören und Mariechen lagen aneinandergekuschelt da und machten eindeutig ein Mittagsschläfchen.

„Andrea was meinst du, wie lange brauchen wir?"

„Ich schätze höchstens zwei Stunden. So in zwei Stunden sind wir wieder hier. Hast du Wasser eingesteckt?"

„Hab ich."

„Denn man los."

Bis zur östlichsten Inselspitze waren es von den Sternklippdünen beziehungsweise von Duala aus gute zweieinhalb Kilometer. Unberührte Natur, in der man sich am besten anständig, rücksichtsvoll und als Gast bewegte. Unwillkürlich versuchten alle drei, möglichst keine Spuren zu hinterlassen. Ein Brackwasserrinnsal verlief sich zwischen den letzten Dünen, die sich noch vereinzelt auf weiter Fläche erhoben und deren Dünengrasbüschel wie kleine Ausgucksposten aufs Meer blickten, immer in Windrichtung natürlich. Und dann war da nur noch Sand, eine große, helle Fläche, beidseitig vom Meer umgeben, denn es war ja wirklich eine Landspitze, und menschenleer. Michael hielt die Luft an und lauschte, und hörte die Wellen und die Seevögel, Romy lächelte glücklich und bückte sich nach der größten Muschel, die sie je auf Borkum gesehen hatte, einzig Andrea lief gleichmäßig weiter, bis sie mit den Füßen im Wasser stand. Dort schien sie ein Weilchen zu meditieren. Der Wind hatte die Endlosigkeit als Staffelei benutzt und Muster in den Sand gepustet, Muschelschalen und Algen waren waghalsig darin stecken geblieben, ein getrocknetes Ei vom Katzenhai balancierte wie zweibeinig auf dem Abgrund einer Verwehung, in der Nähe der Dünen fand Romy einen angeschwemmten Bauarbeiterhelm…

Ihre Ent-deckungen nahmen kein Ende, man musste nur genau hinschauen. In Duala waren Sören und Mariechen wieder aufgewacht. Sie schickten eine Vater-Tochter-SMS an Dennis, machten heimlich ein Foto von Nicole, die immer noch mit den Käfern beschäftigt war, und überlegten, ob sie wohl von den Gummibärchen essen dürften.

„Borkumer dürfen das. Aber ich hab auch Lakritze dabei, wenn ihr die mögt."

Nicole war großzügig, das war eine ihrer guten Eigenschaften.

„Oh, Lakritze ist toll!"

Mariechen dagegen guckte missbilligend, weshalb Nicole entschied, dass Prinzessinnen auch fremde Gummibärchentüten öffnen durften, solange sie nur keine Sandkörnchen hineinfallen ließen. Sören schüttete seine Tochter sechs Bärchen in die Hand, verschloss die Tüte mit einem Schnippsgummi und kaute hingebungsvoll auf den Lakritzbrocken, die er von Nicole bekommen hatte. Zu dritt liefen sie ein bisschen hierhin und dorthin, fanden keine Brombeeren aber ein schönes Schneckenhaus, was Nicole doch sehr wunderte, aber Sören meinte, annodazumal wäre das Wasser wohl bis hierher angestiegen, in einer Superflut, oder es wäre zusammen mit den Dünen gewandert. Mariechen behauptete allerdings, die Kaninchen hätten das Schneckenhaus am Strand gefunden und hierher gehoppelt.

„Ja, warum nicht, das kann auch sein. Und die Soldaten haben diese Patronen mitgebracht."

Sie standen am Rand des Sandplatzes, wo ihre Fahrräder warteten. Nicole baute aus fünf leeren, metallenen Patronenhülsen ein winziges Antikriegsdenkmal, und nur wenig später hatten sie ein neues Spiel ausprobiert: Bierdosenbaseball. Als Schläger diente ein Brett, das das Lagerfeuer überlebt hatte, Sören warf, Nicole schlug, und Mariechen flitzte mit wehendem Kleid durch den weichen Sand, um die Geschosse wieder einzusammeln. Das war ein großer Spaß, sie juchzten laut bei jedem Treffer, dann wechselten sie und Nicole warf die Dosen. Und fing an, nach jedem Wurf in die Umgebung zu spähen. Ob Karsten da vielleicht auftauchte. Sie sah auf die Uhr.

„Du, Sören, es ist schon 4."

„Ja?"

„Ich frag mich, wo Karsten steckt."

Sören schmiss das Brett weg.

„*Der* nun wieder!"

„Jetzt mach ich mir fast Sorgen!"

„Dann ruf ihn an. Hat er sein Handy mit?"

„Weiß ich nicht."

Weil sie außerdem alle drei durstig geworden waren, gingen sie zurück zum Rastplatz, wo Sören aus einer Fahrradtasche den kleinen Wasserkessel hervorzauberte und begann, auf dem Primus Tee zu kochen. Mariechen trank den Rest aus einer Wasserflasche und Nicole sah stirnrunzelnd auf ihr Handy.

„Geht nicht ran. Wo steckt der bloß."

Vor sich hin summend war Sören mit Blechtassen und Teebeuteln beschäftigt, wobei er fröhlich meinte, dass Karsten schon wieder auftauchen würde, so lange er sich nur nicht verlaufen hätte, das wäre natürlich doof, aber wenn man sich nicht so tüddelig wie er damals anstellte und wüsste, wo das Meer und der Strand wären, könnte man sich doch eigentlich ganz gut orientieren. Nicole war sich da nicht so sicher und brachte Mariechens Zöpfe in Ordnung. Dann schickte sie eine SMS an Romy, die sich nie von ihrem Handy trennte, doch die antwortete, sie hätten Karsten auch nicht gesehen, machten sich langsam auf den Rückweg und wären am Verdursten. Hier gibts Tee, schrieb Nicole zurück. Eine halbe Stunde später waren die Wanderer wieder eingetrudelt, alldieweil Nicole auf dem nahen Reiterweg nach Karsten Ausschau hielt. Mittlerweile hatte sie trotz der Sonne einen Eisklumpen im Bauch und fand es nicht mehr witzig, dass Karsten nicht da war, was die anderen gar nicht zu stören schien. Die tranken oben auf der Düne ihren Tee und waren guter Dinge. Nicole versuchte, ruhig zu atmen, sie fühlte sich plötzlich ziemlich allein auf weiter Flur, die Sonne war ihr zu heiß, die Landschaft zu grün und zu sandig, die Möwenschreie kamen ihr bedrohlich vor, und als sie fast, aber nur fast, angefangen hätte, zu weinen, erschienen die drei Reiter des Domenenrentamtes an der Kurve des Reitweges. Nicole riss sich zusammen und ging ihnen entgegen. Karsten hatte ihr nach dem Franzosenschanzenabenteuer von den dreien erzählt. Nun stand sie mitten auf dem Weg und bat um Hilfe. Ein Pferd schnupperte an ihrer Schulter, das durfte es, Byl gab die Vermisstenmeldung per Walkitalki weiter, und von Knödel bekam sie eine Notrufnummer, falls Karsten in den nächsten Stunden immer noch nicht auftauchte.

„Und was passiert dann?"

Nicole fühlte sich schon etwas getröstet, aber neugierig war sie auch.

„Ouh, dann startet hier die richtig grouße Rettungsaktioun!"

Knödel machte direkt den Eindruck, sich darauf zu freuen, versicherte Nicole, sie würden sich jetzt alle trennen und verschiedene Wege absuchen, sie grüßten und ritten weiter. Kaum war Nicole wieder alleine, hatte sich aller Trost in Luft aufgelöst. Sie ballte die Fäuste und lief zurück zu den Teetrinkern. Dort angekommen hatte sie die Wirkung eines emotionalen Eisregens. Vier erstarrte Gesichtsausdrücke spiegelten wieder, wie Nicole sich fühlte: kalt im Bauch, heiß im Kopf, Angst. So kannte sie niemand, Angst war neu.

„Ja Scheiße."

Michael stand auf.

„Karsten ist echt verschwunden? Gibts doch gar nicht! Wo wollte er denn hin? Seit wann ist er denn weg?"

Nicole setzte sich nur stumm hin, aber Andrea antwortete.

„Nach dem Essen ist er losgezogen. Vor drei Stunden oder so."

Romy erinnerte sich an Karstens Pläne.

„Bun-ker. Er wollte Bunker su-chen."

Sie kauerte sich neben Nicole und sah Sören und Andrea erwartungsvoll an. Als Einheimische fühlten die sich auch sofort zur Ortskundigkeit verpflichtet und forschten in ihrem Gedächtnis, ob hier nicht doch ein Bunker versteckt läge, einer, der nicht in den Karten verzeichnet war, und Nicole erzählte kurz von den Reitern, die sie getroffen hatte.

„Na ja, aber die bleiben ja auf den Wegen... Leute kommt, lasst uns mal einpacken und suchen."

Michael hatte sich kurz vorgestellt, Romy wäre verschwunden, da war ihm schlecht geworden, und nun wollte er helfen. Aktion.

Hand ans Werk. Der blöde Karsten. Also suchten sie. Und riefen. Karstens leise gestelltes Handy hatte Romy in seinem Rucksack entdeckt, als sie die leeren Flaschen verstauen wollte. Nicole hatte heimlich doch ein bisschen geweint, weil sie so völlig ratlos war, was gar nicht zu ihr passte. Weder weinen noch ratlos sein. Gut, sie hatte immer noch die Notrufnummer, aber das konnte es doch einfach nicht geben, dass ihr Freund hier so mir nichts dir nichts verschwand! Sie trampelte mit aufgestautem Frust auf dem Boden.

„Scheißescheißescheiße!"

In der Umgebung hörte sie die anderen rufen. Was tun? Mariechen nahm ihre Hand, lächelte zu ihr hoch, sagte sehr bedächtig und genüsslich ebenfalls „Scheiße", und dann gingen sie nochmal zum Baseballplatz.

„Weißt du, was ein Bunker ist?"

Nicole hatte sich etwas beruhigt, um zwei Grad abgekühlt. Mariechen schüttelte den Kopf.

„Stell dir vor, du wärst ein kleines Kaninchen. Wo würdest du dich verstecken, wenn am Himmel ein gefährlicher Raubvogel fliegt?"

Mariechen zeigte auf die große Düne dreißig Meter hinter dem gegenüberliegenden Ende des Platzes. Dort, in ihrem Kaninchenpalast.

„Gut, dann gucken wir uns den mal an. Da haben wir sowieso noch nicht gesucht."

Hand in Hand rasten sie los, Nicole war alles recht, solange es sie nur ablenkte. Es war schwieriger als gedacht, den angeblichen Kaninchenpalast zu erklimmen. Mariechen schlängelte sich zwar unter manchen Büschen hindurch, aber Nicole war zu groß und musste um alle Hindernisse einen Bogen machen. Stoff riss, Äste kratzten, hartes Gras piekste – wie vom Donner gerührt blieb Nicole stehen. Da waren Spuren im Sand. Hier war also doch schon jemand gewesen. Mariechen kam angekrochen, mit einem Fetzen ihres glitzernden Tüllüberrockes in der Hand. Aufgeregt führte Nicole sie weiter, den sandigen Abdrücken nach, hochkonzentriert und mit einem Gefühl, das den vorherigen Eisklumpen in Sekundenschnelle hatte schmelzen lassen.

Die Spuren endeten abrupt. Kein Wunder, denn oben, mitten auf der Düne, war sie eingebrochen, ein Loch gähnte dort, Sand wehte hinein. Nicole schrie.

„Karsten!"

Niemand antwortete. Wie gefährlich war diese Düne? Brach da noch mehr ein? Sie beugte sich so weit wie möglich vor, ohne dem Loch zu nahe zu kommen, und war sich plötzlich absolut sicher, dass Karsten dort unten war. Sie wusste es einfach, und jetzt brauchte sie Hilfe.

„Los Mariechen, schrei auch mal. Schrei so laut, dass der Papa dich hört, ja? Als ob dir was weh tut. Die anderen sollen herkommen."

Wie am Spieß schrie Mariechen. Sie konnte das richtig gut. Großalarm. Und wirklich ruckten auf einer anderen Düne ein blonder Kopf nach oben, das war Andrea. Sören kam bereits in Panik über den Platz gerannt, und Nicole wählte endlich die verdammte Notrufnummer.

Und so wurde es zur Aufgabe der Freiwilligen Feuerwehr Borkum und des Technischen Hilfswerkes, Karsten aus dem in Vergessenheit geratenen, unter Sand begrabenen und schließlich eingestürzten Flakstützpunkt herauszuholen. Nicht ganz so unverwüstlich gebaut wie die Bunker, hatte die Dachkonstruktion des Stützpunktes ausgerechnet unter Karstens Gewicht nachgegeben. Beim Sturz schlug er sich heftig den Kopf an, merkte zuerst nicht richtig, wie er unter Sand begraben wurde und bekam danach immer wieder Sand in Mund, Nase Augen, wenn er sich bewegen wollte, eine sehr missliche Lage, und das, wo er sich eben über seine wiedergewonnene Orientierung hatte freuen wollen, nachdem er sich vorher tatsächlich verlaufen und schon verloren geglaubt hatte.

Die von Knödel in Aussicht gestellte „richtig große Rettungsaktion" dauerte für den Geretteten bis spät in die Nacht. Erst dann hatte sich Doktor Zuelke davon überzeugt, dass keine Gehirnerschütterung zu diagnostizieren war und erlaubte es Karsten, nach Hause zu gehen und sich dort hinzulegen. Die Jungs vom Technischen Hilfswerk kümmerten sich um den

Rücktransport aller Fahrräder samt Gepäck und Fahrern, Marie-chen durfte sogar vorne sitzen, und ein Reporter der Borkumer Zeitung übernahm noch vor Ort die Berichterstattung sowie die fotographische Dokumentation. Es war sehr spannend.

Nicole und Karsten lagen aneinandergeschmiegt und glücklich schweigend in einem der Schröderschen Kinderzimmerbetten. Dass sie schwanger war, hatte sie ihm schon während der Fahrt im Einsatzleiterwagen der Feuerwehr gesagt.